# 凱信企管

**用對的方法充實自己，
讓人生變得更美好！**

凱信企管

用對的方法充實自己，
讓人生變得更美好！

凱信企管

用對的方法充實自己，
讓人生變得更美好！

凱信企管

用對的方法充實自己，
讓人生變得更美好！

# 快記

## 大考英文單字

### 必考詞素＋解構式助記，
### 快速熟記10倍單字量！

II

# User's guide 使用說明

## 破解英文單字結構，利用詞素＋聯想助記，快速記憶 10 倍單字量！

### ① 以詞素為主軸，群組式記憶單字，更多更有效率！

將單字解構拆開，先認識、理解每個單字中詞素的個別意思，再合起來認識組合後的意義，如此即能不費吹灰之力，有效記住重要大考單字，同時能依此原理，群組記憶更多單字。

🗣 **free** 自由的；免費的；無……的

**freeway**
['fri,we]

例 In Taiwan, speed___ km/h.
在台灣，高速公路___

» **freebie**
['fribi]

例 They are giving a___
他們正在發送旅遊___

» **freedom**
['fridəm]

🗣 **mate**

» **bedmate**
['bɛd,met]
例 I hardly sleep well at night bec___ loud snorer.
我晚上很少睡得好，因為斷我同睡

» **bunkmate**
['bʌŋk,met]
例 Tim and I were bunkmates___
我和 Tim 是服兵役時期同住

» **cellmate**
['sɛlmet]
例 A prisoner claimed that he w___ army. cellmates.
一名囚犯聲稱他被其他獄友吵

» **classmate**
['klæs,met]
例 Jennifer and I have been classm___
我和 Jennifer 從一年級開始就是

**bed（床）＋ mate（同伴）**

**bunk（床鋪）＋ mate（同伴）**

**cell（牢房）＋ mate（同伴）**

### ② 解構式助記，建構快速的邏輯式聯想，熟字拓展單字記更牢！

將單字的構成進行拆解，從構字法角度達到聯想助理之效，不僅能真正了解單字意義，更能內化成永久記憶。

③ **廣角式補充，單字學習更淋漓盡致，考題怎麼變化都不怕**

為應付各大考試的靈活變化，舉凡重要單字的同義字、習慣用語、常用片語、諺語等等延伸知識，一一完整補充，學習更安心。

✏ **實用片語** be as nutty as a fruitcake 是個瘋子，是個怪人

✋ **同義字** unfruitful

④ **單字、例句搭配音檔 MP3，落實生活應用，同步提升口說能力**

每一個單字都精心編寫生活例句，不僅能熟悉單字的正確應用，在生活中的溝通也更好用；搭配音檔學習，口語聽說都沒問題。

TRACK 107

例 She turned down his invitation in a very **roundabout way.**
她婉轉地拒絕了他的邀請。

# **P**reface 作者序

　　如果你是已經記完了此系列的第 I 冊，繼續往前邁進到這本第 II
冊，恭喜你，表示這套方法對你學習、記憶單字是有效的，你大腦的
單字庫已經存載大量的單字，將朝更大的單字量擴充前進。但若這是
你的第一本，建議你，同時將前一冊（ I ）納入學習目標，你會驚訝的
發現：英語力大幅地往上提升了！

　　「字彙」是語言的基礎！擁有越多的字彙量，意味著能更深、更
廣地運用該語言。因此英語學習者在學習文法句型的同時，必須盡可
能地增加自己的字彙量。然而，英語字彙量之龐大，使許多英語學習
者將「背單字」視為一件苦差事─背完國小必備的 300 字之後，緊接
著要背國中必備的 1,200 單字，然後隨之而來的是高職生的常用 4,500
單字或高中生的常用 6,000 字彙。對那些要準備到國外繼續深造的人
來說，必須認識的英語字彙量更是沒有極限。沒錯，從「數量」看來，
大部分的英語學習者要面對的英文字彙量似乎一山還有一山高，總讓
人感覺登頂無望，因為怎麼背怎麼忘，怎麼背也背不起來。

　　其實在英文裡有許多日常生活常用的字彙，是不需要死背硬記，
只需要稍微將之拆開理解再合起來，就能不費吹灰之力記得牢牢的。
這些字是學習英語詞彙時常會遇到的特殊結構，即所謂的「複合字」

（compound word）。英語中的複合字大多是由兩個或兩個以上獨立的「詞素」或「單字」所組成。原本看似毫無關係的單字，組合在一起成為一個新的複合字之後，會產生更具體的意義。例如：hair（頭髮）＋ dry（使乾燥）＋ er（表「施動者」的字尾），這三個詞素組合在一起，便成為一個有具體意義的新單字 hairdryer（吹風機）。更多我們常見的複合字還有：white（白）＋ board（板）＝ whiteboard（白板）、home（家）＋ sick（生病的）＝ homesick（想家的；思鄉的）、rain（雨）＋ drop（滴）＝ raindrop（雨滴）等等。

　　跟記背其他英文字彙一樣，當我們遇到複合詞時，同樣必須注意其詞性，以便能正確將複合詞使用在句子中。如 schoolbag「書包」為名詞、outgoing「外向的」為形容詞、everywhere「到處」為副詞、overpass「超越」為動詞、anyone「任何人」為代名詞、whereas「而」為連接詞等。本書的目的，就是想幫助在背英文字彙這條路上感到疲憊或徬徨的學習者，為各位在苦背英語字彙的路上，減輕一部分的重擔。先認識每個複合字中每個詞素的意思，再認識詞素組合後的新意義，並提供一個實用且生活化的例句，幫助學習者能更有效地正確運用該字彙。

　　語言必須融入生活，因此不應該將學英文視為一項艱難的任務。希望本書能在各位「背單字」的過程中扮演一個輔助性的角色，讓大家用最少的力氣和時間，記住最多、能夠自然而然使用在生活中的字彙，讓你運用英語的能力更上一層樓。

# Contents 目錄

使用説明 ‖‖‖ 06
作者序 ‖‖‖ 08

💬 A 系 「解構式助記」單字 ‖‖‖‖‖‖‖‖‖‖‖‖‖‖‖‖‖‖‖‖‖‖ 14

💬 B 系 「解構式助記」單字 ‖‖‖‖‖‖‖‖‖‖‖‖‖‖‖‖‖‖‖‖‖‖ 31

💬 C 系 「解構式助記」單字 ‖‖‖‖‖‖‖‖‖‖‖‖‖‖‖‖‖‖‖‖‖‖ 62

💬 D 系 「解構式助記」單字 ‖‖‖‖‖‖‖‖‖‖‖‖‖‖‖‖‖‖‖‖‖‖ 88

💬 E 系 「解構式助記」單字 ‖‖‖‖‖‖‖‖‖‖‖‖‖‖‖‖‖‖‖‖‖‖ 107

💬 F 系 「解構式助記」單字 ‖‖‖‖‖‖‖‖‖‖‖‖‖‖‖‖‖‖‖‖‖‖ 118

💬 G 系 「解構式助記」單字 ‖‖‖‖‖‖‖‖‖‖‖‖‖‖‖‖‖‖‖‖‖‖ 157

💬 H 系 「解構式助記」單字 ‖‖‖‖‖‖‖‖‖‖‖‖‖‖‖‖‖‖‖‖‖‖ 171

💬 I 系 「解構式助記」單字 ‖‖‖‖‖‖‖‖‖‖‖‖‖‖‖‖‖‖‖‖‖‖ 188

💬 J 系 「解構式助記」單字 ‖‖‖‖‖‖‖‖‖‖‖‖‖‖‖‖‖‖‖‖‖‖ 192

💬 K 系 「解構式助記」單字 ‖‖‖‖‖‖‖‖‖‖‖‖‖‖‖‖‖‖‖‖‖‖ 199

🗨 L系 「解構式助記」單字 ‖‖‖‖‖‖‖‖‖‖‖‖‖‖‖‖‖‖‖‖‖‖‖‖‖‖‖‖‖‖‖ 204

🗨 M系 「解構式助記」單字 ‖‖‖‖‖‖‖‖‖‖‖‖‖‖‖‖‖‖‖‖‖‖‖‖‖‖‖‖ 212

🗨 N系 「解構式助記」單字 ‖‖‖‖‖‖‖‖‖‖‖‖‖‖‖‖‖‖‖‖‖‖‖‖‖‖‖‖ 227

🗨 O系 「解構式助記」單字 ‖‖‖‖‖‖‖‖‖‖‖‖‖‖‖‖‖‖‖‖‖‖‖‖‖‖‖‖ 240

🗨 P系 「解構式助記」單字 ‖‖‖‖‖‖‖‖‖‖‖‖‖‖‖‖‖‖‖‖‖‖‖‖‖‖‖‖ 247

🗨 Q系 「解構式助記」單字 ‖‖‖‖‖‖‖‖‖‖‖‖‖‖‖‖‖‖‖‖‖‖‖‖‖‖‖‖ 256

🗨 R系 「解構式助記」單字 ‖‖‖‖‖‖‖‖‖‖‖‖‖‖‖‖‖‖‖‖‖‖‖‖‖‖‖‖ 258

🗨 S系 「解構式助記」單字 ‖‖‖‖‖‖‖‖‖‖‖‖‖‖‖‖‖‖‖‖‖‖‖‖‖‖‖‖ 280

🗨 T系 「解構式助記」單字 ‖‖‖‖‖‖‖‖‖‖‖‖‖‖‖‖‖‖‖‖‖‖‖‖‖‖‖‖ 289

🗨 U系 「解構式助記」單字 ‖‖‖‖‖‖‖‖‖‖‖‖‖‖‖‖‖‖‖‖‖‖‖‖‖‖‖‖ 297

🗨 V系 「解構式助記」單字 ‖‖‖‖‖‖‖‖‖‖‖‖‖‖‖‖‖‖‖‖‖‖‖‖‖‖‖‖ 313

🗨 W系 「解構式助記」單字 ‖‖‖‖‖‖‖‖‖‖‖‖‖‖‖‖‖‖‖‖‖‖‖‖‖‖ 320

🗨 Y系 「解構式助記」單字 ‖‖‖‖‖‖‖‖‖‖‖‖‖‖‖‖‖‖‖‖‖‖‖‖‖‖‖‖ 357

🗨 Z系 「解構式助記」單字 ‖‖‖‖‖‖‖‖‖‖‖‖‖‖‖‖‖‖‖‖‖‖‖‖‖‖‖‖ 361

必考詞素 ＋ 解構式助記

➡ 快速熟記單字！ ⬅

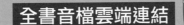

**全書音檔雲端連結**

因各家手機系統不同，若無法直接掃描，
仍可以至以下電腦雲端連結下載收聽。
（https://tinyurl.com/bdsvp59a）

## ☞ air　天空；空中；空氣

※ **聯想助記**

---

» **airbag**
[ˈɛrˌbæg]

n. 安全氣囊

air（空氣）＋
bag（袋子）

例 **Airbags** can add protection to drivers in the event of a car crash, and reduce death and injury.
安全氣囊在車輛發生相撞事件時可增加對駕駛者的保護，並降低死傷。

---

» **aircraft**
[ˈɛrˌkræft]

n. 航空器、飛機

air（天空）＋
craft（船、飛機）

例 The largest passenger **aircraft** so far has a seating capacity of 853 passengers.
目前最大的客機可提供 853 名乘客機位。

🖐 同義字 **airbus, airliner, airplane**

---

» **aircrew**
[ˈɛrˌkru]

n. 空勤人員（飛機上的空服人員）

air（空中）＋
crew（工作人員）

例 Our well-trained and experienced **aircrew** members will provide you with the best in-flight service.
我們受過良好訓練且經驗豐富的空服人員將會提供您最佳的機上服務。

---

## » **airdrop**

[ˋɛrˌdrɑp]

n. 空投
v. 空投

air（空中）+ drop（丟下）

例 Hundreds of packages of meals were ready for a humanitarian **airdrop** in the besieged areas in Syria.
數以百箱食物已經備妥，將在敘利亞受困的地區進行人道空投。

## » **airfare**

[ˋɛrfɛr]

n. 飛機票價

air（空中）+ fare（價）

例 **Airfare** is on the rise amid the pandemic of corona virus disease.
在新冠疾病疫情中，飛機票價持續上漲。

## » **airfield**

[ˋɛrˌfild]

n. 飛機場，小航空站

air（天空）+ field（場地）

例 The **airfield** is temporarily closed for two weeks due to maintenance work.
這個航空站因為維修工程的關係暫時關閉兩週。

🖐 同義字 **airport, airdrome**

## » **airflow**

[ˋɛrˌflo]

n. 氣流

air（空氣）+ flow（流動）

例 The man quickly performed Heimlich maneuver on the choking child to remove the object that was blocking the **airflow**.
男子快速地對那個噎到的孩子施行哈姆立克法，移除阻塞氣流的物品。

A

## » airframe

[ˋɛrˌfrem]

n. 機身

air（天空）＋
frame（框架）

例 For flight safety, metal fatigue in the **airframe** requires timely maintenance and repair.
為了飛航安全，機身金屬疲勞需要及時的維護及修繕。

## » airhead

[ˋɛrˌhɛd]

n. 空軍前進基地；腦袋空空的人

air（空氣）＋
head（頭）

例 Nothing can be worse than working with a group of **airheads**.
沒有比跟一群腦袋空空的人一起共事更慘的事了。

## » airlift

[ˋɛrˌlɪft]

n. 空運物資；空運補給系統
v. 空運

air（空中）＋
lift（搭載）

例 It is of great urgency that our government manages to **airlift** our overseas compatriots back from the besieged area.
政府設法將海外僑胞自圍困地區空運回國，是刻不容緩之事。

## » airline

[ˋɛrˌlaɪn]

n. 航線；航空公司

air（空中）＋
line（線）

例 It is no surprise that Singapore Airlines is voted the best **airline** in the world again this year.
不意外地，新加坡航空今年再度被票選為全球最佳航空公司。

» **airmail**

[ˋɛrˏmel]

n. 航空郵件

air（空中）+
mail（郵件）

例 Generally, an **airmail** letter from the UK takes
approximately 5-7 days to reach Australia.
一般來說，英國的航空郵件最多五至七天會到澳洲。

---

» **airpark**

[ˋɛrˏpɑrk]

n. 小飛機場

air（天空）+
park（停車場）

例 A residential **airpark** allows the homeowners to store
their private planes at home.
住宅式飛機場讓屋主能將他們的私人飛機存放在家裡。

---

» **airsick**

[ˋɛrˏsɪk]

adj. 暈機的

air（空中）+
sick（想吐的）

例 Quite a few passengers were terribly **airsick** due to the
sudden turbulence.
不少乘客因為突來的亂流而嚴重暈機。

---

» **airspace**

[ˋɛrˏspes]

n. 上空、領空

air（天空）+
space（空間）

例 A military aircraft from our neighboring country was
spotted near our **airspace** on radar this morning.
一架鄰國軍機今天上午被雷達發現出現在我方領空。

---

» **airstrike**

[ˋɛrˏstraɪk]

n. 空襲

air（空中）+
strike（襲擊）

例 Israel carried out a deadly **airstrike** on Gaza earlier
today and killed hundreds of people.
以色列今天稍早對加薩進行致命空襲，造成數百人死亡。

A

» **airstrip**

[ˋɛrˌstrɪp]

n. 臨時飛機跑道；簡便機場

air（天空）＋ strip（條；帶）

例 The airplane made a successful landing on the **airstrip** in the middle of farmland.
飛機在農田中央的臨時跑道上成功降落。

---

» **airtight**

[ˋɛrˌtaɪt]

adj. 密封的；無懈可擊的

air（空氣）＋ tight（緊的）

例 **Airtight** containers preserve food 3 to 5 times longer than plastic bags do.
密封容器保存食物的時間比塑膠袋長三至五倍。

✋同義字 **airproof**

---

» **airway**

[ˋɛrˌwe]

n. （肺的）氣管；（礦坑的）通風道

air（空氣）＋ way（路線）

例 Make sure to clear the **airway** of an unconscious patient before administering CPR.
在為失去意識的病患施行心肺復甦急救時，務必使其氣管保持暢通。

---

» **airworthy**

[ˋɛrˌwɝðɪ]

adj. 適航的；（飛機）性能良好的

air（空中）＋ worthy（足以……的）

例 The aircraft is currently grounded and will not return to service until it is **airworthy**.
這架飛機目前禁飛中，而且在適航前將不能復航。

# ☞ **apple** 蘋果

※ 聯想助記

---

» **applecart**
[ˋæplˌkɑrt]

n. 既定計畫

apple（蘋果）＋ cart（手推車）

例 We have planned for the trip for three months, but the typhoon totally upset our **applecart**.
我們為這趟旅行計畫了三個月，但是颱風徹底打亂了我們的安排。

---

» **applejack**
[ˋæplˌdʒæk]

n. 蘋果酒

apple（蘋果）＋ jack（水手）

例 The woman got drunk with just one sip of **applejack**.
那女人才啜了一小口蘋果白蘭地就醉了。

---

» **applesauce**
[ˋæplˋsɔs]

n. 蘋果醬；胡言亂語

apple（蘋果）＋ sauce（醬）

例 Grandma taught us how to make **applesauce** from scratch.
奶奶教我們如何從頭開始製作蘋果醬。

---

» **crabapple**
[kræbˋæpl]

n. 野山楂（亦稱酸蘋果或海棠花）

crab（蟹）＋ apple（蘋果）

例 We used to grow **crabapple** trees in our back yard.
我們曾經在後院種野山楂樹。

A

## » **pineapple**

[ˋpaɪnˏæpl]

n. 鳳梨

pine（松木）
+ apple（蘋
果）

例 **Pineapples** are the juiciest and sweetest during its peak season.
旺季時的鳳梨特別甜美多汁。

TRACK 003

# ☞ **around** 環繞；轉向

## » **turnaround**

[ˋtɝnəˏraʊnd]

n. 轉身；徹底改變；好轉
adj. 徹底相反的

turn（轉向）
+ around（轉
向）

例 We expect to see a great **turnaround** in market conditions in East Asia in the coming year.
我們預期明年東亞地區的市場條件將會大舉好轉。

## » **wraparound**

[ˋræpəˏraʊnd]

n. 纏在身上的衣服
adj. 概括的、全面覆蓋的；捲上的

wrap（包
裹、纏繞）+
around（環
繞）

例 Most companies implement **wraparound** insurance program so as to protect the employers from financial loss.
大部分的公司為了保護雇主免於財物損失，都會實施全面式的保險計畫。

» **runaround**

[ˈrʌnəˌraʊnd]

n. 推諉，搪塞；迴避話題

run（跑）+ around（轉向）

例 The spokesman is good at avoiding sensitive issues by giving the **runaround**.
發言人很擅長以迴避的方式避開敏感議題。

» **workaround**

[wɝˈkəˈraʊnd]

n. 避開問題的暫時性應變措施

work（起作用、行得通）+ around（轉向）

例 The task of top priority is to come up with an available **workaround** for the emergency.
目前的當務之急是要想出一個可用的暫行方案來解決這個突發狀況。

TRACK 004

☞ **away**　離開，消失；……完、……掉

» **castaway**

[ˈkæstəˌwe]

n. 遭難船；船難者；被棄者
adj. 遭難的；為家、社會所遺棄的

cast（投、扔）+ away（……掉）

例 After being stranded on a deserted island for four years, the **castaway** was finally rescued.
在擱淺在一個無人島四年之後，那個船難者終於獲救。

A

» **getaway**
['gɛtə,we]

n. 逃開；遊玩去處

get（獲得）＋ away（離開）

例 Every now and then we all need a short **getaway** from our busy life.
我們都需要偶爾暫時遠離忙碌的生活。

---

» **giveaway**
['gɪvə,we]

n. 贈品；洩漏
adj. 贈送的；洩漏真相的

give（給）＋ away（離開）

例 We will give each of the first 100 customers an exquisite **giveaway** on the opening day.
我們將在開幕這天送給前一百名顧客每人一份精美贈品。

---

» **hideaway**
['haɪdə,we]

n. 隱匿處

hide（躲藏）＋ away（離開）

例 The small cottage by the lake serves as a perfect **hideaway** from busy city life.
這個湖邊農舍可以作為遠離忙碌城市生活的完美隱身處。

---

» **faraway**
['fɑrə'we]

adj. 遙遠的；恍神的

far（遠的）＋ away（離開）

例 She always missed her **faraway** parents and grandparents, especially during holidays.
她總是想念著遠方的父母和爺爺奶奶，尤其是在逢年過節時。

例 Diana's **faraway** look in her eyes indicated that she was not listening to me.
Diana 恍惚的眼神說明她並沒有在聽我說話。

» **flyaway**
[ˈflaɪəˌwe]

adj. （衣服）飄拂的、寬鬆的；輕浮的，脫離控制的

fly（飛）＋ away（離開）

例 Jenny looks like a fairy princess in that white **flyaway** dress.
Jenny 穿著那件白色飄逸連身裙時看起來就像個仙女般的公主。

---

» **layaway**
[ˈleəˌwe]

n. 以預付訂金方式購物

lay（放、鋪設）＋ away（……完、……掉）

例 I don't have the necessary cash for this on hand. Can I buy it on **layaway**?
我手上沒有買這樣東西的足夠現金。我可以先付訂金買下來，付清餘額後再取貨嗎？

---

» **runaway**
[ˈrʌnəˌwe]

n. 逃跑、逃亡、私奔
adj. 逃亡的、逃跑的、私奔的

run（跑）＋ away（離開）

例 The **runaway** teenager accused his stepdad of constantly beating him for no reason at all.
逃家的青少年控訴繼父時常無緣無故揍他。

---

» **straightaway**
[ˈstretəˌwe]

adv. 立即地、徑直地

straight（直的）＋ away（離開）

例 Don't try to lie to me because I can see through you **straightaway**.
別想騙我，因為我馬上就能看穿你。

» **takeaway**

[`tekəˌwe]

n. 外賣食物；外賣餐館

take（帶）＋
away（離開）

例 During the pandemic, many restaurants are only allowed to open for food delivery or **takeaway**.
在疫情期間，許多餐廳只許開放食物外送或外帶。

---

» **throwaway**

[`θroəˌwe]

n. 用完即丟的東西
adj. 用完即丟的；隨口說出的

throw（丟）＋
away（離開）

例 You don't need to take his **throwaway** remarks too seriously.
你沒必要太認真看待他隨口說出的話。

---

» **walkaway**

[`wɔkəˌwe]

n. 輕易得到的勝利
adj. 離去的

walk（走）＋
away（離開）

例 The contest was a **walkway** for him as other contestants were too weak.
這場比賽的勝利對他來說是輕而易舉，因為其他參賽者都太弱了。

例 The man would do everything possible to make his **walkaway** wife change her mind.
男子願意做任何可能的事，讓他離家的老婆回心轉意。

# ☞ **auto** 汽車；自動；自己

※ **聯想助記**

» **autobus**
[`ɔto͵bʌs]

n. 公車

auto（汽車）
+ bus（巴士）

例 You need to buy another ticket for your bike if you're taking it onto the **autobus**.
如果你要將腳踏車帶上公車的話，得在幫它買另一張票。

---

» **automaker**
[`ɔtə͵mekɚ]

n. 汽車製造業者

auto（汽車）
+ maker（製造者）

例 Tesla, whose market value surpassed Toyota for the first time, has become the world's most valuable **automaker**.
市價首次超越豐田的特斯拉，已然成為世上最有價值的汽車製造商。

---

» **autonomy**
[ɔ`tɑnəmɪ]

n. 自治、自主權；自治團體；有自主權的國家

auto（自己）
+ nomy（法則）

例 Branch managers are given considerable **autonomy** in their branch offices.
分公司經理被賦予分公司內相當大的自主權。

---

» **automat**
[`ɔtə͵mæt]

n.（用自動販賣機出售食品的）自助餐廳

auto（自動）
+ mat（墊子）

例 Can I keep the change for the **automat**?
我可以留著這些零錢去自動販賣機買食物嗎？

## » **automate**
[`ɔtəˌmet]

| v. 使自動化

auto（自動）
＋ mate（動詞
字尾）

例 The factory reduced personnel cost by **automating** the production process.
工廠藉由將生產過程自動化降低了人事成本。

## » **autocross**
[`ɔtəˌkrɔs]

| n. 汽車越野賽

auto（汽車）
＋ cross（跨越）

例 Frank is an amateur racer who occasionally competes in nonprofessional weekend **autocross** racing.
Frank 是個偶爾會參加非職業週末汽車越野賽的業餘賽車手。

## » **autograph**
[`ɔtəˌgræf]

| n. 親筆簽名；親筆稿
| v. 親筆簽名、親筆書寫

auto（自己）
＋ graph（圖表）

例 For me, this basketball with Kobe Bryant's **autograph** is priceless.
對我來説，這顆有 Kobe Bryant 親筆簽名的籃球是無價之寶。

## » **autocrat**
[`ɔtəˌkræt]

| n. 獨裁者，專制君主；獨斷獨行的人

auto（自己）
＋ crat（統治）

例 Mr. Wang is the **autocrat** of his household. He believes he is always right.
王先生是他家的獨裁者。他認為他永遠是對的。

## » **autoworker**
[`ɔtəˋwɝkə]

| n. 汽車業工作者

auto（汽車）
＋ worker（員工）

例 Louis is an **autoworker** who works on the assembly line of an automobile plant.
Louis 是個在汽車工廠的裝配線工作的員工。

## » **auto**mobile
[`ɔtəmə͵bɪl]

**n.** 汽車

**adj.** 汽車的；自動推進的

> 例 This company is specialized in manufacturing **automobiles**.
> 這家公司專門製造汽車。

auto（汽車）
+（汽車）

## » **auto**focus
[`ɔtə`fokəs]

**n.** 自動對焦

> 例 With the help of **autofocus**, it's easier to take good pictures.
> 有了自動對焦的幫助，要拍出好的照片變得容易多了。

auto（自動）
+ focus（聚焦）

## » **auto**didact
[͵ɔto`daɪdækt]

**n.** 自學者

> 例 My cousin is an **autodidact** who learns to read and write mostly by self-effort.
> 我表弟是一個主要靠自己學會讀寫的自學者。

auto（自己）
+ didact（教導者；說教者）

## » **auto**pilot
[͵ɔto`paɪlət]

**n.** 自動駕駛

> 例 The automaker claims that putting the car on **autopilot** is safer than driving it.
> 該車商主張讓汽車自動駕駛比駕駛它要來得安全。

auto（自動）
+ pilot（駕駛）

## » **auto**suggestion
[͵ɔtosə`dʒɛstʃən]

**n.** 自我暗示

> 例 Don't underestimate the power of **autosuggestion**. It can help you create new positive beliefs about yourself.
> 不要低估自我暗示的力量。它能建立你對自己全新的正面信念。

auto（自己）
+ suggestion（建議）

A

» **autotimer**

[ˌɔtoˋtaɪmɚ]

n. 自動定時器

auto（自動）
＋ timer（計
時器）

例 I have put rice in the rice cooker on the **autotimer** so it will be ready at six p.m.
我已經把米放在自動定時的電鍋裡，所以飯將會在六點時煮好。

» **autobiography**

[ˌɔtəbaɪˋɑgrəfɪ]

n. 自傳

auto（自己）
＋ biography
（傳記）

例 We are asked to read an **autobiography** of a famous person and write a report about it.
我們被要求讀一本名人的自傳，並寫一篇報告。

 TRACK 006

# 👉 **arm** 手臂；武器

» **armchair**

[ˋɑrmˌtʃɛr]

n. 扶手椅
adj. 無實際經驗的；不切實際的

arm（手臂）
＋ chair（椅子）

例 The old lady sat in the **armchair** for a rest.
老婦人坐在扶手椅上休息。

» **armful**

[ˋɑrmˌfəl]

adj. 一抱之量的

arm（手臂）
＋ ful（充滿的）

例 The teacher walked into the classroom with an **armful** of handouts.
老師抱著一堆講義走進教室。

## » armpit
[ˋɑrmˏpɪt]

n. 腋窩；最壞或最噁心之處

arm（手臂）
＋ pit（凹處）

例 Some people shave their **armpits** because they prefer the smooth hair-free look.
有些人刮腋毛是因為他們比較喜歡腋下光滑無毛的樣子。

🖐 同義字 **underarm**

## » armlet
[ˋɑrmlɪt]

n. 臂飾；臂章

arm（手臂）
＋ let（佩帶的小飾物）

例 The girl in a black evening gown didn't wear any jewelry except a gold **armlet**.
那個穿著黑色晚禮服的女孩除了一個金色臂飾之外沒有佩戴任何首飾。

🖐 同義字 **armband**

## » armlock
[ˋɑrmˏlɑk]

n.（摔跤或柔道中的）鎖臂；反扭手臂擒拿

arm（手臂）
＋ lock（鎖）

例 The cop put an **armlock** on the robber and got him arrested.
警察給搶匪來了一記反扭手臂擒拿，讓他束手就擒。

## » armrest
[ˋɑrmˏrɛst]

n. 扶手

arm（手臂）
＋ rest（休息）

例 The passenger gripped the **armrest** as the taxi driver stepped on the gas.
計程車司機踩油門加速時，乘客緊抓著扶手。

## » **armless**
[`armlɪs]

adj. 無臂的；無扶手的

arm（手臂）
＋ less（沒有
的）

例 The woman sat on the **armless** sofa by the window.
女子坐在窗邊無扶手的沙發上。

## » **firearm**
[`faɪrˌɑrm]

n. 火器；槍枝

fire（火）＋
arm（武器）

例 A girl was held hostage by the man with **firearms**.
一個女孩被身上帶有武器的男子狹持為人質。

## » **disarm**
[dɪs`ɑrm]

v. 解除武裝、放下武器；消除怒火

dis（除去）＋
arm（武器）

例 The sheriff persuaded the criminal to **disarm** and give
in.
警長勸罪犯放下武器投降。

## » **forearm**
[for`ɑrm]

n. 前臂
v. 預先武裝；事先準備

fore（前的）
＋ arm（手臂；
武裝）

例 The witness recognized the man as the murderer by the
tattoo on his **forearm**.
目擊者藉由前臂的刺青認出男子就是殺人兇手。

# ☞ **bell** 鐘；鈴

☆ **聯想助記**

---

» **barbell**

[`bɑr͵bɛl]

**n.** 槓鈴

bar（橫槓）＋
bell（鈴）

例 A **barbell** is one of the most effective tools for strength training.
槓鈴是重量訓練中最有效的工具之一。

---

» **bellhop**

[`bɛl͵hɑp]

**n.** （旅館大廳的）服務生

bell（鐘）＋
hop（跳）

例 The **bellhop** opened the hotel gate for the old lady and assisted her with the luggage.
旅館服務生幫老太太開了飯店的大門，並幫她提行李。

🖐 同義字 **bellboy, bellman**

---

» **bellow**

[`bɛlo]

**n.** 吼叫聲；轟鳴聲
**v.** 吼叫；大聲喝道

bell（鐘）＋
ow（感嘆詞「哎唷」）

例 The mother **bellowed** at her children across the park.
那個母親從公園另一頭對她的孩子們大聲吼。

---

## » **doorbell**
[`dor͵bɛl]

n. 門鈴

door（門）+ bell（鈴）

例 I didn't hear the **doorbell** ring because I was in the backyard at that time.
我沒有聽到門鈴聲，因為我那時人在後院。

## » **dumbbell**
[`dʌm͵bɛl]

n. 啞鈴；愚笨的人

dumb（啞的）+ bell（鈴）

例 My personal trainer suggests that I start strength training with **dumbbells**.
我的私人教練建議我從啞鈴開始做重量訓練。

## » **bellflower**
[`bɛl͵flauɚ]

n. 風鈴草

bell（鈴）+ flower（花）

例 The **bellflower** may seem rather fragile, but it's actually a tough and resilient wild flower.
風鈴草可能看起來很脆弱，但它其實是一種強韌且適應力極強的野花。

🖐 同義字 **bluebell, harebell**

## » **bellwether**
[`bɛl͵wɛðɚ]

n. 領頭羊；領導者

bell（鈴）+ wether（羯羊）

例 The sophomore was seen as a **bellwether** of this student movement.
這個大二學生被視為這次學生運動的領導者。

# ☞ **bill** 清單；帳單；美鈔

B

---

## » **billfold**
[`bɪl‚fold]

**n.** 皮夾；摺式皮夾

bill（美鈔）+ fold（折）

例 The **billfold** that Jerry is using  was a gift from his ex-girlfriend.
Jerry 正在用的皮夾是他前女友送的禮物。

---

## » **handbill**
[`hænd‚bɪl]

**n.** 傳單、廣告單

hand（手）+ bill（清單）

例 The man made a living by distributing **handbills** on the roadside.
男子靠在路邊發傳單賺錢謀生。

---

## » **overbill**
[`ovɚ‚bɪl]

**v.** 超額收費

over（超過）+ bill（帳單）

例 The Fair Trading Commission discovered that up to thousands of consumers were **overbilled** by the retail supplier.
公平交易委員會發現高達數千名消費者被該零售業者超額收費。

---

## » **playbill**
[`ple‚bɪl]

**n.** 節目單；戲院海報

play（節目、表演）+ bill（清單）

例 Audience can read the **playbill** for performance information before the show starts.
觀眾可以在表演開始之前閱讀節目單上的表演資訊。

» **waybill**

[ˋweˌbɪl]

| n. （鐵路）運貨單、提貨單

> way（道路）
> ＋ bill（單）

例 The **waybill** indicated that the textile materials had been transported from the United Kingdom to Singapore.
這張運貨單顯示這些紡織原料已經從英國運往新加坡。

TRACK 009

# ☞ **burn** 燃燒；著火

» **sunburn**

[ˋsʌnˌbɝn]

| n. 曬傷
| v. 曬傷

> sun（太陽）＋ burn（燒）

例 A sunscreen with higher SPF (sun protection factor) is said to be more effective in preventing **sunburn**.
較高防曬系數的防曬乳據說在預防曬傷方面比較有效。

» **heartburn**

[ˋhartˌbɝn]

| n. 心痛；妒忌；胃灼熱

> heart（心）＋ burn（燒）

例 **Heartburn** usually results from acid reflux.
胃灼熱通常是胃液逆流引起的。

## » burnout
[`bɝn͵aʊt]

n. 燃料燒盡；燒壞
adj. 不堪疲累的、體力耗盡的

burn（燒）＋
out（完全）

例 Analysis shows that working mothers are more likely to experience **burnout** than fathers.
分析報告指出職業媽媽們比爸爸們更可能經歷倦怠。

## » sideburn
[saɪd`bɝn]

n. 鬢角

side（邊）＋
burn（著火）

例 To look clean and neat, he has to trim his **sideburns** every week.
為了看起來乾淨整潔，他必須每星期修一次鬢角。

 TRACK 010

# ☞ **by** 被；透過；在……旁

## » bygone
[`baɪ͵gɔn]

n. 過去的事
adj. 過去的，以往的

by（旁）＋
gone（過去的）

例 I'll let **bygones** be **bygones** and move on with my life.
我會擺脫過去，繼續過我的日子。

## » bypass
[`baɪ͵pæs]

n. 旁路、旁道

by（旁）＋
pass（通道）

例 The doctor suggests that he should lose weight with gastric **bypass** for the sake of health.
醫生建議他為了健康應採取胃繞道手術減重。

同義字 byway

» **byways**

[ˋbaɪˌwez]

n. （學科）冷門領域

by（旁）＋ ways（習慣、行業）

例 Ethnology is the **byways** of Cultural Anthropology.
民族學是文化人類學研究中的冷門領域。

---

» **bypath**

[ˋbaɪˌpæθ]

n. 小路；私道

by（旁）＋ path（小路）

例 This narrow **bypath** leads the visitors through the wood to a beautiful lake.
這條狹窄小路會帶著來訪者穿過樹林前往一座美麗的湖。

🤚 同義字 **byroad, byway**

---

» **byproduct**

[ˋbaɪˌprɑdəkt]

n. 副產品

by（旁）＋ product（產品）

例 **Byproducts** including skim milk powder and butter milk are the bread-winning products of the dairy factory.
包含脫脂奶和酪漿等副產品是這家乳品工廠的銷售主力。

---

» **bystander**

[ˋbaɪˌstændɚ]

n. 旁觀者；看熱鬧的人

by（旁）＋ stand（站）＋ er（「施動者」名詞字尾）

例 Rather than being a **bystander**, he asked the bully to stop what he was doing to the kid.
他不做旁觀者，而是要求霸凌者停止他正在對那孩子做的事。

---

» **byword**

[ˋbaɪˌwɝd]

n. 代名詞

by（旁）＋ word（字）

例 The name of the actress has become a **byword** for elegance and good taste.
那位女演員的名字儼然成為優雅與好品味的代名詞。

# break　打破、破損、毀壞

» **breakaway**

[`brekə,we]

n. 分離；脫逃
adj. 自立門戶的；獲得獨立的

break（分裂）＋ away（離開）

例 Palau, a **breakaway** nation from Micronesia, became independent in October of 1994.
帕琉從麥克羅尼西亞自立門戶，在 1994 年十月取得獨立。

B

» **breakdown**

[`brek,daʊn]

n.（機器）故障；垮台；（精神）崩潰

break（毀壞）＋ down（失敗）

例 An unexpected production stop has just occurred due to the machinery **breakdown**.
機器故障使得生產線剛剛發生了無預警的中斷。

» **breakeven**

[brek`ivən]

n. 打平、保本；無盈虧狀態

break（破壞）＋ even（相等）

例 The revenue of our restaurant has been below the **breakeven** point for months. We should either increase the prices or cut expenses.
我們餐廳的收益已經好幾個月都低於收支平衡點。我們應該得漲價或是減少開支。

## » **breakthrough**
[`brek͵θru]

n. 突圍，突破；突破性進展

break（衝破）＋ through（穿過）

例 Medical researchers claimed that they have made a major **breakthrough** in cancer treatment.
醫學研究者宣稱他們在癌症治療上已取得重大的突破性進展。

---

## » **breakup**
[`brek`ʌp]

n. 中斷；分裂；崩潰、解體

break（打破）＋ up（完全地）

例 People who have difficulty dealing with depression after a **breakup** should seek help.
無法處理分手後的抑鬱情緒的人應該要尋求幫助。

---

## » **daybreak**
[`de͵brek]

n. 黎明，破曉

day（日）＋ break（打破）

例 My grandfather always rises before **daybreak**.
我的爺爺總是在破曉前就起床。

---

## » **firebreak**
[`faɪr͵brek]

n. 防火線

fire（火）＋ break（破壞）

例 **Firebreaks** are essential constructions in forested areas for the purpose of controlling the spread of fires.
在樹木叢生的地區，防火道是為了控制火勢蔓延而必要的建設。

---

## » **groundbreaking**
[`graʊnd͵brekɪŋ]

n.（建築工程）破土
adj. 開創性的

ground（土）＋ break（破）＋ ing（動名詞字尾）

例 Reinhard Genzel was awarded the Nobel Prize for his **groundbreaking** studies of the formation and evolution of galaxies.
賴因哈德·根舍因為他對銀河系的形成與演化之開創性的研究而獲頒諾貝爾獎。

» **heartbreak**

[ˋhɑrtˌbrek]

n. 難忍的悲傷或失望；心碎

heart（心）+ break（破碎）

例 You'll find yourself stronger and more independent when you bounce back from **heartbreak**.
當你從悲傷中復原，就會發現自己變得更堅強且更獨立。

---

» **heartbreaker**

[ˋhɑrtˌbrekɚ]

n. 令人傷心的人或事物

heart（心）+ break（破壞）+ er（「施動者」名詞字尾）

例 Peter is a real charmer, but he's also an abominable **heartbreaker**.
Peter 是個十足的萬人迷，但他也是個可惡的負心漢。

---

» **housebreak**

[ˋhaʊsˌbrek]

v. 訓練（貓狗）習慣家居

house（房屋）+ break（破壞）

例 To **housebreak** a cat or a dog, you need to have quite a bit of patience.
要訓練貓或狗習慣人類的居家生活，你需要具備相當的耐性。

---

» **housebreaking**

[ˋhaʊsˌbrekɪŋ]

n. 入侵民宅

house（房屋）+ break（破壞）+ ing（動名詞字尾）

例 The 16-year-old teenager was charged with **housebreaking** and theft.
那名十六歲的青少年被指控入侵民宅及偷竊。

---

» **icebreaker**

[ˋaɪsˌbrekɚ]

n. 破冰船；碎冰機；打破僵局的東西

ice（冰）+ break（破壞）+ er（「施動者」名詞字尾）

例 Board games are great **icebreakers** for parties.
桌遊是打破派對僵局的好物。

B

## » jailbreak
[`dʒel͵brek]

n. 越獄

jail（牢）＋ break（毀壞）

例 The prisoner started planning a **jailbreak** as soon as he was moved to a private cell.
那囚犯一被移到單人牢房就開始策劃越獄。

## » jawbreaker
[`dʒɔ͵brekɚ]

n. 難發音的字

jaw（下巴）＋ break（破壞）＋ er（「施動者」名詞字尾）

例 The word "*antiangiogenic*" is a real **jawbreaker** that few people can pronounce correctly.
Antiangiogenic 是個很難發音的字，很少人能正確將它讀出來。

## » lawbreaker
[`lɔ͵brekɚ]

n. 犯法者、違法者

law（法律）＋ break（破壞）＋ er（「施動者」名詞字尾）

例 The Mayor reaffirmed that there would be no tolerance for drunk driving, and any **lawbreakers** will be severely punished.
市長重申酒駕不予寬待，且任何違法者將被處以重罰。

## » outbreak
[`aʊt͵brek]

n. 爆發；暴動

out（出）＋ break（打破）

例 Depressive symptoms such as anxiety, fear and insomnia are additional health problems that resulted from the **outbreak** of COVID-19.
焦慮、恐懼及失眠等抑鬱症狀是新冠肺炎爆發所引起的其他健康問題。

» **tiebreaker**

[`taɪ͵brekɚ]

**n.** 延長賽；決勝局

tie（平手）＋ break（破壞）＋ er（「施動者」名詞字尾）

例 It looks like the two players are going to play a **tiebreaker**.
看來這兩位選手要打延長賽了。

TRACK 012

B

🔊 **bone** 骨頭

» **backbone**

[`bæk͵bon]

**n.** 脊骨；骨幹、支柱、基礎；骨氣

back（背）＋ bone（骨）

例 Semiconductor industry has replaced agriculture as the economic **backbone** of this country.
半導體業已經取代農業成為這個國家的經濟主力。

» **bonehead**

[`bon͵hɛd]

**n.** 笨蛋

bone（骨頭）＋ head（頭）

例 Lucas is a **bonehead** for believing he can put out a fire with alcohol.
Lucas 竟然認為他能用酒精把火撲滅，真是個笨蛋。

» **boneless**

[`bonlɪs]

**adj.** 去骨的；無骨的

bone（骨頭）＋ less（減去、扣除）

例 The congee is cooked with **boneless** milkfish.
這鹹粥是用去骨虱目魚煮的。

41

## » **debone**
[dɪ`bon]

v. 去骨

de（離開）＋
bone（骨頭）

例 I asked the butcher to **debone** the pork leg for me.
我要求肉販幫我將豬腳去骨。

## » **fishbone**
[fɪʃbon]

n. 魚骨、魚刺

fish（魚）＋
bone（骨）

例 I think I've got a **fishbone** stuck in my throat. What
should I do?
我覺得我的喉嚨卡了個魚刺。我該怎麼辦？

## » **lazybones**
[`lezɪˌbonz]

n. 懶惰的人

lazy（懶惰的）
＋ bones（骨
頭）

例 Get off the couch, you **lazybones**!
離開沙發，你這個懶骨頭！

## » **sawbones**
[`sɔˌbonz]

n. 外科醫生

saw（鋸）＋
bones（骨頭）

例 Don't worry. Appendectomy is minor surgery to any
experienced **sawbones**.
別擔心。割盲腸對任何有經驗的外科醫生來說只是個小手
術。

# ☞ **book** 書；預訂

❀ 聯想助記

## » **bookcase**
[ˋbʊkˏkes]

n. 書架，書櫃

book（書）＋
case（容器）

例 It is very smart of you to use the **bookcase** as a room divider.
你將書架拿來當作房間隔板的做法真是聰明。

同義字 **bookshelf**

## » **bookkeeper**
[ˋbʊkˏkipɚ]

n. 簿記員、記帳員

book（書）＋
keeper（保管
人）

例 Since we are expanding our business, it's necessary that we hire an experienced **bookkeeper** as soon as possible.
既然我們要拓展業務，就有必要盡快聘雇一個有經驗的簿記員。

## » **bookmark**
[ˋbʊkˏmɑrk]

n. 書籤

book（書）＋
mark（標記）

例 The woman put a **bookmark** between the pages before she closed the book.
女子將一只書籤夾在書頁中，然後才闔上書。

## » **bookworm**

[`bʊk͵wɝm]

**n.** 愛讀書者;書蟲

book（書）+ worm（蟲）

例 Vincent is such a **bookworm**. He is reading a book whenever I see him.
Vincent 真是一個愛讀書的人。無論我何時看到他,他都在讀書。

## » **handbook**

[`hænd͵bʊk]

**n.** 手冊;指南

hand（手）+ book（書）

例 Details of all courses are given in your student **handbook**.
所有課程的詳細介紹都有寫在你們的學生手冊上。

## » **overbook**

[͵ovɚ`bʊk]

**v.** 過量預訂

over（超出）+ book（預訂）

例 Seat reservations are not guaranteed because of the **overbooking** policy.
因為超售政策,預訂座位不保證有位。

## » **storybook**

[`storɪ͵bʊk]

**n.** 故事書

story（故事）+ book（書）

例 Marian is a famous **storybook** writer who is very popular among parents.
Marian 是個很受父母歡迎的名故事書作家。

## » **textbook**

[`tɛkst͵bʊk]

**n.** 教科書、課本

text（文字、課文）+ book（書）

例 Please make sure the **textbook** you purchased is the same version as the one your teacher assigns.
請確認你購買的教科書跟老師指定的是同一個版本。

# 👉 box 箱；盒

| | | ❈ 聯想助記 |
|---|---|---|

» **boxcar**
[ˋbɑksˌkɑr]

n. 貨車車廂

box（箱子）
+ car（車）

例 The police rescued 20 immigrants locked inside a **boxcar** from the human smugglers.
警方從人口販子手上救出20個被鎖在貨車車廂裡的移民。

---

» **cashbox**
[ˋkæʃˌbɑks]

n. 錢箱

cash（現金）
+ box（箱）

例 A middle-aged man was caught stealing money from a **cashbox** in a convenience store.
一名中年男子偷竊便利商店裡錢箱的錢時被逮個正著。

---

» **chatterbox**
[ˋtʃætɚˌbɑks]

n. 愛講話的人；話匣子

chatter（嘮叨）+ box（盒子）

例 My little brother hardly uttered a word until he was three, but now he is a **chatterbox**.
我弟弟在三歲之前連一個字都不太會講，但現在他可是個話匣子。

---

» **firebox**
[ˋfaɪrˌbɑks]

n. 燃燒室；烤肉爐下方的火箱

fire（火）+ box（箱）

例 It took us a while to start a fire in the **firebox** before we could put the sausages on the grill.
在把香腸放在烤架上前，我們花了好一會兒功夫將火箱內的火生起來。

45

## » **icebox**
[ˋaɪsˏbɑks]

n. 冷藏庫；冰箱

ice（冰）＋
box（箱子）

例 Milk should be stored in the **icebox** to stay fresh.
牛奶應該儲存在冰箱裡保鮮。

## » **mailbox**
[ˋmelˏbɑks]

n. 郵箱；（私人住宅的）信箱

mail（郵件）
＋box（箱子）

例 The first thing he does every morning is to check his **mailbox** for new messages.
他每天早上做的第一件事，就是檢查信箱裡有沒有新訊息。

## » **outbox**
[ˋaʊtˏbɑks]

n. 待發箱；發件箱

out（出去）＋
box（箱）

例 The mail which I sent you this morning turned out to be stuck in the **outbox**.
我今天早上寄給你的信件原來是卡在待發郵件裡了。

## » **pepperbox**
[ˋpɛpɚˏbɑks]

n. 胡椒瓶；脾氣暴躁之人

pepper（胡椒）＋box（盒子）

例 Mr. Robinson is a real **pepperbox**. He doesn't get along with anybody.
Robinson 先生是個十足脾氣暴躁的人，他跟任何人都合不來。

## » **pillbox**
[ˋpɪlˏbɑks]

n. 藥盒

pill（藥丸）＋
box（盒子）

例 Always keep your **pillbox** out of reach of young children.
永遠將藥盒放在小孩子拿不到的地方。

## » **postbox**
[`post͵bɑks]

n. 郵筒

post（郵政）
＋ box（箱子）

例 The post worker collects mails from the **postbox** once every weekday.
郵政人員每個平日都會來郵筒收集一次郵件。

## » **rattlebox**
[`rætḷ͵bɑks]

n. 喋喋不休的人；野百合

rattle（發出咯咯聲）＋ box（盒子）

例 Ted is such a **rattlebox** when it comes to baseball.
每次一講到棒球，Ted 就喋喋不休的講個不停。

## » **sandbox**
[`sænd͵bɑks]

n. 沙池

sand（沙）＋ box（箱）

例 Children are having fun in the **sandbox** at the playground.
孩子們在遊樂場的沙池裡玩得很開心。

## » **saucebox**
[`sɔs͵bɑks]

n. 冒失鬼；莽撞的人

sauce（莽撞無理）＋ box（盒子）

例 The man who burst into the meeting room without knocking was such a **saucebox**.
那個沒敲門就闖進會議室的男子真是個冒失鬼。

## » **soapbox**
[`sop͵bɑks]

n. 肥皂箱；臨時表演臺

soap（肥皂）＋ box（箱子）

例 The man stepped onto the **soapbox** and made an impromptu speech to the public.
男子踏上臨時表演台，對群眾發表即席演説。

B

» **strongbox**
[ˋstrɔŋ͵baks]

n. 保險櫃（箱）

strong（堅固的）+ box（箱子）

例 She keeps all her valuables in the **strongbox** behind the bookshelf.
她把所有的貴重物品放在書櫃後面的保險箱裡。

» **tinderbox**
[ˋtɪndɚ͵baks]

n. 火絨盒；易燃物；易怒的人；隨時會爆發危險之事物

tinder（火種）+ box（盒子）

例 The student movement is a **tinderbox** where riots may break out at anytime.
這場學運氣氛很火爆，暴亂隨時有可能會突然爆發。

TRACK 015

# ☞ **body** 身體；人

» **antibody**
[ˋæntɪ͵badɪ]

n. 抗體

anti（反對）+ body（身體）

例 People with **antibodies** against SARS-CoV-2 are less likely to be reinfected with the virus.
有新型冠狀病毒抗體的人比較有可能不再次感染該病毒。

» **anybody**
[ˋɛnɪ͵badɪ]

n. （用於疑問、否定句或條件子句）重要的人、有意義的人

any（任何）+ body（人）

例 You're not **anybody** to your children unless you take your responsibility.
除非你負起你的責任，否則對你的孩子而言，你就誰也不是。

» **bodybuilder**
[ˈbɑdɪˌbɪldɚ]

n. 健美運動者，鍛鍊肌肉者

> body（身體）+ build（增進）+ er（「施動者」名詞字尾）

例 How do I get six-pack abs like those **bodybuilders**?
我要如何才能像那些健美運動者有六塊腹肌？

---

» **bodybuilding**
[ˈbɑdɪˌbɪldɪŋ]

n. 健身

> body（身體）+ build（發展）+ ing（動名詞字尾）

例 Before Jeff devoted himself to **bodybuilding**, he looked emaciated.
在 Jeff 致力於健身之前，他看起來很瘦弱。

B

---

» **bodyguard**
[ˈbɑdɪˌgɑrd]

n. 護衛者，保鏢；護衛隊

> body（身體）+ guard（警衛）

例 For the sake of personal safety, the wealthy banker hired a few **bodyguards** to protect him 24/7.
為了人身安全，有錢的銀行家僱請了幾個保鏢來二十四小時保護他。

---

» **bodysuit**
[ˈbɑdɪˌsut]

n. 緊身連體衣褲；一件頭緊身衣褲

> body（身體）+ suit（衣服）

例 Wearing a **bodysuit** can be very inconvenient when you need to use the bathroom.
穿著緊身連體衣要上廁所時很不方便。

---

» **bodysurf**
[ˈbɑdɪˌsɝf]

v. 徒手衝浪

> body（身體）+ surf（衝浪）

例 We're going to spend the whole summer **bodysurfing** at the beach in Hawaii.
我們整個夏天都將在夏威夷的海灘上徒手衝浪。

## » **bodywork**

[ˋbɑdɪˌwɝk]

n. 車身；車身製造工作

body（身體）+ work（工作）

例 The car needs a thorough **bodywork** repair after the accident.
這輛車在車禍過後需要徹底的車身維修。

## » **busybody**

[ˋbɪzɪˌbɑdɪ]

n. 愛管閒事的人

busy（忙碌的）+ body（身體）

例 Don't be such a **busybody**. Mind your own business.
別那麼愛管閒事。管好你自己的事就好。

## » **homebody**

[ˋhomˌbɑdɪ]

n. 戀家的人；喜歡待在家裡的人

home（家）+ body（人）

例 Quarantine life isn't too bad for Mike because he's always been a **homebody**.
隔離的生活對 Mike 來說並不太困難，因為他一直以來都是個宅男。

## » **nobody**

[ˋnobɑdɪ]

n. 無足輕重的人、無名小卒

no（無）+ body（人）

例 After many years of effort, she finally went from a **nobody** to a superstar.
經過了多年的努力，她終於從一個無名小卒變成了一個超級巨星。

## » **somebody**

[ˋsʌmˌbɑdɪ]

n. （用於肯定句）重要人物、有名氣的人

some（某個）+ body（人）

例 I'd rather be a nobody than a fake **somebody**.
我寧可當個無名小卒，也不想當個冒牌的大人物。

# 👉 **boy** 男孩、男子

❋ **聯想助記**

» **bellboy**
[ˋbɛlˌbɔɪ]

n. 旅館大廳服務生；行李員

bell（鐘）+ boy（男子）

例 We tipped the **bellboy** for bringing our luggage to our room.
旅館行李員幫我們把行李送到房間來，我們給了他小費。

» **boychik**
[ˋbɔɪˌtʃɪk]

n. 年輕人，小男孩；小伙子

boy（男孩）+ chick（小雞、小孩）

例 He was just a **boychik** who had scanty experience of life at that time.
他當時只是個涉世未深的小伙子。

» **boyfriend**
[ˋbɔɪˌfrɛnd]

n. 男朋友

boy（男子）+ friend（朋友）

例 Jenny broke up with her **boyfriend** last week.
Jenny 上週跟她男朋友分手了。

» **busboy**
[ˋbʌsˌbɔɪ]

n. 餐廳雜工

bus（公車）+ boy（男子）

例 The singer used to make a living as a **busboy** before he became famous.
那個歌手在成名之前曾經靠當餐廳雜工維生。

## » **copyboy**

[ˋkɑpɪ͵bɔɪ]

n. 送文件的工友

copy（影印）
＋ boy（男孩）

例 The boy had to work a part-time job as a **copyboy** in a newspaper office so as to support himself.
男孩必須在一間報社當送文件的跑腿小弟以養活自己。

## » **cowboy**

[ˋkaʊbɔɪ]

n. 牛仔、牧牛人

cow（牛）＋
boy（男子）

例 The **cowboy** is often seen riding on a horse, even when he's not herding cattle.
那牛仔即使不在牧牛，也時常騎著馬。

## » **flyboy**

[ˋflaɪ͵bɔɪ]

n. 飛行員

fly（飛）＋
boy（男子）

例 The **flyboy** was hailed as a hero for landing the plane safely after one of its engines failed.
那個飛行員因為在一個引擎故障後讓飛機安全地降落，而被擁立為英雄。

## » **hautboy**

[ˋho͵bɔɪ]

n. 雙簧管

haut（法國上流階級）＋
boy（男孩）

例 Among all musical instruments, I especially love the sound of a **hautboy**.
在所有的樂器中，我特別喜歡雙簧管的聲音。

## » **highboy**
[`haɪ͵bɔɪ]

**n.** 高腳五斗櫃

high（高）+ boy（男孩）

例 This antique mid-19th century **highboy** makes our dinning area look elegant.
這個十九世紀中的古老高腳櫃讓我們的用餐區看起來很典雅。

同義字 **tallboy**
反義字 **lowboy**（低腳櫃）

B

## » **homeboy**
[`hombɔɪ]

**n.**（男）老鄉；老友；同夥

home（家）+ boy（男孩）

例 Grandpa invited some of his **homeboys** over for dinner and had a chat about old times.
爺爺邀請他的一些同鄉老友來吃晚餐並敘舊。

## » **newsboy**
[`njuz͵bɔɪ]

**n.** 報童；送報人

news（新聞）+ boy（男孩）

例 I haven't received today's newspaper yet. The **newsboy** is late.
我還沒收到今天的報紙。送報人遲到了。

## » **pageboy**
[`pedʒ͵bɔɪ]

**n.** 尾端內捲的髮型；（旅館、劇院）男侍

page（呼叫）+ boy（男孩）

例 The **pageboy** knocked on the door with the wine that the hotel guests had called for earlier.
男侍者帶著飯店房客稍早要求的酒敲了門。
例 This adorable **pageboy** haircut really gives you a new look.
這個可愛的內捲髮型真的給了你一個新樣貌。

## » **playboy**
['ple,bɔɪ]

n. 尋歡作樂的男子，花花公子

play（玩樂）+ boy（男孩）

例 The woman said no to the **playboy**'s proposal without hesitation.
女子毫不猶豫地拒絕了那個花花公子的求婚。

## » **schoolboy**
['skul,bɔɪ]

n. 男學生

school（學校）+ boy（男孩）

例 Those middle-aged men are having a frolic on the lawn as if they were still **schoolboys**.
那些中年男子在草地上嬉戲玩耍，彷彿他們還是男學生似的。

## » **tomboy**
['tam,bɔɪ]

n. 男孩似的姑娘；男人婆

tom（雄性動物）+ boy（男孩）

例 Jessica is a **tomboy**. She enjoys playing rough and noisy games with her brothers.
Jessica 是個很男孩子氣的女孩。她很愛跟哥哥弟弟們玩粗野吵鬧的遊戲。

# 👉 **brain** 腦

※ **聯想助記**

B

---

» **brainchild**

[`bren,tʃaɪld]

n. （原創的）想法或作品；智力結晶

brain（腦）+ child（孩子）

例 Few people know that Band Aid was the **brainchild** of an Irish singer and his wife.
很少人知道 OK 繃是一個愛爾蘭歌手和他妻子的智力結晶。

---

» **brainpower**

[`bren,paʊɚ]

n. 腦力，智慧

brain（腦）+ power（力量）

例 Some people believe that listening to Mozart can boost babies' **brainpower**.
有些人認為聽莫札特的音樂能增強寶寶的腦力。

---

» **brainsick**

[`bren,sɪk]

adj. 腦殘的，腦子有病的

brain（腦）+ sick（生病的）

例 I must be either **brainsick** or disoriented to have made such a stupid decision.
我當時會做那樣愚蠢的決定，肯定不是腦殘就是神智不清。

---

» **brainstem**

[`bren,stɛm]

n. 腦幹

brain（腦）+ stem（莖、幹）

例 Severe **brainstem** injuries are very likely to result in death.
嚴重的腦幹傷害很可能導致死亡。

## » **brainstorm**

[`bren,stɔrm]

| n. | 集思廣益、腦力激盪 |
| v. | 集體研討、腦力激盪 |

brain（腦）＋ storm（風暴）

例 The planning team **brainstormed** possible solutions to the thorny problem.
企劃小組集思廣益，合力想出可以解決這棘手問題的可能方案。

## » **brainteaser**

[`bren,tizɚ]

| n. | 難題 |

brain（腦）＋ tease（取笑）＋ er（者）

例 These riddles are **brainteasers** that will surely twist your mind.
這些謎語真的是可以讓你腦筋打結的難題。

## » **brainwash**

[`bren,wɑʃ]

| n. | 洗腦 |
| v. | 洗腦 |

brain（腦）＋ wash（洗）

例 For a long time women have been **brainwashed** into believing they should sacrifice their careers for their husbands and children.
長久以來女人已經被洗腦，相信她們應該為先生與孩子犧牲自己的事業。

## » **crackbrain**

[`kræk,bren]

| n. | 精神錯亂的人、頭腦不正常的人 |

crack（爆裂）＋ brain（腦）

例 The guy who said he was a medieval knight must be a **crackbrain**.
那個說自己是中世紀騎士的傢伙一定是精神錯亂了。

» **featherbrain**

[ˈfɛðɚˌbren]

**n.** 輕浮的人、愚笨的人

feather（羽毛）+ brain（腦）

例 How could you assign such an important business project to a **featherbrain** like her?
你怎麼能將如此重要的一個商業企劃交給像她那樣輕浮的人來負責？

» **harebrained**

[ˈhɛrˌbrend]

**adj.** 輕率的；欠缺考慮的

hare（野兔）+ brain（腦）+ -ed（分詞形容詞字尾）

例 You have to take the consequences of your **harebrained** behavior.
你必須為你輕率的行為承擔後果。

» **lamebrain**

[ˈlemˌbren]

**n.** 呆子

lame（瘸的）+ brain（腦）

例 Those who think being a fulltime mother is easy are all **lamebrains**.
那些認為當全職母親很容易的人全都是笨蛋。

🖐 同義字 **birdbrain**

» **rattlebrain**

[ˈrætḷˌbren]

**n.** 説話不經大腦的人，輕率多話的人、愚蠢多嘴的人

rattle（喋喋不休講話）+ brain（腦）

例 I don't understand why they let a **rattlebrain** like her lead the team.
我不明白他們為什麼會讓像她那樣的一個愚蠢多話的人來領導團隊。

B

» **scatterbrain**
[ˋskætɚ͵bren]

n. 沒有頭腦的人；思想不集中的人

scatter（潰散）
＋ brain（腦）

例 Amanda is such a **scatterbrain** that she always leaves her stuff behind.
Amanda 真是個頭腦渙散的人，老是落東落西的。

TRACK 018

# ☞ **bug** 蟲子；病菌；故障

» **bedbug**
[ˋbɛd͵bʌg]

n. 臭蟲（床蝨）

bed（床）＋
bug（蟲）

例 You need to seek professional treatment for your allergic reactions to **bedbug** bites.
你被床蝨咬而產生的過敏反應需要尋求專業治療。

» **bugbear**
[ˋbʌg͵bɛr]

n. 妖怪；惹人厭惡的事物

bug（蟲）＋
bear（熊）

例 Cigarette smoke and its smell are two of my greatest **bugbears**.
香菸的煙和其味道是兩樣我最討厭的東西。

👋 同義字 **bugaboo**

## » **bughouse**

[ˋbʌɡ͵haʊs]

n. 精神病院

adj. 瘋狂的

bug（蟲）＋
house（屋子）

例 A psycho like him should be kept in the **bughouse**.
像他那樣的精神病患就該被關在精神病院裡。

## » **humbug**

[ˋhʌm͵bʌɡ]

n. 騙子；騙局

v. 哄騙，行騙

hum（嗡嗡
聲）＋ bug（蟲
子）

例 The man whom we used to trust so much turned out to
be a sheer **humbug**.
那個我們曾經非常信任的男人原來是個十足的騙子。

## » **firebug**

[ˋfaɪr͵bʌɡ]

n. 放火者

fire（火）＋
bug（蟲）

例 The **firebug** who deliberately set fire to the house is
still at large.
那個蓄意對房子放火的縱火犯仍在逃。

## » **ladybug**

[ˋledɪ͵bʌɡ]

n. 瓢蟲

lady（淑女）
＋ bug（蟲子）

例 The kids are observing a **ladybug** on the rose leaf.
孩子們在觀察玫瑰花瓣上的一隻瓢蟲。

## » **litterbug**

[ˋlɪtɚ͵bʌɡ]

n. 亂丟垃圾的人

litter（丟垃
圾）＋ bug
（蟲）

例 Don't be a **litterbug**. Throw away your trash properly.
不要當個亂丟垃圾的人。好好地把垃圾丟掉。

B

» **shutterbug**

[`ʃʌtɚˌbʌg]

n. 業餘攝影愛好者

shutter（相機快門）+ bug（蟲）

例 My husband is a **shutterbug** who carries his camera wherever he goes.
我的老公是個不管去哪兒都扛著相機的業餘攝影愛好者。

---

» **superbug**

[`supɚbʌg]

n. 超級細菌

super（超級）+ bug（蟲）

例 Doctors have recently discovered a deadly **superbug** inside many patients' nostrils.
醫生們最近在許多病患的鼻孔內發現一種致命的超級細菌。

---

» **tumblebug**

[`tʌmbl̩ˌbʌg]

n. 糞金龜

tumble（翻滾）+ bug（蟲）

例 The dung may not be so attractive to us, but it is wonderful food for **tumblebugs**.
這糞便對我們來說可能不是很吸引人，但對糞金龜來說卻是美好的食物。

# ☞ **butter** 奶油

☆ ▓ 聯想助記

B

» **butterfat**

[ˋbʌtɚˌfæt]

n. 乳脂

butter（奶油）
+ fat（脂肪）

例 I seldom use cream in my dishes because it contains too much **butterfat**.
我很少在我的菜中使用鮮奶油，因為它含有太多乳脂。

---

» **butterfly**

[ˋbʌtɚˌflaɪ]

n. 蝴蝶

butter（奶油）
+ fly（蒼蠅）

例 Look at those beautiful **butterflies** dancing in the garden!
看那些在花園中飛舞的美麗蝴蝶！

---

» **butterfingers**

[ˋbʌtɚˌfɪŋgɚz]

n. 容易掉球的人；手腳笨拙的人

butter（奶油）
+ fingers（手指）

例 Marianne is such a **butterfingers** that she always drops things.
Marianne 真的是個笨手笨腳的人，總是掉東西。

---

» **butterscotch**

[ˋbʌtɚˋskɑtʃ]

n. 奶油糖果

butter（奶油）
+ scotch（蘇格蘭人）

例 The Englishman usually has a few **butterscotch** candies in his pocket.
那個英國人口袋裡經常會有幾顆奶油糖。

# 👆 come 來

### 🎯 聯想助記

» **income**

[ˈɪnˌkʌm]

**n.** 收入、所得

in（裡）+ come（來）

📖 We should manage to live within our **income**.
我們應設法量入為出。

» **outcome**

[ˈaʊtˌkʌm]

**n.** 結果，結局

out（出）+ come（來）

📖 Not everyone was happy with the **outcome** of the election.
並不是所有人都對選舉結果感到滿意。

» **become**

[bɪˈkʌm]

**v.** 成為

be（使……）+ come（來）

📖 The then small fishing village has **become** a well-known tourist attraction.
當時的小漁村已經成為一個知名的旅遊景點。

» **welcome**

[ˋwɛlkəm]

n. 歡迎
v. 歡迎
adj. 受歡迎的；令人愉快的

well（好的）＋ come（來）

例 The lady of the house **welcomed** the guests at the door.
女主人在門口歡迎賓客。

---

» **overcome**

[ˌovɚˋkʌm]

v. 克服

over（結束）＋ come（來）

例 He **overcame** all the difficulties and obstacles that came his way and finally achieved success.
他克服了他遇到的所有困難和阻礙，最後終於獲得成功。

---

» **comeback**

[ˋkʌmˌbæk]

n. 恢復；重振旗鼓

come（來）＋ back（回）

例 He went bankrupted in 1989, but made a **comeback** ten years later.
他在 1989 年破產，但十年後便東山再起。

---

» **newcomer**

[ˋnjuˋkʌmɚ]

n. 新來的人；新手

new（新）＋ come（來）＋ er（施動者名詞字尾）

例 My neighbor is a **newcomer** to the town.
我的鄰居是新搬到鎮上來的。

---

» **unwelcome**

[ʌnˋwɛlkəm]

adj. 不受歡迎的；討厭的

un（不）＋ welcome（受歡迎的）

例 My weekend was ruined by an **unwelcome** visitor.
我的週末被一個討厭的訪客給毀了。

C

» **comeuppance**

[kʌm`ʌpəns]

n. 報應;罪有應得

> come（來）
> ＋ up（上）
> ＋ ance（表「事實」的名詞字尾）

例 Those bad guys will get **comeuppance** for what they did.
那些壞蛋的所作所為將會有報應。

---

» **comedown**

[`kʌm,daʊn]

n. 衰落;落魄;令人失望的事物

> come（來）
> ＋ down（下）

例 It was quite a **comedown** for her to surrender her principles for money.
對她來說,為了錢放棄自己的原則是很降格的事。

TRACK 021

# ☞ counter  相反的;櫃檯

» **counteract**

[ˌkaʊntɚ`ækt]

v. 對……起反作用;對抗;抵消;中和

> counter（反）
> ＋ act（動作）

例 It is said that tea and coffee will **counteract** the effects of the COVID-19 vaccine.
據說茶和咖啡會抵銷新冠肺炎疫苗的效力。

» **counterbalance**

[ˋkaʊntɚˏbæləns]

n. 平衡（力），均衡（力）；抵消（力）

counter（反）+ balance（平衡）

例 Her partner's careful nature acts as a **counterbalance** to her recklessness.
她的伴侶生性小心謹慎，與她魯莽不顧一切的個性有平衡作用。

---

» **counterblow**

[ˋkaʊntɚˏblo]

n. 反擊

counter（反）+ blow（強風）

例 People in this country finally struck a powerful **counterblow** for what they suffered.
這個國家的人民終於對他們所承受的苦難做了有力的反擊。

同義字 **counterpunch**

---

» **counterclaim**

[ˋkaʊntɚˏklem]

n. 反訴訟

counter（反）+ claim（訴訟）

例 Unsurprisingly, the defendant soon raised a **counterclaim** against the claimant.
不意外地，被告很快就對原告提出反訴訟。

同義字 **countersuit**

---

» **counterculture**

[ˋkaʊntɚˋkʌltʃɚ]

n. 反文化

counter（反）+ culture（文化）

例 Homeschooling is a **counterculture** against the mainstream school system.
自學是一種反對主流學校系統的反文化。

C

» **counterexample**
['kaʊntɚɪg`zæmpl̩]

**n.** 反例

counter
（反）+
example（例
子）

例 They used several **counterexamples** to show that the scientist's theory is false.
他們用數個反例證明該科學家的理論是錯誤的。

---

» **counterfeit**
['kaʊntɚˌfɪt]

**n.** 冒牌貨、製品
**v.** 偽造、仿造
**adj.** 偽造的

counter
（反）+ feit
（事實）

例 The syndicate was arrested for printing **counterfeit** money.
該犯罪集團因為印製假鈔而被逮捕。

---

» **counteroffer**
['kaʊntɚˌɔfɚ]

**n.** 還價

counter
（反）+
offer（出價、
報價）

例 The salary they offered is not fair. You should negotiate a more reasonable **counteroffer**.
他們提出的薪資不公平。你應該跟他們討價，得到一個更合理的還價。

---

» **counteroffensive**
[ˌkaʊntərə`fɛnsɪv]

**n.** （軍隊）反擊；反攻

counter
（反）+
offensive（進
攻）

例 The **counteroffensive** they undertook has successfully forced the enemy troops to withdraw.
他們進行的反擊成功地迫使敵軍撤退。

🖐同義字 counterattack, counterstrike

---

» **counterpart**
['kaʊntɚˌpart]

**n.** 極相像的人（或物）；對應的人（或物）

counter（相
反的）+
part（部分）

例 The draft contract should be sent to our **counterpart** a week before our meeting.
合約草案應在開會一星期前傳給對方的人員。

---

» **counterperson**

[ˋkaʊntɚˏpɝsn]

**n.** 店員;售貨員

counter（櫃檯）+ person（人）

例 As a **counterperson**, I deal with different kinds of customers every day.
身為一名櫃檯店員,我每天都必須應付各種不同的顧客。

---

» **counterpoint**

[ˋkaʊntɚˏpɔɪnt]

**n.** （音樂）對位;對比物
**v.** 對位;對比、對照

counter（反）+ point（對準）

**C**

例 The simple green salad is a perfect refreshing **counterpoint** to the barbecued pork ribs.
這簡單的綠色沙拉為烤豬肋排提供了完美的清爽對比。

---

» **counterproposal**

[ˋkaʊntɚprəˏpozl]

**n.** 反建議

counter（反）+ proposal（建議）

例 Simon made a **counterproposal** in response to the unsatisfactory proposal that Jamie brought up.
針對 Jamie 所提出的差強人意的提案,Simon 作出了反建議。

---

 TRACK 022

# ☞ **crack** 爆裂;砸開

---

» **crackdown**

[ˋkrækˏdaʊn]

**n.** 壓迫;鎮壓

crack（爆裂）+ down（下）

例 The police **crackdowns** undermined the farmers' rebellion in no time.
警方的鎮壓迅速地顛覆了這場農民叛亂。

---

## » crackle
[`kræk!]

v. 發出爆裂聲；充滿生氣

crack（爆裂）＋ le（動詞字尾）

例 Audience **crackled** with excitement when the singer appeared on the stage.
當那歌手出現在舞台上時，觀眾因興奮而激動鼓譟。

## » crackpot
[`kræk,pɑt]

n. 瘋子；怪人；瘋狂的念頭

crack（砸開）＋ pot（鍋子）

例 The **crackpot** should be kept in the madhouse unless they can prove him harmless.
除非他們可以證明那瘋子不會傷害他人，否則他就該被關在瘋人院。

✋ 同義字 crackbrain

## » cracksman
[`kræksmən]

n. 盜賊，竊賊

crack（砸開）＋ man（人）

例 The man became a **cracksman** after he lost his livelihood.
男子失業後竟成了一名盜賊。

## » crackup
[`kræk,ʌp]

n. （飛機、車子）失事；崩潰、瓦解

crack（爆裂）＋ up（徹底地）

例 Chronic stress can result in a total **crackup** if a person fails to manage it in time.
長期的壓力若未能適時處理，可導致全面的精神崩潰。

## » firecracker
[`faɪr,krækɚ]

n. 鞭炮

fire（火）＋ crack（爆裂）＋ er（「施動者」名詞字尾）

例 It is dangerous to let off **firecrackers** in public space.
在公共空間施放鞭炮是很危險的。

» **safecracker**

[`sef͵krækɚ]

n. 保險箱竊賊

safe（保險箱）+ crack（砸開）+ er（「施動者」名詞字尾）

例 The **safecracker** carelessly left a fingerprint on the handle of the safe deposit.
保險箱竊賊不小心在保險箱手把上留下一枚指紋。

» **wisecrack**

[`waɪz͵kræk]

n. 俏皮話

v. 講俏皮話；俏皮地說

wise（聰明的）+ crack（爆裂）

例 The **wisecracks** Peter made provoked laughter in class.
Peter 說的俏皮話在班上引發一陣笑聲。

TRACK 023

## ☞ **cross** 橫穿、越過；交叉

» **crossbones**

[`krɔs͵bonz]

n. 二根骨頭交叉圖形

cross（交叉）+ bones（骨頭）

例 Don't open the box with a skull and **crossbones** sign on it. It's dangerous.
不要打開那個有著骷髏畫記號的盒子。很危險。

» **crossbreed**

[`krɔs͵brid]

n. 雜種

v. 使混種繁殖

cross（交叉）+ breed（繁殖）

例 A mule is a **crossbreed** of a male donkey and a female horse.
騾是公驢和母馬混種繁殖的後代。

同義字 intercross

## » **crosscurrent**

[`krɔsˌkɝənt]

**n.** 橫流；反對意見

cross（交叉）
+ current
（氣流）

例 Political **crosscurrents** arose from tariff tensions between the two countries have escalated in the past two years.
因兩國之間關稅緊張而引起的政治反對聲浪在過去兩年更多了。

## » **crossfire**

[`krɔsˌfaɪr]

**n.** 交相指責；交鋒；交火

cross（交叉）
+ fire（火）
+ crossfire
（交火）

例 The two guys had a furious argument in the street, and several passers-by were caught in the **crossfire**.
兩個男子在路上發生激烈爭執，幾個路人也被捲入戰火。

## » **crosshair**

[`krɔsˌhɛr]

**n.** 十字瞄準線；交叉瞄準線

cross（交叉、
十字）+
hair（毛髮）

例 The hunter aimed his gun at the boar, and took a shot when it was in his **crosshairs**.
獵人將槍枝瞄準野豬，並在野豬進入十字瞄準線時開槍射擊。

## » **crossover**

[`krɔsˌovɚ]

**n.** 天橋；交叉；跨越
**adj.** 交叉的

cross（穿越）
+ over（上
方）

例 His brother is a **crossover** actor, fashion model and a singer.
他的哥哥是個集演員、時裝模特兒及歌手於一身的多棲藝人。

## » **crosspiece**

[`krɔs͵pis]

**n.** 橫木；橫檔；閂

cross（橫穿）＋ piece（一塊）

例 The stool whose legs are supported by a strong **crosspiece** can withstand heavy loads.
這張椅腳由堅固的橫閂所支撐的凳子能禁得起重壓。

✋ 同義字 **crossbar**

## » **crossroads**

[`krɔs͵rodz]

**n.** 十字路口；轉折點；重大的抉擇關頭

cross（十字、交叉）＋ road（馬路）

例 I am at a **crossroads** of my career now. I need to decide whether to accept the job offer in London.
我現在正處於事業的轉折點。我需要決定是否接受倫敦的工作機會。

✋ 同義字 **crossway**

## » **crosswalk**

[`krɔs͵wɔk]

**n.** 行人穿越道；斑馬線

cross（越過）＋ walk（走路）

例 Children should be taught to always take the **crosswalk** to go across the street.
孩童應被教導過馬路時應走斑馬線。

## » **crosswise**

[`krɔs͵waɪz]

**adv.** 斜地；交叉地

cross（交叉）＋ wise（表「和……相似」字尾）

例 Place your knife and fork **crosswise** on the plate if you have finished eating.
如果你已經用餐完畢，將刀叉交叉放置在餐盤中。

C

# ☞ cycle 腳踏車；週期；使循環

☆ 聯想助記

## » bicycle
[`baɪsɪkl̩]

n. 腳踏車、自行車

bi（表「兩個」的前綴）+ cycle（腳踏車）

例 Most residents in Amsterdam are proud of the network of **bicycle** lanes in the city.
阿姆斯特丹大部分的居民都對城市裡的自行車道網絡感到很驕傲。

## » lifecycle
[`laɪf,sɪkl̩]

n. 生命週期

life（生命）+ cycle（週期）

例 Every human, like all living things, goes through the same **lifecycle**.
就像所有的生物一樣，每一個人都會經歷相同的生命週期。

## » motorcycle
[`motɚ,saɪkl̩]

n. 機車

motor（馬達）+ cycle（腳踏車）

例 It is illegal to ride a **motorcycle** without a **motorcycle** license.
沒有機車駕照騎機車是違法的。

## » recycle
[ri`saɪkl̩]

v. 使循環、再利用；回收

re（重複）+ cycle（循環）

例 We should **recycle** paper, plastic bottles and glass to protect our environment.
我們應該回收紙類、塑膠瓶及玻璃以保護我們的環境。

» **tricycle**

[ˋtraɪsɪk!]

n. 三輪車

tri（三）+ cycle（腳踏車）

例 This **tricycle**, which is for toddlers aged from 2 to 5, sells well.
這款給二到五歲學步兒使用的三輪車賣得很好。

» **unicycle**

[ˋjunɪˌsaɪk!]

n. 獨輪車

uni（單一）+ cycle（腳踏車）

例 It takes a lot of training for an acrobat to do various antics on the **unicycle**.
一個雜技演員要能在獨輪車上做各種雜技動作需要很多的訓練。

TRACK 025

☞ **cover**　覆蓋、遮蓋；頂替；遮蓋物；封面

» **coverall**

[ˋkʌvɚˌɔl]

n. （連身的）工作服

cover（覆蓋）+ all（全部）

例 All healthcare workers must enter the patient care areas in protective **coveralls**.
所有的醫護人員必須穿著全身防護衣才能進入病人照顧區。

## » coverlid

[ˋkʌvɚˏlɪd]

**n.** 覆蓋物；床罩、床單

cover（覆蓋）＋ lid（蓋子）

例 It was already noontime and she still lay under the **coverlid**.
都已經中午了，她還躺在被窩裡。

✋ 同義字 **coverlet**

---

## » coverage

[ˋkʌvərɪdʒ]

**n.** 覆蓋範圍；保險項目

cover（覆蓋）＋ age（表示「狀態、結果、比例」的名詞字尾）

例 The release of the band's new album received much media **coverage**.
該樂團的發行新唱片的消息佔據了許多媒體版面。

---

## » uncover

[ʌnˋkʌvɚ]

**v.** 除去覆蓋物；揭露、發現

un（不）＋ cover（覆蓋）

例 The police have recently **uncovered** a conspiracy against the government.
警方最近發現了一椿反政府的陰謀。

---

## » dustcover

[dʌstˏkʌvɚ]

**n.** 防塵罩

dust（灰塵）＋ cover（遮蔽物）

例 He uses a **dustcover** to keep his piano clean when it is not played.
當琴沒在彈時，他會用防塵罩讓鋼琴保持乾淨。

---

## » softcover

[ˋsɔftˋkʌvɚ]

**n.** 平裝書
**adj.** 平裝的

soft（軟的）＋ cover（封面）

例 **Softcover** books are much lighter than hardcover ones.
平裝書比精裝書輕多了。

## » **hardcover**
[ˋhɑrdˏkʌvɚ]

n. 精裝書
adj. 精裝的

hard（硬的）＋ cover（封面）

例 **Hardcover** books are usually more expensive than softcover ones because of their better quality.
精裝書因為較佳的品質通常比平裝書昂貴。

## » **slipcover**
[ˋslɪpˏkʌvɚ]

n. 家具套、沙發套

slip（片條）＋ cover（遮蓋物）

例 The print **slipcover** gave the old couch a new look.
印花套給了這老舊的沙發一個新面貌。

## » **undercover**
[ˏʌndɚˋkʌvɚ]

adj. 暗中進行的；從事祕密（或間諜）工作的

under（在……下的）＋ cover（遮蓋）

例 No one knew that he was an **undercover** policeman except his boss.
除了上級之外，沒有人知道他是個臥底警員。

## » **discover**
[dɪsˋkʌvɚ]

v. 發現

dis（不）＋ cover（覆蓋）

例 Sooner or later, your secret will be **discovered**.
你的祕密遲早會被發現的。

## » **discovery**
[dɪsˋkʌvərɪ]

n. 發現（的事）

discover（發現）＋ y（名詞字尾）

例 Marie Curie's **discovery** of the elements radium and polonium won her the Nobel Prize in 1911.
居禮夫人因為發現鐳和釙元素而在 1911 年獲得諾貝爾獎。

C

## » rediscover

[ˌridɪsˋkʌvɚ]

v. 重新發現

例 Your encouragement helped me **rediscover** hope for life.
你的鼓勵幫助我重新發現人生的希望。

re（再）+ dis（不）+ cover（覆蓋））

---

## » indiscoverable

[ˌɪndɪsˋkʌvərəbl̩]

adj. 不會被發現的

例 The treasure is **indiscoverable** without the treasure map.
沒有藏寶圖，寶藏是不會被發現的。

in（不）+ discover（發現）+ able（能夠……的）

---

## » undiscovered

[ˌʌndɪsˋkʌvɚd]

adj. 未被發現的

例 The archaeologists believed there are still many **undiscovered** antiquities in this area.
考古學家認為這個地區還有許多未被發現的古代遺物。

un（沒有）+ discover（發現）+ ed（分詞形容詞字尾）

---

## » recover

[rɪˋkʌvɚ]

v. 恢復（原狀）；復原；重新獲得

例 He finally **recovered** his health after staying in the hospital for three months.
在住院三個月之後，他終於恢復了健康。

re（再）+ cover（覆蓋）

---

## » recoverable

[rɪˋkʌvərəbl̩]

adj. 可復原的；可挽回的

例 Don't worry. Those lost files are **recoverable**.
別擔心。那些遺失的檔案是可以復原的。

re（再）+ cover（覆蓋）+ able（能夠……的）

» **unrecoverable**

[ˌʌnrɪˈkʌvərəbl̩]

**adj.** 無法復原的；不能挽回的；無法補救的

例 She realized that her broken marriage was **unrecoverable** and decided to end it.
她了解她破碎的婚姻已經無法挽回，而決定結束它。

👋同義字 **irrecoverable**

TRACK 026

C

## 👉 cow 牛

» **coward**

[ˈkaʊəd]

**n.** 懦夫、膽小者
**adj.** 懦怯的、膽小的

例 Only a **coward** would run away from their responsibilities.
只有懦夫才會逃避自己的責任。

» **cowcatcher**

[ˈkaʊˌkætʃə]

**n.** （火車前的）排障器

例 At the front of the train you can see a **cowcatcher** used to clear obstacles off the track.
在火車的前頭你可以看到一個用來清除軌道上障礙物的排障器。

## » cowhand
[`kaʊˌhænd]

n. 牧童、牛仔

cow（牛）+ hand（人手）

例 They decided to hire a new **cowhand** to help them gather and brand cattle.
他們決定雇請一名新牛仔來幫他們趕牛和為牛烙印。

👆同義字 cowboy, cowpoke, cowpuncher

## » cowherd
[`kaʊˌhɝd]

n. 牧牛人

cow（牛）+ herd（放牧人）

例 The cattle are being taken good care of by the new **cowherd**.
牛隻被新來的牧牛者妥善地照顧著。

## » cowhide
[`kaʊˌhaɪd]

n. 母牛皮

cow（牛）+ hide（獸皮）

例 The handbag made from real **cowhide** is durable.
這款用真牛皮製作的手提包很耐用。

## » cowlick
[`kaʊlɪk]

n. 梳不平的亂髮

cow（牛）+ lick（舔）

例 The dumb **cowlick** in the back of my head quite bothers me.
我頭後面那一小撮亂髮讓我覺得很煩。

## » cowpat
[`kaʊpæt]

n. 一團牛屎

cow（牛）+ pat（小塊）

例 It is a common nuisance for farmers to step into a **cowpat**.
踩到牛大便是農夫們常遇到的麻煩事。

## » cowshed

[ˋkaʊˌʃɛd]

n. 牛棚

cow（牛）+ shed（棚）

例 The cowpoke herded the cattle into the **cowshed** before it started to rain.
牛仔在開始下雨前將牛隻趕進牛棚裡。

TRACK 027

C

# ☞ change 改變；零錢

## » changeable

[ˋtʃendʒəbl̩]

adj. 易變的；可被改變的

change（改變）+ able（能夠的）

例 The weather in London is so **changeable** that it is very unpredictable.
倫敦的天氣變化無常，難以預測。

## » changeless

[ˋtʃendʒlɪs]

adj. 不變的、固定的

change（改變）+ less（無的）

例 The birth rate in this country has been **changeless** for the past twenty years.
這個國家的出生率在過去二十年幾乎沒有變動。

## » changeover

[ˋtʃendʒˌovɚ]

n. （體制的）完全改變；逆轉

change（改變）+ over（全部的）

例 There will be a great **changeover** of the personnel of the company this year.
公司今年在人事上將會有徹底的轉變。

» **interchange**
[͵ɪntɚˋtʃɛndʒ]

**n.** **v.** 交換、互換

inter（互相、在……之間）＋ change（改變）

例 All participants benefited greatly by the **interchange** of ideas and opinions at the forum.
討論會上的想法與意見交流讓所有與會者獲益良多。

✋ 同義字 exchange

---

» **shortchange**
[ˋʃɔrtˋtʃɛndʒ]

**v.** 少找零錢；欺騙；虧待、對……不公平

short（短缺）＋ change（零錢）

例 The cashier at the supermarket made a mistake and **shortchanged** me.
超市的出納員算錯了，少找錢給我。

TRACK 028

---

☞ **class**　　階級；班級；分類

» **classify**
[ˋklæsə͵faɪ]

**v.** 將……分類；將……分等級

class（等級）＋ -fy（動詞字尾）

例 Documents such as contracts or agreements will be **classified** as confidential.
合約或協議這類的文件將會被歸類為機密。

---

» **classless**
[ˋklæslɪs]

**adj.** 無階級的

class（階級）＋ less（無的）

例 Unlike India, Taiwan is reputed to be a **classless** society.
不像印度，台灣普遍被認定為一個無階級之分的社會。

## » classmate
[ˈklæsˌmet]

n. 同班同學

class（班級）＋ mate（同伴）

例 Be friendly and respectful to your **classmates**.
要友愛並尊重你的同學。

## » classroom
[ˈklæsˌrʊm]

n. 教室

class（班級）＋ room（房間）

例 To respect the teacher and your classmates is our top **classroom** rule.
尊重老師和同學是我們的第一則班規。

## » classwork
[ˈklæsˌwɝk]

n.（在教室做的）課業

class（班級）＋ work（工作）

例 Anyone who hasn't finished the **classwork** must complete it during the recess.
沒有完成功課的人必須在下課時間完成。

## » outclass
[aʊtˈklæs]

v. 比……更高級；遠高於；遠勝於

out（出）＋ class（等級）

例 The tennis player **outclassed** his opponents by his outstanding skills and techniques.
那個網球選手以其傑出的技能與技巧完勝他的對手。

## » overclass
[ˈovɚˈklæs]

n. 菁英階級

over（上方的）＋ class（階級）

例 The members of the **overclass** are usually people of influence in a society.
菁英階級的成員們通常是社會上極具影響力的人。

C

» **underclass**

[ˈʌndɚˌklæs]

n. 下層階級

> under（在……下面的）+ class（階級）

例 By stereotyping, we tend to correlate **underclass** behaviors with low income.
刻板印象讓我們傾向於認為底層階級的行為與其低收入有關。

TRACK 029

---

☞ **cook** 烹煮；廚師

» **cookbook**

[ˈkʊkˌbʊk]

n. 食譜

> cook（烹煮）+ book（書）

例 I learned to cook this delicious vegetarian soup from this best-selling **cookbook**.
我是從這本暢銷食譜中學會煮這道美味的蔬菜湯的。

» **cookhouse**

[ˈkʊkˌhaʊs]

n. 野外廚房

> cook（烹煮）+ house（房屋）

例 As camping becomes more popular, mobile **cookhouses** are in short supply at the moment.
由於露營越來越風行，行動廚房目前供不應求中。

» **cookout**

[ˈkʊkaʊt]

n. 野炊；戶外烹食

> cook（烹煮）+ out（在外）

例 We enjoy having a backyard **cookout** on a sunny afternoon.
我們很愛在晴朗的午後在後院野炊。

## » cookroom

[ˋkʊkˌrʊm]

n. 廚房

cook（烹煮）+ room（房間）

例 Chefs and cooks often spend long hours working in the **cookroom**.

廚師或廚子時常長時間在廚房工作。

## » cookshack

[ˋkʊkʃæk]

n. 灶棚

cook（烹煮）+ shack（小棚子、簡陋木屋）

例 They built a temporary **cookshack** to cook and serve food to victims of Typhoon Natalie.

他們搭了一個臨時灶棚為娜塔莉颱風的受災者烹煮餐食。

## » cookshop

[ˋkʊkʃɑp]

n. 小飯館

cook（廚師）+ shop（商店）

例 We often order takeout from the nearby **cookshops** during the pandemic.

疫情期間我們時常到附近的小飯館點餐外帶。

## » cookstove

[ˋkʊkˌstov]

n. 烹調用爐

cook（烹煮）+ stove（爐）

例 The modern kitchen is equipped with a high-tech **cookstove**.

這間現代化的廚房配備有高科技的烹調爐。

## » cookware

[ˋkʊkˋwɛr]

n. 炊具、廚房用具

cook（烹煮）+ ware（物品、器皿）

例 Professional chefs usually have high requirements for their **cookware**.

專業廚師通常對他們使用的炊具都有很高的要求。

C

» **overcook**

[ˌovəˈkʊk]

v. 煮過頭

over（超越）
＋ cook（烹煮）

例 I like the flavor of this dish, but the chicken is a bit **overcooked**.
我喜歡這道菜的味道，但是雞肉有點煮過頭了。

» **undercook**

[ˌʌndəˈkʊk]

v. 未煮熟

under（低於）＋ cook（烹煮）

例 It is common knowledge that **undercooked** chicken meat is inedible.
沒煮熟的雞肉不能吃是常識。

TRACK 030

# ☞ clap 拍手、拍擊

» **afterclap**

[ˈæftɚˌklæp]

n. 節外生枝；意外變動

after（之後）
＋ clap（拍擊）

例 Everything needs to be planned well to avoid any unexpected **afterclaps**.
一切都必須完善計畫以避免節外生枝。

» **clapboard**

[ˈklæpˌbord]

n. 護牆板

clap（拍擊）
＋ board（板子）

例 Replacing **clapboard** sidings of the house is a crucial part of our home renovation.
更新護牆壁板是我們房屋修繕的一個重要環節。

## » clapperclaw

[ˋklæpɚˌklɔ]

v. （用指甲）抓毆、打架

clap（拍手）＋ er（「施動者」名詞字尾）＋ claw（爪子）

例 The two women had a furious argument and **clapperclawed** outside the restaurant.
那兩個女子發生激烈的爭執，並在餐廳外抓打了起來。

## » claptrap

[ˋklæpˌtræp]

n. 譁眾取寵的言詞；討好的言行
adj. 討好的、嘩眾取寵的

clap（拍擊）＋ trap（陷阱）

例 What the politician says is just a load of **claptrap**.
那個政客所說的不過是譁眾取寵的胡話。

C

## » handclap

[hændˋklæp]

n. 鼓掌

hand（手）＋ clap（拍擊）

例 The audience gave the pianist a **handclap** after his splendid performance.
觀眾在鋼琴家精彩的表演後給予掌聲。

## » hunderclap

[ˋθʌndɚˌklæp]

n. 雷鳴、霹靂；晴天霹靂的消息

thunder（雷）＋ clap（拍擊）

例 The news of Kobe Bryant's death was like a **thunderclap** to basketball fans worldwide.
Kobe Bryant 的死訊對全世界的籃球迷來說就像個晴天霹靂。

# ☞ close  關閉；近的

**❀ 聯想助記**

---

» **closemouthed**

[ˋkloﬅˋmaʊðd]

adj. 寡言的、沉默的；口緊的

例 The spokesman remained **closemouthed** about the political scandal.
發言人對這起政治醜聞三緘其口，保持沈默。

close（關閉）
+ mouth
（嘴）+ ed
（分詞形容
詞字尾）

---

» **closeout**

[ˋkloz͵aʊt]

n. （出清存貨）大拍賣；清倉銷售

例 These household appliances are real bargains at the **closeout**.
這些家電用品在清倉特賣，真的很划算。

close（關閉）
+ out（出）

---

» **closestool**

[ˋkloﬅ͵stul]

n. （有蓋）馬桶

例 The invention of **closestools** is a great benefit to all mankind.
馬桶的發明造福了全人類。

close（關閉）
+ stool（凳
子；大便）

---

» **closeup**

[ˋkloﬅ͵ʌp]

n. 特寫
adj. 特寫的；近看的

例 The man took a **closeup** picture of the lovely koalas in the tree.
男子為樹上可愛的無尾熊拍了一張特寫照片。

close（近的）
+ up（上）

---

## » **disclose**
[dɪsˋkloz]

**v.** 使露出；揭發、公開

dis（不）+ close（關閉）

例 The generous contributor refused to **disclose** his name and other personal information.
那位慷慨的捐款人拒絕透露他的姓名和其他個人資料。

## » **enclose**
[ɪnˋkloz]

**v.** 圍起來；封入

en（置於……中）+ close（關閉）

例 The cottage is **enclosed** by a white fence.
小屋被白色的籬笆包圍著。

例 I have **enclosed** the latest product catalogue with this mail for your reference.
隨函附上最新的產品型錄供您參考。

C

## » **foreclose**
[forˋkloz]

**v.** 取消贖回（抵押品）權；失去贖回權

fore（前）+ close（關閉）

例 The bank will begin the **foreclose** process if you fail to pay your mortgage payments up to three times.
如果你未能償付貸款達三次，銀行將會開始進行取消贖回抵押品權利的程序。

## ☞ **dream** 夢；做夢

☆ 聯想助記

---

» **daydream**

[ˋde͵drim]

| n. 白日夢 |
| v. 做白日夢 |

day（白天）
＋ dream
（夢）

例 Stop **daydreaming**. Get a decent job and live your life.
別再做白日夢了。找個正經工作好好過日子吧。

..............................................................

» **dreamboat**

[ˋdrimbot]

n. 意中人；理想目標

dream（夢）
＋ boat（船）

例 It never occurred to Mary that her **dreamboat** would ask her out.
Mary 從沒想過她的夢中情人會約她出去。

..............................................................

» **dreamer**

[ˋdrimɚ]

n. 夢想家；不切實際的人

dream（做夢）＋ er（「施動者」名詞字尾）

例 Not only was Walt Disney a **dreamer**, but he also brought his dreams to life.
Walt Disney 不僅是個夢想家，他還將夢想都變成現實了。

..............................................................

» **dreamful**

[ˋdrimfəl]

adj. 多夢的；常做夢的

dream（夢）
＋ ful（表
「充滿的」
形容詞字
尾）

例 He woke up tired and sleepy after a troubled and **dreamful** night.
在混亂多夢的一夜之後，他醒來時既累又睏。

---

» **dreamland**

[ˋdrimˌlænd]

n. 夢鄉；夢境

dream（夢）
＋ land（地）

例 I must be in **dreamland**. Everything is too good to be true.
我一定是在做夢。這一切都美好的不像是真的。

D

---

» **dreamlike**

[ˋdrimlaɪk]

adj. 夢一般的；朦朧的

dream（夢）
＋ like（表
「像……的」
形容詞字
尾）

例 I was deeply fascinated by the **dreamlike** sky garden.
這夢一般的空中花園讓我深深著迷。

---

» **dreamscape**

[ˋdrimˌskep]

n. 夢境；夢幻一般的景色

dream（夢）
＋ scape（風
景）

例 This place is such a surrealistically beautiful **dreamscape** that could only exist in a film.
如此一個超乎現實般美麗的夢境之地，只可能存在電影中。

# ☞ **do** 做

» **hairdo**

[ˋhɛr͵du]

**n.** （女子）髮式，髮型；（女子）做頭髮

hair（頭髮）＋ do（做）

例 Jenny's new **hairdo** makes her look ten years older.
Jenny 的新髮型讓她看起來老了十歲。

---

» **outdo**

[͵aʊtˋdu]

**v.** 勝過；超越

out（出）＋ do（做）

例 My little brother **outdoes** me in mental calculation.
我弟弟心算比我強。

---

» **overdo**

[͵ovɚˋdu]

**v.** 做得過份；做得過火

over（超過）＋ do（做）

例 Do your best, but don't **overdo** it.
盡力而為，但不要做得過火了。

---

» **redo**

[riˋdu]

**v.** 再做；改裝

re（再次）＋ do（做）

例 You cannot redo your life, because we only live once.
你無法重新過一次人生，因為我們只活一次。

» **underdo**

[`ʌndɚ`du]

v. 不盡全力做；使不煮透

under（在……之下）+ do（做）

例 The chicken is quite **underdone**. It's hardly edible.
這雞肉根本沒煮熟，幾乎不能吃。

» **undo**

[ʌn`du]

v. 取消；破壞

un（表示相反）+ do（做）

例 What has been done cannot be **undone**.
木已成舟。已經做過的事情就不能再後悔了。

» **doer**

[`duɚ]

n. 行為者；實幹家

do（做）+ er（表示「施動者」之名詞字尾）

例 He is a dreamer rather than a **doer**.
他是個愛做夢的人，卻不怎麼付諸行動。

D

# ☞ dry　乾；乾的

## » dryer
[ˋdraɪɚ]

**n.** 乾燥機、烘乾機、吹風機；乾燥劑

dry（乾）＋ er（施動者名詞字尾）

例 Sue wants to dry her hair, but she can't find the hair **dryer**.
Sue 想吹乾頭髮，但是找不到吹風機。

## » dryish
[ˋdraɪɪʃ]

**adj.** 稍乾的；略微乾澀的

dry（乾）＋ ish（有點……的）

例 I am looking for a moisturizer for my **dryish** skin.
我正在為我略乾的皮膚尋找保濕霜。

## » dryland
[ˌdraɪˋlænd]

**n.** 旱地

dry（乾的）＋ land（陸地）

例 **Dryland** farming relies on rainfall to water the crops.
旱地農作仰賴雨水來灌溉農作物。

## » drywall
[ˌdraɪˋwɔl]

**n.** 不塗泥灰的石牆；乾牆

dry（乾的）＋ wall（牆）

例 The hanging cabinet will fall soon if you screw it into the **drywall** on your ceiling.
如果你將吊櫃鑽進天花板的乾牆裡，它很快就會掉落下來。

» **dryasdust**

[ˋdraɪəzˏdʌst]

| | |
|---|---|
| n. | 無趣而好賣弄學問的學者 |
| adj. | 枯燥無味的；趣味索然的 |

dry（乾的）
＋ as（如同）
＋ dust（灰塵）

例 The movie is poorly produced and **dryasdust**. It's such a failure.
這電影製作粗糙且枯燥無味。真是個失敗之作。

» **overdry**

[ˏovəˋdraɪ]

v. 使太乾

over（過度）
＋ dry（乾）

例 Don't **overdry** your clothes or they can appear faded.
不要把衣服烘得太乾，否則他們會褪色。

» **roughdry**

[ˏrʌfˋdraɪ]

adj. 已曬乾尚未燙平的

rough（表面不平的）＋
dry（乾的）

例 He was in such a hurry that he had to wear his **roughdry** shirt to work.
他太過匆忙，以至於必須穿著沒燙平的襯衫去上班。

TRACK 035

# ☞ **down** 向下；低落；失望

» **comedown**

[ˋkʌmˏdaʊn]

n. 衰落；落魄；令人失望的事物

come（來）
＋ down（失敗）

例 The food was such a **comedown** after such a long wait.
等那麼久，這食物卻讓人非常失望。

## » countdown
[ˋkaʊntˏdaʊn]

n. 倒數計時

count（數）
+ down（向
下）

例 As soon as the New Year's Eve **countdown** is over, fireworks will be set off.
新年除夕倒數一結束，煙火就會即刻被施放。

## » crackdown
[ˋkrækˏdaʊn]

n. 鎮壓；痛擊

crack（爆
裂）+ down
（向下）

例 The government of the country was urged to end its **crackdown** on the student protestors.
該國政府被強烈要求結束其對學運人士的鎮壓。

## » downgrade
[ˋdaʊnˏgred]

n. 下坡路
v. 使降級；貶低

down（向
下）+ grade
（級別）

例 The restaurant closed because the business had been on the **downgrade** for many years.
該餐廳因為多年來生意每況愈下而結束營業。

## » downcast
[ˋdaʊnˏkæst]

n. 俯視；倒台
adj. 低垂的；氣餒的

down（向
下）+ cast
（投射；脫
落）

例 He has been **downcast** since he failed the college entrance exam.
自從大學入學考試失利後，他就一直萎靡不振。

## » downhill
[ˋdaʊnˋhɪl]

n. 下坡
adj. 下坡的；輕鬆不費力的
adv. 向下地

down（向
下）+ hill
（坡）

例 His health has been going **downhill** since he was diagnosed with cancer.
自從被診斷出癌症之後，他的健康狀況就每況愈下。

## » **download**
[ˋdaʊnˏlod]

v. 下載

down（下）
+ load（裝載）

例 You can **download** this game on your smartphone for free.
你可以免費下載這個遊戲到你的手機。

## » **downright**
[ˋdaʊnˏraɪt]

adj. 完全的；坦率的
adv. 完全地、徹底的

down（向下）+ right（十足的）

例 The man who poisoned the stray dogs was a **downright** scoundrel.
那個毒死流浪狗的男子是個十足的惡棍。

## » **downscale**
[ˏdaʊnˋskel]

v. 降級；縮減（規模）

down（向下）+ scale（規模）

例 They decided to **downscale** the year-end banquet in order to reduce expenses.
他們決定縮減年終晚宴的規模以降低開支。

## » **downsize**
[ˋdaʊnˋsaɪz]

v. 精簡；裁減人數

down（向下）+ size（尺寸）

例 The company has to **downsize** so as to reduce labor costs.
公司需要精簡以降低人事成本。

## » **downstairs**
[ˏdaʊnˋstɛrz]

n. 樓下
adj. 樓下的
adv. 在樓下、往樓下

down（向下）+ stairs（樓梯）

例 It freaked me out when I heard footsteps from **downstairs** last midnight.
當我昨天半夜聽到樓下傳來腳步聲時，真的是嚇得半死。

D

## » **downtown**

[ˌdaʊnˋtaʊn]

n. 城市商業區
v. 在／往城市商業區
adj. 城市商業區的

down（下）
＋ town（城鎮）

例 Jack went **downtown** to meet with his client this afternoon.
Jack 今天下午進城去跟他的客戶碰面。

## » **downtrend**

[ˋdaʊnˌtrɛnd]

n. 下降趨勢

down（向下）＋ trend（趨勢）

例 Buyers can expect a **downtrend** in property prices next year.
買家們可以期待明年房價將出現下降趨勢。

## » **downturn**

[ˋdaʊntɝn]

n.（經濟）衰退、（景氣）低迷

down（向下）＋ turn（轉）

例 The COVID pandemic resulted in the global economic **downturn** in the past two years.
新冠疫情在過去兩年造成了全球的經濟衰退。

## » **facedown**

[ˋfesˌdaʊn]

n. 對手或敵人間之對抗
adv. 面向下地

face（面）＋ down（向下）

例 The man was found lying **facedown** on the floor when the police broke into the house.
警方破門而入時發現男子面朝下躺在地上。

## » **knockdown**

[ˋnɑkˌdaʊn]

n. 減價；打倒
adj. 擊倒的；廉價的、折扣的

knock（敲）＋ down（向下）

例 It never occurred to him that he could buy his dream car at such a **knockdown** price.
他從沒想過能用如此便宜的價格買到他夢想中的房車。

## » letdown

['lɛt͵daʊn]

n. 減低；減退；失望

let（讓）+ down（失望）

例 It was a big **letdown** when they declined our invitation.
他們婉拒我們的邀請，使得我們非常失望。

## » lockdown

['lɑk͵daʊn]

n. 嚴防禁閉；一級封鎖

lock（鎖）+ down（向下）

例 The city will go into full **lockdown** because of the rising confirmed cases.
該城因為不斷上升的確診病例即將進入全面封城。

## » lowdown

['lo`daʊn]

n. 內幕、真相

low（低的）+ down（向下）

例 Unfortunately, the only person who knew the **lowdown** on that criminal suspect was killed.
很不幸地，唯一知道那個罪犯底細的人已經被殺害了。

## » rubdown

['rʌb͵daʊn]

n. 擦身體、按摩；搜身

rub（擦）+ down（向下）

例 Would you care for a **rubdown** after the steam bath?
你想在蒸氣浴後做個身體按摩嗎？

## » rundown

['rʌn͵daʊn]

n. 概要；逐條核對

run（跑）+ down（向下）

例 The secretary gave her boss the **rundown** on the meeting agenda.
該祕書向她的老闆報告會議流程。

D

» **shutdown**

[ˈʃʌtˌdaʊn]

n. 關閉、停工；關機

shut（關閉）
+ down（下來）

例 Thanks to his help, my computer has just recovered from an unexpected **shutdown**.
多虧有他的幫忙，我的電腦已經自無預警關機中復原。

---

» **slowdown**

[ˈsloˌdaʊn]

n. 減速；怠工

slow（慢）
+ down（下來）

例 The auto industry in this country has undergone considerable **slowdown** due to structural changes.
這個國家的汽車產業發展因為結構性的變化而大幅減緩。

---

» **touchdown**

[ˈtʌtʃˌdaʊn]

n. 觸地；著陸、降落

touch（觸摸）+ down（向下）

例 The 15-hour-long flight finally ended with a smooth **touchdown**.
長達十五小時的飛行終於以平穩的著地降落結束。

---

» **turndown**

[ˈtɝnˌdaʊn]

n. 翻領；拒絕
adj. 翻領的；可翻下的

turn（翻）
+ down（向下）

例 The woman in a **turndown** collar sweater is my aunt.
那個穿著翻領毛衣的女子是我的阿姨。

---

» **downpour**

[ˈdaʊnˌpor]

n. 傾盆大雨，豪雨

down（向下）+ pour（傾倒）

例 We were trapped in the bookstore by the sudden **downpour**.
突來的一場傾盆大雨把我們困在書店裡了。

» **downhearted**

[ˋdaʊnˋhɑrtɪd]

adj. 灰心喪氣的；消沉的

down（低落）+ heart（心）+ ed（過去分詞字尾）

例 Larry was very **downhearted** at the news of Kobe Bryant's death.
Kobe Bryant 的死訊讓 Larry 心情十分低落。

---

» **downfall**

[ˋdaʊnˏfɔl]

n. 墜落；垮台；失敗；大陣雨

down（向下）+ fall（掉落）

例 Just wait and see. The **downfall** of the autocracy is around the corner.
等著看好了。這個獨裁政府的垮台之日已經不遠了。

---

» **tumbledown**

[ˋtʌmbļˏdaʊn]

adj. 搖搖欲墜的

tumble（跌跌撞撞地走）+ down（向下）

例 This rather **tumbledown** building clearly needs instant renovation.
這棟搖搖欲墜的大樓明顯地需要立刻翻修。

TRACK 036

# ☞ **dust** 灰塵；除去灰塵

» **duster**

[ˋdʌstɚ]

n. 除塵器；打掃灰塵的人

dust（灰塵）+ er（表示「施動者」之名詞字尾）

例 The woman used a **duster** to remove dust from the shelf.
女子用除塵撣子撣掉架子上的灰塵。

» **dustcoat**

[ˋdʌstkot]

n. 風衣;防塵外套

dust（除去灰塵）+ coat（外套）

例 I usually wear a **dustcoat** when riding a scooter.
我騎機車時通常會穿防塵外套。

» **dustcart**

[ˋdʌstˌkɑrt]

n. 垃圾車

dust（除去灰塵）+ cart（小車、手推車）

例 The **dustcart** will come collect the garbage by six.
垃圾車六點前會來收垃圾。

» **dustbin**

[ˋdʌstˌbɪn]

n. 垃圾箱

dust（灰塵）+ bin（箱）

例 Please don't throw any wet trash into the **dustbin**.
請不要將濕的垃圾丟到垃圾箱裡。

» **dustpan**

[ˋdʌstˌpæn]

n. 畚箕,畚斗

dust（灰塵）+ pan（平底鍋）

例 Get the broom and the **dustpan** to clean up the trash on the ground.
拿掃把和畚箕過來清地上的垃圾。

» **dustman**

[ˋdʌstmən]

n. 清潔工人;清道夫

dust（灰塵）+ man（男子）

例 It took the **dustman** the whole morning to clean up all the fallen leaves on the street.
清道夫花了一整個上午清掉街道上的落葉。

» **dustup**

[ˋdʌstˌʌp]

n. 騷動;爭論

dust（灰塵）+ up（往上）

例 I had a little **dustup** with my boyfriend this morning.
我今天早上跟男朋友起了點爭執。

» **sawdust**

[`sɔ͵dʌst]

**n.** 鋸木屑

saw（鋸）＋
dust（灰塵）

例 Please clean up the **sawdust** that scattered on the floor
after you finish sawing the wood.
在你鋸完木頭之後，請將散落在地板上的鋸木屑清理乾淨。

» **dustless**

[`dʌstlɛs]

**adj.** 沒有灰塵的，無灰的

dust（灰塵）
＋ less（沒有
的）

例 These **dustless** chalks are popular with teachers.
這些無灰粉筆很受老師們的歡迎。

» **dustproof**

[`dʌst`pruf]

**adj.** 防塵的

dust（灰塵）
＋ proof（能
抵擋的）

例 More and more people wear **dustproof** masks to protect
themselves from dirty air.
越來越多人戴防塵口罩保護自己不要吸到髒空氣。

D

TRACK 037

# 🖕 **dog** 狗

» **doghouse**

[`dɔg͵haʊs]

**n.** 狗屋

dog（狗）
＋ house（房
子）

例 We built a **doghouse** for our pet dog in the yard.
我們在庭院幫我們的寵物狗蓋了間狗屋。

## » dogfight

[`dɔg,faɪt]

| n. 混戰;兩架戰機的空中格鬥 |
|---|
| v. 進行混戰;進行空中格鬥 |

dog(狗)+ fight(打鬥)

例 The debate has turned into a **dogfight**.
這場辯論已經變成一場混戰。

## » dogface

[`dɔg,fes]

n. 士兵,步兵

dog(狗)+ face(臉)

例 The **dogfaces** resolutely defended the fort against enemy's heavy attack.
士兵們堅守堡壘,抵抗敵軍的強力攻擊。

## » doggy

[`dɔgɪ]

adj. 像狗的

dog(狗)+ y(像……的)

例 The woman asked the waiter for a **doggy** bag to take her leftovers.
女子跟侍者要一個打包袋帶走她的剩菜。

✎ 常用片語 **doggy bag** 剩菜打包袋

## » doggo

[`dɔgəʊ]

adv. 隱蔽地

dog(狗)+ go(去)

例 They lay **doggo** behind the bush until the bear left.
他們隱蔽地躲在樹叢後直到熊離開。

## » doggone

[`dɔgɔn]

| adj. 可憎的、該死的 |
|---|
| adv. 極端地 |

dog(狗)+ gone(已死的)

例 Why is this math question so **doggone** difficult?
這數學問題為什麼這麼該死的難?

## » **watchdog**

['watʃ,dɔg]

n. 看門狗；看守人

watch（看守）＋ dog（狗）

例 A good **watchdog** should be aloof with strangers and affectionate with its family.
一隻好的看門犬應該要對陌生人很冷漠，且對家人有深厚的感情。

---

## » **gundog**

['gʌn,dɔg]

n. 獵犬

gun（槍）＋ dog（狗）

例 This **gundog** is well trained to assist his owner in finding and retrieving game.
這隻獵犬受過協助主人尋找及叼回獵物的良好訓練。

---

## » **lapdog**

['læpdɑg]

n. 寵物狗；奉承者、趨炎附勢的人

lap（腿上）＋ dog（狗）

例 Grandma held her **lapdog**, which was small and tame, in her arms.
奶奶將她那隻小巧溫馴的小狗抱在懷裡。

---

## » **hangdog**

['hæŋ,dɔg]

n. 卑微的人
adj. 羞愧的；卑躬屈膝的

hang（懸掛）＋ dog（狗）

例 Knowing what he had done wrong, Jason walked out with a **hangdog** look.
知道自己做了錯事，Jason 帶著羞愧的表情走了出去。

---

## » **bulldog**

['bʊl,dɔg]

n. 鬥牛犬；惡犬

bull（公牛）＋ dog（狗）

例 **Bulldogs** can be very aggressive if they are provoked.
鬥牛犬若是被挑釁，可能會變得非常兇猛。

» **overdog**

[`ovɚ͵dɔg]

n. 佔上風者；特權階級

over（上方的）＋ dog（狗）

例 He seemed to enjoy being the **overdog**.
他似乎很享受作為特權階級的感覺。

---

» **waterdog**

[`wɔtɚ͵dɔg]

n. 會游泳的狗；諳水性的人，老練的水手

water（水）＋ dog（狗）

例 The man took a **waterdog** with him to hunt fish in the river.
男子帶著一隻會游泳的狗跟他去河裡獵魚。

---

» **sheepdog**

[`ʃip͵dɔg]

n. 牧羊犬

sheep（羊）＋ dog（狗）

例 The **sheepdogs** ran in circles so as to round up the sheep.
牧羊犬繞圈跑，是為了將羊隻驅攏。

---

» **underdog**

[`ʌndɚ`dɔg]

n. 敗犬；競爭失利者；弱勢者、受迫害者

under（下方的）＋ dog（狗）

例 This is the only chance for the **underdog** to bounce back.
這是屈居弱勢的一方能夠反敗為勝的唯一機會。

# ☞ **drum** 鼓；鼓聲

※ 聯想助記

» **drummer**

[ˋdrʌmɚ]

n. 鼓手

> 例 Travis Barker was one of the greatest **drummers** of all time.
> Travis Barker 是有史以來最偉大的鼓手之一。

drum（鼓）
＋er（表「施動者」之名詞字尾）

---

» **drumstick**

[ˋdrʌm͵stɪk]

n. 鼓棒、鼓槌；（煮熟的）雞腿

> 例 Teriyaki **drumsticks** are this restaurant's signature dish.
> 照燒雞腿是這間餐廳的招牌菜。

drum（鼓）
＋ stick（棒子）

---

» **drumroll**

[ˋdrʌm͵rol]

n. 連續鼓聲

> 例 The host announced the winner of the award after the **drumroll**.
> 主持人在一陣鼓聲之後宣布得獎人。

drum（鼓聲）＋ roll（滾動）

---

» **drumbeat**

[ˋdrʌm͵bit]

n. 鼓聲；拍擊聲

> 例 He was so nervous that he could even hear his pulse pounding like a **drumbeat**.
> 他緊張到甚至能聽到自己的脈搏如鼓聲般劇跳著。

drum（鼓）
＋ beat（敲擊）

D

## » drumfire
[ˋdrʌmˌfaɪr]

| n. 猛烈的連珠砲火

drum（鼓聲）+ fire（火）

例 Unfortunately, many innocent villagers lost their lives in the **drumfire**.
很不幸地，許多無辜的村民在猛烈連珠砲火攻擊下喪生。

## » eardrum
[ˋɪrˌdrʌm]

| n. 中耳；鼓膜

ear（耳朵）+ drum（鼓）

例 The man gave the kid a hard slap in the face and consequently broke his **eardrum**.
男子重重地打了那孩子一巴掌，結果把他耳膜給打破了。

## » humdrum
[ˋhʌmˌdrʌm]

| n. 平凡、單調
| v. 單調地進行
| adj. 單調的，無聊的

hum（發出嗡嗡聲）+ drum（鼓）

例 We need to get away from the **humdrum** routine of everyday life from time to time.
我們偶爾需要暫時遠離日常生活的單調事務。

# E

## 👉 end 　末端、盡頭；終止

🌸 聯想助記

» **endmost**

[`ɛnd,most]

adj. 末端的

例 Hengchun Township is located on the **endmost** part of the island.
恆春鎮位在島嶼的最末端。

end（末端）＋ most（最......的）

---

» **endless**

[`ɛndlɪs]

adj. 無盡的，無休止的

例 I have always wondered how my mother manages to do those **endless** house chores.
我一直不明白我的母親是如何做那些永無止盡的家務事的。

🖐 同義字 **unending**

end（盡頭）＋ less（無......的）

---

» **endpaper**

[`ɛnd,pepɚ]

n. 書前或書尾之空頁

例 The writer signed his name on the **endpaper** for his fan.
作家為他的粉絲在書本空白頁簽名。

🖐 同義字 **endleaf**

end（末端）＋ paper（紙張）

## » upend

[ʌpˋɛnd]

v. 倒置；顛倒；使混亂

up（上）＋ end（末端）

例 Jack hit a home run at the last minute and totally **upended** the game.
Jack 在最後關頭擊出了一記全壘打，徹底顛覆比賽結果。

## » bookend

[ˋbʊkˌɛnd]

n. 書擋

book（書）＋ end（終止）

例 She used **bookends** to keep her books neat on the bookshelf.
她用書擋將書架上的書放置整齊。

## » dead-end

[ˋdɛdˌɛnd]

adj. 沒有前途的，無發展前景的

dead（死的）＋ end（盡頭）

例 It's not likely for them to invest in this **dead-end** plan.
要他們投資這個沒有發展前景的計畫是不太可能的。

# ☞ eye 眼

**☼ 聯想助記**

» **eyeball**
[ˋaɪˌbɔl]

n. 眼球

例 They are having a quarrel in the living room, **eyeball** to **eyeball**.
他們倆正怒目相視地在客廳爭執。

✎常用片語 **eyeball to eyeball** 怒目相視

eye（眼）+
ball（球）

---

» **eyeful**
[ˋaɪfəl]

n. 滿眼；引人注目的東西

例 Visitors can get an **eyeful** of the beautiful city from Tokyo Skytree's observatory.
遊客可以從東京晴空塔的觀景台飽覽這座美麗城市的景色。

✎常用片語 **get an eyeful** 一飽眼福；飽覽

eye（眼）+
ful（滿的）

---

» **eyebrow**
[ˋaɪˌbraʊ]

n. 眉毛

例 Steven is up to his **eyebrow** in preparing for his oral presentation.
Steven 正在為了準備他的口語報告而忙得不可開交。

✎常用片語 **be up to one's eyebrows** 極為忙碌

eye（眼）+
brow（眉）

E

109

» **eyelid**
['aɪˌlɪd]

n. 眼皮

eye（眼）+
lid（蓋）

例 Amy underwent a double **eyelid** surgery so as to have larger eyes.
Amy 為了有較大的眼睛而動了雙眼皮手術。

» **eyeliner**
['aɪˌlaɪnɚ]

n. 眼線筆、眼線液

eye（眼）+
liner（畫線工具）

例 The actress likes to wear thick **eyeliner** to make her eyes look bigger.
那個女演員喜歡畫厚厚的眼線使她的眼睛看起來大些。

» **eyelash**
['aɪˌlæʃ]

n. 睫毛

eye（眼）+
lash（鞭子）

例 Vitamin A and vitamin B5 are known for helping **eyelashes** grow.
大家都知道維他命 A 和 B5 能幫助睫毛生長。

🖐 同義字 eyewinker

» **eyehole**
['aɪˌhol]

n. 眼窩；圓孔眼

eye（眼）+
hole（洞）

例 The woman peeked out through the **eyehole** on the door before she opened the door.
女子在開門之前透過門上的圓孔眼向外窺視。

» **eyelike**
['aɪlaɪk]

adj. 眼狀的

eye（眼）+
like（像……的）

例 James lives in the building with **eyelike** windows.
James 住在那棟有著眼狀窗戶的大樓裡。

## » eyewear
[ˋaɪ͵wɛr]

n. 眼鏡

eye（眼）＋ wear（穿戴的東西）

例 I wish I weren't nearsighted so that I wouldn't have to wear **eyewear** all the time.
我真希望我沒有近視，如此一來我就不用總是戴著眼鏡。

## » eyesore
[ˋaɪ͵sɔr]

n. 難看的東西；眼中釘

eye（眼）＋ sore（痛處、恨事）

例 That dress is really an **eyesore**. I can't believe you bought it.
那件洋裝真的超難看的。我真不敢相信你買了它。

## » eyelift
[ˋaɪ͵lɪft]

n. 美容手術的眼瞼成形術

eye（眼）＋ lift（提升）

例 An **eyelift** is a safe but effective cosmetic surgery.
提眼手術是一項安全卻有效的美容手術。

## » eyeshot
[ˋaɪ͵ʃɑt]

n. 視野；視力所及之範圍

eye（眼）＋ shot（射程）

例 The beautiful young lady attracted the attention of every gentleman within **eyeshot**.
那美麗的妙齡女子吸引了視線範圍內每一個男士的注意。

## » eyetooth
[ˋaɪ͵tuθ]

n. 犬齒

eye（眼）＋ tooth（牙）

例 I am a huge fan of Jolin that I would give my **eyetooth** for a ticket to her concert.
我是 Jolin 的大粉絲，我會不惜代價拿到她音樂會的門票。

✎常用片語 **give one's eyeteeth for sth.**
對某物夢寐以求；為某物不惜一切代價

E

## » **eyeglasses**
[ˋaɪ͵glæsɪz]

n. 鏡片；眼鏡

eye（眼）＋ glass（玻璃）

例 You should wear **eyeglasses** if you're nearsighted.
如果你近視，就應該戴眼鏡。

## » **eyeshade**
[ˋaɪ͵ʃed]

n. 遮光眼罩；遮陽帽舌

eye（眼）＋ shade（遮光物）

例 My father always sleeps with his **eyeshade**.
我爸爸總是戴著遮光眼罩睡覺。

## » **eyesight**
[ˋaɪ͵saɪt]

n. 視力

eye（眼）＋ sight（視力）

例 Her poor **eyesight** makes her unable to see anything clearly without glasses.
她極差的視力使她不戴眼鏡就無法清楚看到任何東西。

## » **eyestrain**
[ˋaɪ͵stren]

n. 眼睛疲勞

eye（眼）＋ strain（疲勞）

例 Staring at computer screen for too long may cause **eyestrain**.
盯著電腦螢幕太久會造成眼睛疲勞。

## » **eye-opener**
[ˋaɪ͵opənɚ]

n. 讓人大開眼界的事物

eye（眼睛）＋ open（打開）＋ er（表「施動者」之名詞字尾）

例 The round-the-island trip was truly a tremendous **eye-opener** to me. I've learned so much.
這趟環島旅行真的讓我大開眼界。我學到好多東西。

## » **eyedrop**
[ˋaɪˌdrɑp]

n. 眼淚；眼藥水

eye（眼）+ drop（掉落）

例 Lubricating **eyedrops** are used to relieve dry eyes caused by eyestrain.
潤滑用眼藥水是用來緩解眼睛疲勞所造成的乾眼症狀。

## » **eyewitness**
[ˋaɪˋwɪtnɪs]

n. 目擊者；見證人
v. 目擊；目睹

eye（眼）+ witness（目擊）

例 The girl has suffered from post-traumatic stress disorder since she **eyewitnessed** the murder.
女孩在目睹謀殺案件後就受創傷後壓力症候群所苦。

## » **green-eyed**
[ˋgrinˌaɪd]

adj. 妒忌的；眼紅的

green（綠色）+ eye（眼）+ ed（過去分詞形容詞字尾）

例 All girls were **green-eyed** when Cinderella danced with the prince.
當 Cinderella 跟王子共舞時，所有女孩都很妒忌。

## » **dove-eyed**
[ˋdʌvˌaɪd]

adj. 眼神柔和的；目光溫順的

dove（鴿子）+ eye（眼）+ ed（過去分詞形容詞字尾）

例 The **dove-eyed** girl shared her story in a soft and calm voice.
那個眼神柔和的女孩用溫柔平靜的聲音分享她的故事。

## » **red-eye**
[ˋrɛdˌaɪ]

adj. 夜班飛機的；夜行航班的

red（紅）+ eye（眼）

例 We will take a **red-eye** flight that departs at midnight to New York.
我們將搭一班半夜起飛的紅眼航班去紐約。

» **sharp-eyed**

[`ʃɑrpˋaɪd]

**adj.** 目光銳利的

sharp（尖銳）+ eye（眼）+ ed（過去分詞形容詞字尾）

例 The man felt uneasy when being stared by the **sharp-eyed** police officer.
男子被目光銳利的警員盯著看時感到很不自在。

 TRACK 041

☞ **ever** 永遠；究竟

» **everglade**

[ˋɛvɚˏgled]

**n.** 濕地；沼澤地

ever（總是）+ glade（林間空地）

例 **Everglades** are habitats for many animals such as alligators and coral snakes.
沼澤地是許多動物如鱷魚和珊瑚蛇的棲息地。

» **evergreen**

[ˋɛvɚˏgrin]

**n.** 常綠樹；萬年青
**adj.** 常綠的

ever（永遠）+ green（綠）

例 These trees stay **evergreen** as the seasons go.
隨著季節推移，這些樹永保長青。

» **everlasting**

[ˏɛvɚˋlæstɪŋ]

**adj.** 永久的；不朽的；持久的

ever（永遠）+ last（持續）+ ing（現在分詞形容詞字尾）

例 I am tired of this **everlasting** rain.
我厭倦了這下不停的雨。

## » **evermore**
[ˌɛvə·ˈmor]

adv. 永遠；今後，將來

ever（永遠）＋ more（更多）

例 We shall **evermore** cherish the memory of our father.
我們將永遠懷念我們的父親。

## » **forever**
[fə·ˈɛvə·]

adv. 永遠；老是

for（計……時間）＋ ever（永遠）

例 Nobody can live **forever**.
沒有人可以永遠活著。

## » **however**
[haʊˈɛvə·]

adv. 無論如何
conj. 然而

how（如何）＋ ever（究竟）

例 **However** I tried, I wasn't able to cool my father's temper.
無論我如何嘗試，都無法讓我爸爸消氣。

## » **whichever**
[hwɪtʃˈɛvə·]

prop. 無論哪個（些）；究竟哪個（些）

which（哪個）＋ ever（究竟）

例 You can choose **whichever** you like.
你喜歡哪個就選哪個。

## » **whoever**
[huˈɛvə·]

prop. 無論誰

who（誰）＋ ever（究竟）

例 I will give this ticket to **whoever** arrives first.
無論是誰，我會將這張票給第一個到達的人。

## » **whatever**
[hwɑtˈɛvə·]

adj. 不管什麼樣的
prop. 不管什麼

what（什麼）＋ ever（究竟）

例 **Whatever** he says, don't believe it.
無論他說什麼，都不要相信。

E

» **whenever**

[hwɛn`ɛvɚ]

adj. 無論何時；究竟何時

conj. 無論何時；每當

when（何時）＋ ever（究竟）

例 You can call me **whenever** you need help.
無論何時，當你需要幫助時，就可以打電話給我。

» **wherever**

[hwɛr`ɛvɚ]

adv. 無論何地；究竟何地

conj. 無論何處

where（哪裡）＋ ever（究竟）

例 **Wherever** she is, I will find her.
無論她在哪裡，我都會找到她。

TRACK 042

# 👉 **every** 每一

» **everyday**

[`ɛvrɪ`de]

adj. 每天的，日常的；平常的

every（每一）＋ day（日）

例 This riverside hotel is a wonderful place to escape from your **everyday** life.
這個河畔飯店是個能讓你逃離日常生活的完美地方。

» **everyone**

[`ɛvrɪ‚wʌn]

prop. 每人，人人

every（每一）＋ one（人）

例 Hurry up. **Everyone** is waiting for you.
快點。大家都在等你。

🖐 同義字 **everybody**

## » everywhere
[`ɛvrɪ͵hwɛr]

adv. 到處，處處

every（每
一）＋ where
（哪裡）

例 My dog follows me **everywhere** I go.
不論我走到哪，我的狗就跟到哪。

👋 同義字 everyplace

## » Everyman
[`ɛvrɪmæn]

n. 普通人、一般人；凡夫俗子

every（每
一）＋ man
（人）

例 Peter Parker is not **Everyman**. He is Spiderman who
saves people's lives.
Peter Parker 可不是普通人。他是拯救人們生命的蜘蛛人。

## » Everywoman
[`ɛvrɪ`wʊmən]

n. 普通女子、一般女子

every（每
一）＋
woman（女
人）

例 Mrs. Bridgeton is tough and strong-minded, hardly
**Everywoman**.
Bridgeton 夫人既強韌且意志堅定，並非一般女子。

## » everything
[`ɛvrɪ͵θɪŋ]

prop. 每件事，事事

every（每
一）＋ thing
（事）

例 My son used to share **everything** with me, but now he
keeps his secrets from me.
我兒子曾經每件事都跟我分享，但是現在他不讓我知道他的
祕密。

# F

## ☞ **field**　場；原野；田地

☆ 聯想助記

» **battlefield**

[`bætḷˌfild]

n. 戰場

battle（戰爭）＋ field（場）

例 Many soldiers lost their lives on the **battlefield**.
許多士兵在戰場上失去他們的生命。

---

» **brickfield**

[`brɪkˌfild]

n. 磚廠

brick（磚頭）＋ field（場）

例 The **brickfield** is hiring some helping hands.
磚廠正在徵幫手。

---

» **coalfield**

[`kolfild]

n. 煤田

coal（煤礦）＋ field（田地）

例 Those mineworkers worked at the **coalfield** day and night.
那些礦工日夜不停地在煤田工作。

» **cornfield**

[`kɔrn‚fild]

n. 玉米田

corn（玉米）＋ field（田地）

例 The grassland has been converted to **cornfield**.
那片草地已經被轉作為玉米田。

---

» **goldfield**

[`gold‚fild]

n. 採金地；金礦區

gold（金）＋ field（田地）

例 The **goldfield** used to be nameless before gold was found.
這個採金區在發現金礦之前是沒沒無聞的。

---

» **hayfield**

[`he‚fild]

n. 牧草地；乾草地

hay（乾草）＋ field（田地）

例 Burning the **hayfield** can not only remove thatch buildup but also kill off pests while adding nutrients to the soil.
焚燒乾草不僅可以避免茅草增長，還能除掉害蟲，同時增加土壤中的養分。

---

» **minefield**

[`maɪn‚fild]

n. 佈雷區

mine（佈地雷）＋ field（場）

例 They didn't notice the sign and wandered into **minefield** by mistake.
他們沒有注意到標示，而誤闖進佈雷區。

---

» **playfield**

[`ple‚fild]

n. 室外運動場、球場、操場

play（活動、運動）＋ field（場地）

例 Students have been kept from the **playfield** because of the heavy rain.
學生們因為大雨而無法到運動場上去玩。

F

» **outfield**

[`aʊtˌfild]

n. 偏遠的田地；邊境；外場

out（在外的）+ field（田地）

例 It's hard to find a place to stay overnight in such an **outfield**.
在這樣一個偏遠的地方很難找到可以過夜的地方。

» **snowfield**

[`snoˌfild]

n. 雪原；萬年雪；積雪

snow（雪）+ field（原野）

例 Skiers from all over the world visit Australia for its vast **snowfields**.
來自世界各地的滑雪者為了腹地廣大的雪原來到澳洲。

TRACK 044

# ☞ **fight** 戰鬥；打架、爭吵

» **bullfight**

[`bʊlˌfaɪt]

n. 鬥牛

bull（公牛）+ fight（打架）

例 The bullfighter was attacked by the bull in the **bullfight**, and was seriously injured.
鬥牛士在這場鬥牛中受到公牛攻擊，並且受了重傷。

» **catfight**

[kætˌfaɪt]

n. 激烈的爭論

cat（貓）+ fight（爭吵）

例 A **catfight** erupted between Jeff and Gary at the dinner table.
Jeff 和 Gary 兩人在餐桌上爆發了激烈的爭論。

» **cockfight**

[`kɑk,faɪt]

n. 鬥雞

cock（公雞）
+ fight（打架）

例 The **cockfight** has resulted in the death of both the cocks.
這場鬥雞造成兩隻公雞都死亡。

» **dogfight**

[`dɔg,faɪt]

n. 狗打架；混戰

dog（狗）+
fight（打架）

例 James was slightly hurt when trying to stop a **dogfight**.
James 在試圖阻止一場混戰時受到輕傷。

» **gunfight**

[`gʌn,faɪt]

n. 槍戰

gun（槍）+
fight（戰鬥）

例 One of the police officers was injured in the **gunfight**.
其中一名警員在槍戰中受傷。

» **fistfight**

[`fɪst,faɪt]

n. （用拳頭）互毆、鬥毆；拳鬥

fist（拳頭）
+ fight（打架）

例 Anyone who had been involved in the **fistfight** was
severely punished.
所有與這次鬥毆有關聯的人都受到嚴厲的懲罰。

» **firefight**

[`faɪr,faɪt]

n. 交火，互相射擊

fire（火）+
fight（打架）

例 The thirty-minute **firefight** destroyed nearly all the main
buildings in the city.
長達三十分鐘的雙方交火幾乎摧毀了這座城市中所有的主要
建築物。

F

» **prizefight**

['praɪz͵faɪt]

**n.** 職業性拳擊賽

prize（獎金）
＋ fight（戰
鬥）

例 The young boxer became rich and famous overnight after he won the champion belt in the **prizefight**.
那年輕拳手在贏得職業性拳擊賽的冠軍腰帶後一夜致富並且成名。

---

» **outfight**

['aʊt͵faɪt]

**v.** 打敗

out（出）＋
fight（與……
對戰）

例 To everyone's surprise, Jimmy Larson, one of best prospects for a gold medal, was **outfought** and eliminated in the preliminary.
出乎眾人意料的是，最有希望奪金的選手之一的 Jimmy Larson 竟然在預賽就被打敗並淘汰。

---

» **fighter**

['faɪtɚ]

**n.** 戰士，鬥士；戰鬥機

fight（戰鬥）
＋ er（施
動者名詞字
尾）

例 The little girl is a brave **fighter** against cancer.
那個小女孩是勇敢對抗癌症的戰士。

TRACK 045

# ☞ **flow** 流；流動

» **airflow**

['ɛr͵flo]

**n.** 氣流；空氣的流動

air（空氣）
＋ flow（流
動）

例 It is stuffy in this room. Let's open the window to create some **airflow**.
這房間很悶。我們打開窗戶讓空氣流動流動吧。

## » **backflow**
[ˋbækˏflo]

n. 逆流、倒流

back（回）
+ flow（流）

例 The **backflow** of blood from the atrium into the lungs may result in shortness of breath.
從心房往上逆流回肺臟的血液可能會導致呼吸急促的問題。

## » **mudflow**
[mʌdˏflo]

n. 泥流

mud（泥巴）
+ flow（流）

例 They fear that the heavy rain in the mountainous area will cause a deadly **mudflow**.
他們害怕山區的豪雨將會造成致命的泥流。

## » **outflow**
[ˋautˏflo]

n. 流出；流出物
v. 流出

out（向外）
+ flow（流動）

例 We noticed an unusual capital **outflow** of $500 million in 2018.
我們注意到 2018 年有一筆不尋常的五億元資金流出。

## » **overflow**
[ˏovɚˋflo]

v. 泛濫；滿得溢出；充滿

over（超過）
+ flow（流動）

例 My heart **overflowed** with gratitude to you.
我的心充滿了對你的感激之情。

## » **workflow**
[wɝkˋflo]

n. 工作流程

work（工作）
+ flow（流程）

例 Improving **workflow** and productivity is our top priority.
改善工作流程及生產力是我們的首要優先考慮的事。

F

» **flowage**

[`floɪdʒ]

| n. | 流動;流出;泛濫的河水;積水;流出物 |

flow（流動）
＋ age（形成抽象名詞之字尾）

例 Campsites located near the **flowage** are generally popular.
靠水的營區通常很受歡迎。

---

» **flowchart**

[`flo͵tʃɑrt]

| n. | 流程圖;作業圖 |

flow（流程）
＋ chart（圖表）

例 Steven used a **flowchart** to explain the production process to the clients.
Steven 利用流程圖向客戶解釋生產流程。

---

» **flowstone**

[`flo͵ston]

| n. | 流石 |

flow（流）＋
stone（石）

例 **Flowstones** are common speleothems found in solutional caves.
流石是溶洞中常見的洞穴堆積物。

TRACK 046

# 👈 **flower** 花

» **flowerpot**

[`flauɚ͵pɑt]

| n. | 花盆、花缽 |

flower（花）
＋ pot（盆）

例 We planted some sunflower seeds into the **flowerpot**.
我們將一些向日葵種子種進花盆裡。

F

» **sunflower**

[ˋsʌnˌflauɚ]

n. 向日葵

sun（太陽）
+ flower
（花）

例 **Sunflower** oil is broadly used as frying oil because of its high boiling point.
葵花油因其高燃點的特性，被廣泛作為油炸用油。

---

» **dayflower**

[ˋdeˌflauɚ]

n. 鴨跖草

day（日）＋
flower（花）

例 My little garden has been graced with the bright blue **dayflowers** since May.
我的小花園自從五月開始就被明亮的藍色鴨跖草妝點得好美。

---

» **mayflower**

[ˋmeˌflauɚ]

n. 五月開花的草木；五月花號

may（五月）
+ flower
（花）

例 My grandfather came with his parents in 1967 to America on the **Mayflower**.
我的祖父在 1967 年跟他的父母搭乘五月花號來到美國。

---

» **wildflower**

[ˋwaɪldˌflauɚ]

n. 野花

wild（野生的）＋
flower（花）

例 The **wildflowers** along the path are starting to bloom.
沿著小徑生長的野花都開始開花了。

---

» **wallflower**

[ˋwɔlˌflauɚ]

n. 桂竹香；壁花

wall（牆）＋
flower（花）

例 I'd rather stay at home than being a **wallflower** at the party.
我寧可待在家裡，也好過在派對裡當壁花。

## » **windflower**

[ˋwɪndˌflaʊɚ]

n. 銀蓮花

wind（風）
+ flower
（花）

例 You should wear gloves when dealing with **windflowers** to protect yourself from skin allergies.
你在處理銀蓮花時應該戴著手套，以免皮膚過敏。

## » **twinflower**

[ˋtwɪnˌflaʊɚ]

n. 北極花

twin（成
對的）+
flower（花）

例 The pale pink **twinflowers** on the unique slender Y-shaped stem look so cute.
長在獨特的 Y 字莖上的白粉色北極花看起來可愛極了。

## » **moonflower**

[ˋmunˌflaʊɚ]

n. 月光花；春白菊

moon（月）
+ flower
（花）

例 The **moonflowers** that we grow in the garden only bloom at night.
我們在花園裡栽種的春白菊只在晚上開花。

## » **cauliflower**

[ˋkɔləˌflaʊɚ]

n. 花椰菜

cauli（莖）
+ flower
（花）

例 Broccolis and **cauliflowers** are both popular for their cancer-fighting properties.
青花椰菜和白花椰菜都因為具有抗癌特性而受歡迎。

# ☞ **form** 形式、外形；形成

» **format**
['fɔrmæt]

**n.** 形式；版型；格式
**v.** 編排，格式化

form（形式）
+ at（在）

F

例 There is a standard **format** for business letters.
商業書信有標準格式。

---

» **formal**
['fɔrml̩]

**adj.** 正式的

form（形式）
+ al（形容詞字尾）

例 It's not a **formal** party. Just wear what you find comfortable.
這不是個正式派對。穿你覺得舒服的衣服來就行了。

---

» **formalize**
['fɔrml̩ˌaɪz]

**v.** 使正式；使形式化

form（形式）+ al（形容詞字尾）+ ize（表示「使……」之動詞字尾）

例 The gatherings are not fun for me anymore after they became **formalized**.
這些聚會在變得形式化之後，對我而言就不再有趣了。

---

» **conform**
[kən`fɔrm]

**v.** 使一致；符合、遵照

con（一起、共同）+ form（形式）

例 We are taught to **conform** our behavior to social norms.
我們被教導行為要符合社會常規。

## » conformable
[kənˈfɔrməbl̩]

adj. 順應的；一致的；服從的

con（一起、共同）+ form（形式）+ able（能夠的）

例 Such disorderly conduct was apparently not **conformable** to the principles and values of the society.
如此目無法紀的行為顯然不符合社會原則及價值觀。

## » deform
[dɪˈfɔrm]

v. 使變畸形、使變形

de（離開）+ form（外形）

例 Chronic gout may become severe and **deform** your joints.
慢性痛風可能會變得嚴重，並使你的關節變形。

## » deformation
[ˌdifɔrˈmeʃən]

n. 變形；畸形

de（離開）+ form（外形）+ ation（名詞字尾）

例 The **deformation** of his hand joints was caused by chronic gout.
他的手部關節變形是慢性痛風造成的。

## » landform
[ˈlændˌfɔrm]

n. 地形

land（陸地）+ form（外形）

例 In today's geography class, we learned about the **landform** of Taiwan.
今天的地理課我們學習有關台灣的地形。

## » perform
[pɚˈfɔrm]

v. 表現、表演

per（透過）+ form（形式）表現

例 The violinist will **perform** in the National Concert Hall next month.
那位小提琴家下個月將會在國家音樂廳表演。

## » **performance**
[pɚˋfɔrməns]

n. 表現

per（透過）
＋ form（形
式）＋ ance
（名詞字尾）

例 Academic **performance** can't define your success.
學業表現無法定義你的成功。

## » **performer**
[pɚˋfɔrmɚ]

n. 表演者；演出者；執行者

per（透過）
＋ form（形
式）＋ er（施
動者名詞字
尾）

例 One of the **performers** forgot her lines in the middle of
the show.
其中一個表演者表演到一半忘記台詞。

## » **platform**
[ˋplætˏfɔrm]

n. 平台；講台；月台

plat（小塊
地）＋ form
（外形）

例 The **platforms** were crowded with waiting passengers at
the railway station.
火車站的月台擠滿了候車的乘客。

## » **reform**
[rɪˋfɔrm]

v. 改革，革新，改良

re（重新）
＋ form（形
成）

例 The company needs to be **reformed** to strengthen its
organizational structure.
公司必須進行改革，以強化其組織結構。

## » **reformer**
[rɪˋfɔrmɚ]

n. 改革者，革新者

re（重新）
＋ form（形
成）＋ er（施
動者名詞字
尾）

例 Martin Luther was undoubtedly the greatest **reformer** of
the religion in history.
馬丁路德無疑是歷史上最重要的宗教改革者。

F

129

» **malformed**
[ˌmæl`fɔrmd]

adj. 畸形的；變形的

mal（壞）+ form（形式）+ ed（分詞形容詞字尾）

例 Because of his **malformed** feet, it is almost impossible for him to find suitable shoes.
因為畸形足，他幾乎不可能找到適合的鞋子。

---

» **malformation**
[ˌmælfɔr`meʃən]

n. 畸形；殘廢

mal（壞）+ form（形式）+ ation（名詞字尾）

例 The **malformation** of the man's lower limb is congenital.
男子下肢的畸形是先天的。

---

» **multiform**
[`mʌltɪfɔrm]

adj. 多形式的；多樣的

multi（多）+ form（形式）

例 Cancer is a complex, **multiform** illness.
癌症是一種複雜且有多種多樣形式的病。

---

» **unformed**
[ʌn`fɔrmd]

adj. 未成形的；未充分發達的；不成熟的

un（無）+ form（形成）+ ed（分詞形容詞字尾）

例 We are thinking to start a business but our business plan is still **unformed**.
我們打算創業，但我們的創業計畫還未成形。

---

» **uniform**
[`junəˌfɔrm]

n. 制服
adj. 相同的、一致的

uni（單一的）+ form（形式）

例 Most students in Taiwan are asked to wear school **uniforms**.
大部分台灣的學生都被要求要穿學校制服。

» **transform**
[træns`fɔrm]

v. 使……改成；轉化，變形

trans（變化、移轉）+ form（形式）

例 It takes about three and a half months for a tadpole to **transform** into a frog.
一隻蝌蚪轉化為青蛙大約要三個半月。

---

» **transformable**
[træns`fɔrməbḷ]

adj. 可變形的；可變化的；可改造的

trans（變化、移轉）+ form（形式）+ able（能夠的）

例 **Transformable** robots are popular toys among young boys.
變形機器人是很受小男孩喜歡的玩具。

---

» **transformation**
[ˌtrænsfɚ`meʃən]

n. 轉變、變化；改革

trans（變化、移轉）+ form（形式）+ ation（名詞字尾）

例 The students observed the **transformation** of frogs for their science report.
學生們為了寫自然報告而觀察青蛙的轉化。

TRACK 048

---

☞ **fortune**　命運；幸運；財產

» **fortunate**
[`fɔrtʃənɪt]

adj. 幸運的

fortune（幸運）+ ate（形容詞字尾）

例 I feel very **fortunate** to have met you.
能夠遇見你，我感到很幸運。

F

## » **fortuneteller**
[ˋfɔrtʃənˌtɛlɚ]

n. 算命師

fortune（命運）＋ tell（說）

例 What the **fortuneteller** said was sheer nonsense.
那個算命師所說的話根本就是胡說八道。

---

## » **misfortune**
[mɪsˋfɔrtʃən]

n. 不幸；災難、厄運

mis（壞）＋ fortune（幸運）

例 The earthquake and the following tsunami had brought great **misfortune** on people in that country.
那起地震和隨之而來的海嘯為那個國家的人民帶來極大的災難。

---

## » **unfortunate**
[ʌnˋfɔrtʃənɪt]

n. 不幸的人
adj. 不幸的；令人遺憾的；可惜的

un（不）＋ fortune（幸運）＋ ate（形容詞字尾）

例 Let's do something to help those **unfortunate** animals.
我們做些什麼來幫助那些不幸的動物吧。

---

## » **unfortunately**
[ʌnˋfɔrtʃənɪtlɪ]

adv. 可惜地、遺憾地；不幸地

un（不）＋ fortune（幸運）＋ ate（形容詞字尾）＋ ly（副詞字尾）

例 **Unfortunately**, we're not able to take any more reservations as our restaurant is fully reserved this evening.
可惜我們的餐廳今晚已經訂位額滿了，無法再接受任何訂位。

---

## » **fortuneless**
[ˋfɔrtʃənlɪs]

adj. 不幸的；無財產的

fortune（幸運；財產）＋ less（無的）

例 She didn't mind marrying a **fortuneless** man.
她並不介意嫁給一個沒有財產的男人。

# ☞ free 自由的；免費的；無……的

## » freeway

['fri͵we]

n. 高速公路

free（自由的）+ way（路）

例 In Taiwan, speed limits on **freeways** are generally 100 km/h.
在台灣，高速公路的速限通常是時速 100 公里。

## » freebie

['fribi]

n. 免費品

free（免費的）+ bie（名詞字尾）

例 They are giving away **freebies** at the travel fair.
他們正在旅遊展發送免費的贈品。

## » freedom

['fridəm]

n. 自由，獨立自主；自由權

free（自由的）+ dom（表示「狀況」之名詞字尾）

例 The western democratic countries backed the protesters in that area to fight for **freedom**.
西方民主國家支持該地區的抗議者為自由奮戰。

## » freeborn

['fri`bɔrn]

adj. 生而自由的

free（自由的）+ born（出生的）

例 It is hard for those **freeborn** people to imagine what life is like in a totalitarian state.
生而自由的人很難想像在極權國家的生活會是什麼樣子。

## » **freehand**

['fri͵hænd]

| adj. | 徒手畫的 |
| adv. | 徒手地 |

free（自由的）+ hand（手）

**例** The art teacher was surprised at John's outstanding **freehand** drawing skills.
美術老師對於 John 出色的徒手繪圖技巧感到很驚訝。

## » **freehanded**

['fri'hændɪd]

| adj. | 不吝嗇的；慷慨大方的 |

free（自由的）+ hand（手）+ ed（過去分詞形容詞）

**例** Jeff is very **freehanded** with his family and friends when he has extra money.
Jeff 手邊有閒錢時對家人朋友非常慷慨。

## » **freewill**

['fri͵wɪl]

| adj. | 自由意志的，自願的 |

free（自由的）+ will（意志）

**例** Most temples rely on **freewill** individual donations to support their operations.
大部分的廟宇是仰賴個人自由捐款來維持運作。

## » **carefree**

['kɛr͵fri]

| adj. | 無憂無慮的；輕鬆愉快的 |

care（關心）+ free（無……的）

**例** Many parents want their children to have a **carefree** childhood.
許多父母希望他們的孩子擁有一個無憂無慮的童年。

## » **freehold**

['fri͵hold]

| n. | 終身保有 |
| adj. | 可終身保有的 |
| adv. | 終身地 |

free（自由的）+ hold（持有）

**例** They are consulting their lawyer about how to turn the leasehold apartment to their **freehold** property.
他們正在與律師磋商如何將那棟租賃公寓變成他們可終身保有的資產。

## » **freeholder**

[ˈfriˌholdɚ]

**n.** 不動產（或職位的）的終身保有者

free（自由的）+ hold（持有）+ er（施動者名詞字尾）

例 You need to contact the **freeholder** of the building for any problems related to repair or maintenance.
任何有關維修或保養的問題，你必須聯繫這棟大樓的持有者。

## » **freeware**

[ˈfriwɛr]

**n.** 免費軟體

free（免費的）+ ware（商品、用具）

例 There are many good **freeware** games that you can download from the Internet.
網路上有很多很不錯的免費遊戲軟體讓你下載。

## » **germfree**

[ˈdʒɝmˌfri]

**adj.** 無菌的

germ（細菌）+ free（無……的）

例 These hydroponic vegetables were grown in an enclosed **germfree** environment.
這些水耕蔬菜是在封閉的無菌環境下種植出來的。

## » **handsfree**

[ˈhændzfri]

**adj.** 不必用手操作的；免提的

hands（手）+ free（自由的）

例 The taxi driver answered phone calls with a **handsfree** headphone and speaker while driving.
計程車司機駕駛時使用免提的頭戴式耳機和揚聲器接聽電話。

## » **freewheel**

[ˈfriˈhwil]

**n.** 飛輪
**v.** 憑慣性滑行

free（自由的）+ wheel（輪子）

例 The breeze gently brushed my cheek while I **freewheeled** down the hill.
當我騎著自行車滑行下山時，微風輕輕地吹拂著我的臉頰。

F

## » freestyle
[`fri͵staɪl]

n. 自由式比賽
adj. 自由式的

free（自由的）＋ style（風格、方式）

例 Most people learn to swim **freestyle** stroke as beginners.
大多數的人剛開始游泳時都是學游自由式。

## » freelance
[`fri`læns]

n. 自由工作者
v. 當自由工作者
adj. 自由工作的

free（自由的）＋ lance（急速前進）

例 She decided to quit her job and became a **freelance** interior designer.
她決定辭去工作成為一名自由室內設計師。

## » freelancer
[`fri͵lænsɚ]

n. 自由工作者

free（自由的）＋ lance（急速前進）＋ er（施動者名詞字尾）

例 As a **freelancer**, you must be able to manage your time the most effectively.
身為一名自由工作者，你必須能夠以最有效率的方式管理你的時間。

## » freehearted
[`fri`hɑrtɪd]

adj. 坦白的、爽朗的、率直的

free（自由的）＋ heart（心）＋ ed（過去分詞形容詞字尾）

例 Jenny is a **freehearted** woman who is easy to get along with.
Jenny 是個好相處的爽朗女子。

## » freethinker
[`fri`θɪŋkɚ]

n. 自由思想家

free（自由的）＋ think（思想）＋ er（施動者名詞字尾）

例 A **freethinker** never accepts everything he hears as truth.
一個自由思想家絕不會將他聽到的每件事奉為真理。

## » freeload

[ˋfriˋlod]

**v.** 白吃白喝；佔便宜

free（免費的）+ load（裝貨）

**例** Get a decent job. You can't **freeload** off your parents and live with them forever.
找個正當的工作吧。你不能永遠跟你爸媽住，在他們身邊白吃白喝一輩子啊。

## » freeloader

[ˋfriˌlodɚ]

**n.** 白吃白喝的人；不勞而獲的人；不速之客

free（免費的）+ load（裝貨）+ er（施動者名詞字尾）

**例** The woman is a **freeloader** at the wedding banquet. Neither the groom nor the bride knows who she is.
那女人是來婚禮白吃白喝的。新郎和新娘都不知道她是誰。

## » freethinking

[ˋfriˋθɪŋkɪŋ]

**n.** 自由思想
**adj.** 自由思想的

free（自由的）+ think（思考）+ ing（名詞字尾）

**例** Modern teachers encourage **freethinking** and collaboration in their classrooms.
現代的老師在課堂上會鼓勵學生自由思考和共同合作。

## » freestanding

[ˋfriˋstændɪŋ]

**adj.** 自立的；不需依靠支撐物的

free（自由的）+ standing（站立的）

**例** He used to work in a chain restaurant, but two years ago, he decided to open a **freestanding** deli on his own.
他曾經在一間連鎖餐廳工作，但兩年前他決定自己開一間不依附大品牌的熟食店。

F

# ☞ **friend** 朋友

## » **befriend**
[bɪˋfrɛnd]

v. 對……以朋友相待；和……交朋友；扶助

be（成為）+ friend（朋友）

例 She **befriended** me when I just transferred to the new school.
她在我剛轉到新學校時，就和我做朋友。

---

## » **friendly**
[ˋfrɛndlɪ]

adj. 友善的

friend（朋友）+ ly（「像……的」之形容詞字尾）

例 Most people in Taiwan are **friendly** to foreign tourists.
台灣大部分的人都對外國遊客很友善。

---

## » **boyfriend**
[ˋbɔɪˏfrɛnd]

n. 男朋友

boy（男孩）+ friend（朋友）

例 Linda broke up with her **boyfriend** last week.
Linda 上週和她男朋友分手了。

---

## » **friendless**
[ˋfrɛndlɪs]

adj. 沒有朋友的，孤單的，無依無靠的

friend（朋友）+ less（沒有的）

例 Timmy didn't want to move to Tainan because he was **friendless** there.
Timmy 不想搬到台南去，因為他在那裡沒有朋友。

## » **girlfriend**

['gɝl‚frɛnd]

**n.** 女朋友

girl（女孩）
+ friend（朋友）

例 Mike decided to propose to his **girlfriend** this Friday night.
Mike 決定這週五晚上向他的女朋友求婚。

## » **friendship**

['frɛndʃɪp]

**n.** 友誼

friend（朋友）+ ship（表「關係」之名詞字尾）

例 I hope our **friendship** will last forever.
我希望我們能友情長存。

## » **friendsource**

['frɛndsors]

**v.** 找朋友幫忙

friend（朋友）+ source（資源）

例 I **friendsourced** my term paper because I couldn't finish it by myself.
我沒辦法自己完成學期報告，所以就找朋友幫我做。

## » **unfriend**

['ʌnfrɛnd]

**v.** 斷交；解除朋友關係

un（不）+ friend（朋友）

例 I can't believe Sarah **unfriended** me just because I didn't invite her to my party.
我不敢相信 Sarah 居然只因為我沒邀請她來我的派對就跟我絕交。

F

# ☞ **fly** 飛；蒼蠅

❀ 聯想助記

» **flyer**
[`flaɪɚ]

n. 飛行物；高速交通工具；傳單

fly（飛）+ er（施動者名詞字尾）

例 A guy handed me this book fair **flyer** on the street.
有個人在街上遞給我這張書展的傳單。

---

» **outfly**
[aʊt`flaɪ]

v. 在飛行速度上勝過

out（出）+ fly（飛）

例 It is believed to be the fastest flying object that can **outfly** any aircrafts in the world.
這被認為是世界上飛行速度勝過任何飛機的最快飛行物。

---

» **flyboy**
[`flaɪˌbɔɪ]

n. 飛行員

fly（飛行）+ boy（男孩）

例 Mary didn't become a pilot as she wished, but she eventually married a **flyboy**.
Mary 沒有如願成為飛行員，但是最終嫁給了一個飛行員。

---

» **mayfly**
[`meˌflaɪ]

n. 蜉蝣生物

may（也許）+ fly（蒼蠅）

例 Frogs eat aquatic insects like mayflies or dragonflies.
青蛙會吃像是蜉蝣生物或蜻蜓等水生昆蟲。

✋ 同義字 **dayfly**

## » barfly
[ˋbɑrˌflaɪ]

n. 酒吧常客

bar（酒吧）
＋ fly（蒼蠅）

例 Jake is one of the **barflies** that always hang out at the nightclubs in town.
Jake 是其中一個經常在鎮上的夜店出沒的酒吧常客。

## » flyleaf
[ˋflaɪˌlif]

n.（書的）飛頁，扉頁

fly（飛）＋
leaf（葉子）

例 He showed me the writer's signature on the **flyleaf** of the book.
他向我展示書本扉頁上的作者簽名。

## » firefly
[ˋfaɪrˌflaɪ]

n. 螢火蟲

fire（火）＋
fly（蒼蠅）

例 The best time to watch **fireflies** is between 7 and 8 p.m., when they are most energetic.
觀賞螢火蟲的最佳時間是他們活動力最旺盛的晚上七點至八點之間。

## » overfly
[ˌovɚˋflaɪ]

v. 飛越上空

over（越過）
＋ fly（飛行）

例 An enemy aircraft was detected to **overfly** our territorial airspace by radar.
雷達偵測到一架敵機正要飛越我方領空。

## » flyaway
[ˋflaɪəˌwe]

adj.（衣服）寬鬆細軟的；（態度）輕浮的；不受控制的

fly（飛）＋
away（走）

例 I have no idea how to tame my **flyaway** hair.
我不知道該如何讓我不受控制的一頭亂髮乖乖聽話。

## » **catchfly**

[`kætʃ͵flaɪ]

**n.** 捕蟲草

catch（捕捉）＋ fly（蒼蠅）

例 Little gnats can get stuck on the sticky pod formed behind the flowers of the **catchfly**.
小昆蟲會被捕蟲草的花背後黏黏的卵囊給黏住。

🖑 同義字 **flytrap**

## » **flysheet**

[`flaɪ͵ʃit]

**n.** （單張）廣告傳單

fly（飛）＋ sheet（紙張、薄片）

例 The mailbox is full of **flysheets** rather than any letters.
信箱塞滿了廣告傳單而不是信件。

## » **flypaper**

[`flaɪ͵pepɚ]

**n.** 捕蠅紙

fly（蒼蠅）＋ paper（紙）

例 You should hang the **flypaper** in areas where flies come frequently.
你應該把捕蠅紙掛在蒼蠅經常出沒的地方。

## » **housefly**

[`haʊs͵flaɪ]

**n.** 家蠅

house（房屋）＋ fly（蒼蠅）

例 Garbage cans that are left uncovered will attract **houseflies**.
沒有蓋上蓋子的垃圾桶會招家蠅。

## » **flywheel**

[`flaɪ͵hwil]

**n.** 飛輪

fly（飛）＋ wheel（輪）

例 If you're interested in burning calories, you should go to the **flywheel** class consistently.
如果你想燃燒卡路里，應該持續地去上飛輪課。

## » **whitefly**
[ˋhwaɪtˏflaɪ]

n. 白蚊子，白粉蝨

white（白）
+ fly（蒼蠅）

例 How can I get rid of the **whiteflies** on the undersides of plant leaves without hurting my plants?
我該如何在不傷害植物的情況下除掉植物葉子下面的白粉蝨？

## » **blackfly**
[ˋblækˏflaɪ]

n. 黑蠅；蚋

black（黑）
+ fly（蒼蠅）

例 We need pesticide to kill those **blackflies** in our garden.
我們需要殺蟲劑來殺死我們花園裡的黑蠅。

## » **flyspeck**
[ˋflaɪˏspɛk]

n. 小斑點；污點
v. 弄髒

fly（蒼蠅）
+ speck（污點）

例 The **flyspeck** on the shirt is so tiny that it's barely noticeable.
襯衫上的小斑點小到幾乎很難注意得到。

## » **flyweight**
[ˋflaɪˏwet]

n. 輕量級拳擊選手

fly（蒼蠅）
+ weight（體重）

例 Jeremy competed in the **flyweight** division and set the record for the fastest knockout in history.
Jeremy 參加輕量級拳擊賽，並創下了史上最快擊倒對手的紀錄。

## » **dragonfly**
[ˋdrægənˏflaɪ]

n. 蜻蜓

dragon（龍）
+ fly（蒼蠅）

例 When a **dragonfly** is repeatedly dipping its tail in water, it means it's laying eggs.
當一隻蜻蜓不停地用尾巴點水時，代表牠正在產卵。

F

## » **butterfly**
[ˋbʌtɚˌflaɪ]

n. 蝴蝶

butter（奶油）+ fly（蒼蠅）

例 The caterpillar has changed into a beautiful **butterfly**.
毛毛蟲已經變成一隻美麗的蝴蝶了。

## » **highflyer**
[ˋhaɪˌflaɪɚ]

n. 野心勃勃的人；發達的公司、行情走俏的股票

high（高）+ fly（飛）+ er（者）

例 Jerry is a **highflyer** who became a CEO of a biotech company at the age of 35.
Jerry 是個對未來極具野心的人，在三十五歲時就成了一間生技公司的總裁。

## » **flyswatter**
[ˋflaɪˌswɑtɚ]

n. 蒼蠅拍

fly（蒼蠅）+ swat（拍打）+ er（者）

例 Grandpa killed quite a few mosquitoes with his **flyswatter**.
爺爺用他的蒼蠅拍殺死了不少隻蚊子。

 TRACK 052

# 👈 **fresh** 新鮮的；未經加工處理過的；淡水的

## » **freshen**
[ˋfrɛʃən]

v. 變得新鮮；變得精神煥發；天氣變涼爽

fresh（新鮮的）+ en（動詞字尾）

例 He washed his face to **freshen** up.
他洗臉振作一下精神。

## » **freshener**

[`frɛʃənɚ]

n. 恢復精力的東西；清新劑

fresh（新鮮的）＋ en（動詞字尾）＋ er（施動者名詞字尾）

例 Air **fresheners** are usually used to mask unpleasant room odors.
空氣清新劑通常用來掩蓋令人不愉快的室內臭味。

## » **freshet**

[`frɛʃɪt]

n. 淡水水流；山洪；洪水

fresh（淡水的）＋ et（表示「小的」之形容詞字尾）

例 These **freshets** were resulted from the snow and ice that melted in the mountainous area.
這些淡水水流是由山區融化的雪而來的。

## » **freshly**

[`frɛʃlɪ]

adv. 剛剛地；新鮮地；精神飽滿地

fresh（新鮮的）＋ ly（副詞字尾）

例 Mom handed me a glass of **freshly** squeezed orange juice.
媽媽遞給我一杯新鮮現榨的柳橙汁。

## » **freshman**

[`frɛʃmən]

n.（大一）新生、新鮮人；新人、新手

fresh（新鮮的）＋ man（人）

例 The **freshman** orientation gives every new student a chance to get familiar with the campus.
新生訓練營提供每位新生熟悉校園的機會。

## » **freshwater**

[`frɛʃˏwɔtɚ]

adj. 淡水的

fresh（淡水的）＋ water（水）

例 **Freshwater** fish can't survive in the ocean because seawater is too salty for them.
淡水魚不能在海裡存活，因為海水對牠們而言太鹹了。

F

» **refresh**
[rɪˋfrɛʃ]

v. 使清新；使重新提起精神

re（重新）
+ fresh（新鮮的）

例 I felt **refreshed** after a good night sleep.
在一夜好眠之後，我感到已重新恢復精神。

---

» **refreshment**
[rɪˋfrɛʃmənt]

n. 精力恢復；起提神作用的東西（如茶點）

re（重新）
+ fresh（新鮮的）+
ment（名詞字尾）

例 Light **refreshments** will be served during the recess.
休息時間將會提供小點心。

TRACK 053

# ☞ **fruit**　水果、果實；成果

» **breadfruit**
[ˋbrɛdˌfrut]

n. 麵包樹；麵包果

bread（麵包）+ fruit（果）

例 **Breadfruit** and jackfruit have similar appearances but different flavors.
麵包果和菠蘿蜜果外表相似，但口感不同。

---

» **eggfruit**
[ˋɛgˌfrut]

n. 蛋黃果；仙桃

egg（蛋）+ fruit（果）

例 **Eggfruit** and eggplants are two different things.
蛋黃果和茄子是兩種不同的東西。

» **jackfruit**

[ˋdʒækˌfrut]

n. 菠蘿蜜

jack（千斤頂）＋ fruit（菠蘿蜜果）

例 **Jackfruit** is a very healthy fruit with many nutrients.
菠蘿蜜果是一種富含多種營養素的健康水果。

---

» **grapefruit**

[ˋgrepˌfrut]

n. 葡萄柚

grape（葡萄）＋ fruit（果）

例 Jennifer always has a glass of **grapefruit** juice in the morning.
Jennifer 總是會在早上喝一杯葡萄柚汁。

---

» **kiwifruit**

[ˋkiwɪˌfrut]

n. 奇異果

kiwi（奇異果；紐西蘭人）＋ fruit（水果）

例 We import a lot of **kiwifruit** from New Zealand every year.
我們每年從紐西蘭進口大量的奇異果。

---

» **starfruit**

[ˋstarˌfrut]

n. 楊桃

star（星星）＋ fruit（果）

例 These **starfruits** are not ripe enough to eat.
這些楊桃還沒熟到能吃的地步。

---

» **fruitarian**

[ˋfruteərɪən]

n. 果食主義者

fruit（水果）＋ arian（表示「......類型的人」之名詞字尾）

例 She became a **fruitarian** for health reasons.
她因為健康因素成為果食主義者。

F

## » fruitcake

[`frut͵kek]

**n.** 水果蛋糕

fruit（水果）
＋ cake（蛋糕）

例 You are as nutty as a **fruitcake** if you think you can trust that guy.
如果你認為你可以信任那傢伙，那你根本就是瘋了。

✎ 實用片語 **be as nutty as a fruitcake** 是個瘋子，是個怪人

## » fruitful

[`frutfəl]

**adj.** 收益好的；（土地）肥沃的、富饒的；果實多的；多產的

fruit（果）
＋ ful（充滿的）

例 The past year was a **fruitful** year for our company, so our boss offered all the employees a generous year-end bonus.
過去這一年我們公司收益很好，所以老闆給所有員工豐厚的年終獎金。

## » fruitless

[`frutlɪs]

**adj.** 不結果的；無效果的；無益的

fruit（果）
＋ less（無的）

例 The search for the missing flight has been fruitless so far.
對於該架失蹤班機的搜尋至今仍無結果。

✋ 同義字 **unfruitful**

# ☞ fire 火

**✿ 聯想助記**

---

» **firearm**

[`faɪrˌɑrm]

**n.** 武器；彈藥、火器

fire（火）+ arm（武裝）

例 The man was charged with illegal possession of **firearms**.
男子被控非法持有槍支。

---

» **firebug**

[`faɪrˌbʌg]

**n.** 螢火蟲

fire（火）+ bug（蟲）

例 We can expect to see **firebugs** when the weather becomes warm and wet.
當天氣變得溫暖潮濕時，我們就能期待看到螢火蟲。

🖐 同義字 **firefly**

---

» **firefighter**

[`faɪrˌfaɪtɚ]

**n.** 消防員

fire（火）+ fighter（戰士）

例 The **firefighters** successfully saved everyone trapped in the fire.
消防員成功地將所有困在火場的每一個人都救了出來。

🖐 同義字 **fireman; firewoman**

---

» **firewall**

[`faɪrwɔl]

**n.** 防火牆

fire（火）+ wall（牆）

例 The first thing he did after he bought the new computer was to install a **firewall** to protect it against hackers.
他買新電腦後做的第一件事就是安裝防火牆預防駭客。

---

» **firework**

[`faɪrˌwɝk]

n. 煙火

fire（火）+ work（工作）

例 We can watch the New Year **firework** display at Taipei 101 from our place.
我們可以從我們家欣賞台北 101 的新年煙火秀。

» **fireside**

[`faɪrˌsaɪd]

n. 爐邊
adj. 爐邊的；無拘無束的

fire（火）+ side（邊）

例 We enjoyed sitting by the fireplace and having a **fireside** chat after dinner.
我們喜歡在晚飯後坐在火爐邊隨性地聊天。

» **fireless**

[`faɪrlɪs]

n. 沒有火焰的；無火的

fire（火）+ less（無的）

例 A **fireless** fireplace that uses electric induction heater instead of burning wood is much more eco-friendly.
一個用電磁爐加熱的無火壁爐對環境要友善得多了。

» **firepower**

[`faɪrˌpaʊɚ]

n. 火力

fire（火）+ power（力量）

例 The country doesn't have enough **firepower** to resist the invasion.
這個國家並沒有足夠的火力能抵抗侵略。

» **fireplace**

[`faɪrˌples]

n. 壁爐；火爐

fire（火）+ place（地方）

例 They sat in front of the **fireplace** to warm themselves up.
他們坐在壁爐前方暖身子。

F

## » fireproof
[ˈfaɪrˌpruf]

v. 為……安裝防火設施
adj. 防火的

fire（火）+ proof（不能穿透的）

例 The entire building is built with **fireproof** materials.
這一整棟建築物都是以防火建材所搭建的。

## » fireguard
[ˈfaɪrˌgɑrd]

n. 爐欄；防火障；消防員

fire（火）+ guard（守衛）

例 It is essential to have a **fireguard** in front of the fireplace to prevent children from burning themselves.
火爐前方有個防火欄很重要，可以預防孩子們燒傷自己。

## » firestorm
[ˈfaɪrˌstɔrm]

n. （原子彈爆炸等引起的）風暴性大火；大爆發

fire（火）+ storm（暴風雨）

例 The declaration he just made has provoked a political **firestorm**.
他剛剛發表的聲明已經引發了一起政治風暴。

## » firetruck
[ˈfaɪrˌtrʌk]

n. 消防車

fire（火）+ truck（卡車）

例 The ladder on the **firetruck** was elevated to rescue people trapped on higher floors.
消防車上的梯子升高以營救困在較高樓層的民眾。

## » firehouse
[ˈfaɪrˌhaʊs]

n. 消防站

fire（火）+ house（房子）

例 Firefighters basically live at the **firehouse** for approximately 1/3 of their career.
消防員的職業生涯中，基本上大概有三分之一的時間都是住在消防局裡的。

» **firelight**

['faɪr,laɪt]

n. （暖爐等的）火光

fire（火）+ light（光）

例 We sat by the fireplace and drank our tea in the **firelight**.
我們坐在火爐邊，在火光下喝著茶。

---

» **firewater**

['faɪr,wɔtɚ]

n. 烈酒（猶指威士忌）

fire（火）+ water（水）

例 He walked into the bar and asked the bartender for a glass of **firewater**.
他走進酒吧，並向酒保要了一杯烈酒。

---

» **firetrap**

['faɪr,træp]

n. 無太平門或消防設施的建築物；容易失火的建築物

fire（火）+ trap（陷阱）

例 These **firetraps** in the city should be demolished in no time.
這些都市裡容易失火的建築物應該立刻被拆除。

---

» **firebrick**

['faɪr,brɪk]

n. 耐火磚

fire（火）+ brick（磚）

例 My father used **firebricks** to build a small pizza oven in our backyard. '
我爸用耐火磚在我家後院建了一個小型的比薩烤窯。

---

» **firecracker**

['faɪr,krækɚ]

n. 鞭炮

fire（火）+ cracker（炮竹）

例 Legend has it that people would set off **firecrackers** to scare the monster away.
傳說人們會施放鞭炮以嚇跑怪獸。

## » bonfire
[`bɑn͵faɪr]

n. 篝火，營火

bon（好的）+ fire（火）

例 On the last night of the festival, everyone would dance around a massive **bonfire**.
在慶典的最後一晚，所有人會圍繞著大規模的篝火跳舞。

## » ceasefire
[`sis͵faɪr]

n. 停火；休戰期

cease（停止）+ fire（火）

例 After two weeks of intense fighting, the two countries finally agreed on **ceasefire**.
在兩週的激烈交戰後，兩國終於同意停火。

## » crossfire
[`krɔs͵faɪr]

n. 交火；衝突

cross（交叉）+ fire（火）

例 As the war between the two countries continues, hundreds of innocent people were killed in the **crossfire**.
由於兩國間持續戰爭，數百名無辜的人民在交火衝突中喪命。

## » drumfire
[`drʌm͵faɪr]

n. 連珠砲火；連續的砲火攻擊

drum（鼓）+ fire（火）

例 The weeklong **drumfire** had destroyed the entire village.
長達一星期的連續砲火攻擊摧毀了整個村莊。

## » gunfire
[`gʌn͵faɪr]

n. 砲火；槍砲的發射；用槍砲作戰

gun（槍）+ fire（火）

例 Only a few people survived in the line of **gunfire**.
只有幾個人在槍戰中存活下來。

F

## » hellfire
[`hɛl`faɪr]

n. 地獄之火；嚴酷的苦難

hell（地獄）+ fire（火）

例 People who commit sins will be damned to perpetual **hellfire**.
造孽之人將受到永久的嚴酷苦難的詛咒。

---

## » misfire
[mɪs`faɪr]

n. （計畫）失敗
v. 點不著火；失敗

miss（未中）+ fire（火）

例 The police officer tried to fire a warning shot, but the gun **misfired**.
員警試圖鳴槍示警，但是槍卻走火了。

---

## » surefire
[`ʃʊr͵faɪr]

adj. 必勝的；不會失敗的

sure（確定的）+ fire（火）

例 She claimed that it was a **surefire** way to lose 10 kg in two months.
她宣稱這是絕對能在兩個月之內成功減去十公斤的方法。

---

## » spitfire
[`spɪt͵faɪr]

n. 噴吐火焰者；個性火爆的人

spit（噴火）+ fire（火）

例 Jimmy is a real **spitfire**. He gets irriated so easily.
Jimmy 性子真的很火爆。他超容易被激怒的。

# ☞ **fool** 蠢人；愚弄

**聯想助記**

---

» **befool**

[bɪ`ful]

| v. 愚弄、嘲弄

be（使）＋ fool（愚弄）

例 We cannot trust a government that **befools** the people.
我們無法信任一個會愚弄人民的政府。

---

» **tomfool**

[`tɑm`ful]

| n. 傻瓜
| v. 做蠢事

tom（雄性動物）＋ fool（蠢人）

例 I'd rather stay single forever than marry such a **tomfool**.
我寧可永遠單身，也不願意嫁給那樣一個傻瓜。

---

» **foolery**

[`fulərɪ]

| n. 愚蠢的言行

fool（蠢人）＋ ery（表示「行為」的名詞字尾）

例 The silly man's **foolery** got himself fired from his job.
那蠢人的愚蠢行為讓自己被炒魷魚了。

---

» **foolish**

[`fulɪʃ]

| n. 愚蠢的、傻的，可笑的

fool（蠢人）＋ ish（表示「有點……的」名詞字尾）

例 How **foolish** I was to believe his words.
我居然會相信他的話，真是蠢極了。

---

## » foolhardy
[`ful‚hardɪ]

adj. 有勇無謀的

fool（蠢人）＋ hardy（大膽的）

例 It was very **foolhardy** of you to try to save the drowning boy alone.
你試著獨自去救那個溺水的男孩，是非常有勇無謀的行為。

## » foolproof
[`ful‚pruf]

adj. 極簡單的；安全無比的、不會出錯的

fool（蠢人）＋ proof（能抵擋的）

例 This bread machine is very **foolproof** that even I can use it.
這款麵包機真的非常簡單，連我都會操作。

## » tomfoolery
[‚tam`fulərɪ]

n. 胡鬧的愚蠢行為

tom（雄性動物）＋ fool（蠢人）＋ ery（表示「行為」的名詞字尾）

例 Enough of this **tomfoolery**! Get back to work!
胡鬧夠了！回去工作！

TRACK 056

# ☞ **grade** 等級；年級；分級

☆ 聯想助記

---

» **grader**

[ˋgredɚ]

**n.** 定級者；分類機；年級生

grade（年級）+ er（施動者名詞字尾）

例 My mom is a teacher who teaches sixth-**graders** in a local school.
我媽媽是個在一間本地學校教六年級生的老師。

---

» **degrade**

[dɪˋgred]

**v.** 使降級；使降解

de（減少）+ grade（等級）

例 Air pollution has **degraded** our quality of life.
空氣污染降低了我們的生活品質。

---

» **biodegrade**

[͵baɪodɪˋgred]

**v.** 生物降解、生物分解

bio（生物）+ de（減少）+ grade（等級）

例 This is a kind of special plastic that **biodegrades**.
這是一種能生物分解的特殊塑膠。

» **biodegradable**

[ˋbaɪodɪˋgredəbl̩]

**adj.** 能生物分解的

bio（生物）
＋ de（減少）
＋ grade（等級）＋ able（能夠的）

例 We should use **biodegradable** products that don't add waste to the earth as much as possible.
我們應該盡可能使用不會增加地球垃圾的可生物分解產品。

» **downgrade**

[ˋdaʊnˏgred]

**n.** 下坡；下降趨勢

**v.** 使降級；貶低

down（往下）＋ grade（等級）

例 The business of the restaurant has been on the **downgrade** since the pandemic started.
這家餐廳的生意自從疫情開始以來每況愈下。

» **intergrade**

[ˏɪntɚˋgred]

**n.** 中間等級；過渡階段

**v.** 逐漸合一、融合

inter（在中間）＋ grade（等級）

例 I'll see if I can **intergrade** some of your ideas into our proposal.
我來看看是不是能將你們的一些想法融入我們的提案中。

» **retrograde**

[ˋrɛtrəˏgred]

**v.** 倒退、退化、逆行

**adj.** 後退的、逆行的；退化的

retro（再度流行的）＋ grade（等級）

例 Memory loss of past events is the major symptom of **retrograde** amnesia.
記憶退化的主要症狀就是喪失對過去事件的記憶。

» **upgrade**

[ˋʌpˋgred]

**n.** 上坡

**v.** 升級；提高

up（往上）＋ grade（等級）

例 The factory **upgraded** its physical facilities in order to enhance the product quality and profitability.
工廠將其硬體設備升級，以提升產品品質及收益。

# ☞ **green** 綠的；嫩的；綠色

☀ **聯想助記**

---

» **evergreen**

[ˈɛvəˌgrin]

n. 常綠樹；萬年青
adj. 常綠的，常青的

ever（常）
+ green
（綠）

例 **Evergreen** trees that don't lose their leaves in winter were planted on both roadsides.
馬路兩旁種了冬天不會落葉的常綠樹。

---

» **greenback**

[ˈgrinˌbæk]

n. 美元紙幣，美鈔

green（綠色）+ back（背）

例 The boys found a bag full of **greenbacks** on the sidewalk and took it to the police station.
男孩們在人行道上發現一袋美鈔，並將之送到警察局。

---

» **greenbelt**

[ˈgrinˌbɛlt]

n. 城市周圍的綠色地帶
adj. 城市周圍的

green（綠色）+ belt（帶）

例 The city government strictly regulates the **greenbelt** development surrounding the urban areas.
市政府對環繞都市地區的綠色地帶建設有嚴格規範。

---

» **greenery**

[ˈgrinərɪ]

n. 綠色植物；綠葉；暖房

green（綠色）+ ery（表示「……類事物」之名詞字尾）

例 The living room would look much livelier with some **greenery**.
客廳有些綠色植物的話，看起來會更有生氣。

---

G

## » greenfield

['grinfɪld]

n. 未開發的綠地

> green（綠）
> ＋ field（地）

例 They are seeking a **greenfield** to built a new stadium.
他們正在尋找一塊未開發的綠地來興建一座新的體育館。

---

## » greengrocer

['grin͵grosɚ]

n. 蔬菜水果商

> green（綠）
> ＋ grocer（食
> 品雜貨商）

例 The **greengrocer** supplies fruits and vegetables to many restaurants in town.
這家蔬菜水果商供應鎮上許多家餐廳水果和蔬菜。

👋 同義字 **greengrocery**

---

## » greenhorn

['grin͵hɔrn]

n. 生手；不懂世故的人；易受騙的人

> green（綠）
> ＋ horn（角）

例 Brian is not a very sophisticated salesman, but he's no **greenhorn**.
Brian 不是非常經驗老道的業務，但他也不算生手了。

---

## » greenhouse

['grin͵haʊs]

n. 溫室，暖房

> green（綠）
> ＋ house
> （屋）

例 The new environmental protection policy aims to reduce the **greenhouse** gas emissions.
新的環保政策目標是要降低溫室氣體的排放。

---

## » greenstuff

['grin͵stʌf]

n. 蔬菜

> green（綠
> 色）＋ stuff
> （東西）

例 My grandfather grows potatoes, tomatoes and **greenstuff** in his backyard.
我爺爺在他的後院裡種馬鈴薯、番茄和蔬菜。

» **greenway**

[ˋgrin͵we]

n. 綠茵路；林蔭大道

green（綠色）＋ way（路）

例 It's relaxing to bike along the **greenway** in the countryside.
沿著鄉間的綠蔭路騎腳踏車很令人放鬆。

TRACK 058

# 👈 **ground**　地、地面；立場；場所

» **aboveground**

[əˋbʌv͵graʊnd]

adj. 在地上的；未葬的；還活著的
adv. 在地上

above（在......之上）＋ ground 背景）

例 The skyscraper comprises 120 **aboveground** floors and five basement levels.
這棟摩天大樓包含地上 120 層樓及地下五樓。

» **background**

[ˋbæk͵graʊnd]

n. 背景

back（背後的）＋ ground（基礎）

例 Steven Chou, the 34-year-old man with engineering **background**, is most suitable for this job.
那個 34 歲有工程師背景的 Steven Chou 最適合這份工作。

## » **battleground**

['bætḷ,graʊnd]

n. 戰場

battle（戰爭）+ ground（場地）

例 Thousands of soldiers lost their lives on the **battleground**.
數以千計的士兵在戰場上失去生命。

## » **belowground**

[bə'lo,graʊnd]

adv. 在地下地
adj. 在地面下的

below（在……下方）+ ground（地）

例 The workers are placing utility cables **belowground**.
工人們正在放置水電瓦斯等地下電纜線。

## » **campground**

['kæmp,graʊnd]

n. 營地

camp（露營）+ ground（場地）

例 It is a brilliant idea to turn the backyard into a **campground** for the kids.
把後院變成孩子們的營地真是個絕佳的點子。

## » **fairground**

['fɛr,graʊnd]

n. 集市場地；露天商展場地；遊樂場

fair（集市）+ ground（場地）

例 All kids are having a great time eating and playing at the **fairground**.
所有孩子們又吃又玩地在遊樂場玩得很開心。

## » **foreground**

['for,graʊnd]

n. 前景；最重要的地位
v. 使突出，強調

fore（前面的）+ ground（基礎）

例 The smiling woman in the **foreground** of the painting caught my eyes.
畫作前景的那個微笑的女子吸引了我的注意。

## » groundbreaker
[ˋɡraʊndˌbrekɚ]

n. 創始者

ground（地面）＋ break（破壞）＋ er（施動者名詞字尾）

例 Henry Ford was a **groundbreaker** in the auto industry.
Henry Ford 是汽車工業的創始者。

## » groundbreaking
[ˋɡraʊndˌbrekɪŋ]

n. 破土
adj. 開創性的

ground（地面）＋ break（破壞）＋ ing（動名詞字尾）

例 A **groundbreaking** ceremony will take place before the shopping mall construction.
在購物商場建設開工前會有一個破土儀式。

## » groundhog
[ˋɡraʊndˌhɑɡ]

n. 土撥鼠

ground（地）＋ hog（豬）

例 **Groundhogs** usually dig their burrows in crop fields, meadows or pastures.
土撥鼠通常在耕地、草地或牧場挖洞。

## » groundless
[ˋɡraʊndlɪs]

adj. 無根據的，無理由的；無基礎的

ground（基礎）＋ less（沒有的）

例 That the two companies will be merged is completely **groundless** rumor.
兩間公司將要合併的事完全是無稽之談。

## » groundnut
[ˋɡraʊndˌnʌt]

n. 落花生

ground（地面）＋ nut（堅果）

例 I love eating **groundnuts** as much as squirrels do.
我跟松鼠一樣，超愛吃落花生。

G

» **groundsheet**

['graʊndˌʃit]

n. 地墊

ground（地面）+ sheet（床單）

例 It is suggested to put a **groundsheet** under your tent so as to protect the bottom of your tent from damage.
建議您在帳篷下鋪一層地墊，以保護帳篷底部不受損。

» **groundwater**

['graʊndˌwatɚ]

n. 地下水

ground（地）+ water（水）

例 We rely on **groundwater** for 50% of our drinking water.
我們的飲用水有百分之五十都仰賴地下水。

» **groundwork**

['graʊndˌwɝk]

n. 基礎；底子，根基

ground（基礎）+ work（工作）

例 Constant practice is the **groundwork** for a good command of English.
持續練習才能打下好的英文基礎。

TRACK 059

☞ **guard** 守衛；保護

» **blackguard**

['blækgɚd]

n. 說髒話的人；惡棍，行為如流氓的人
adj. 粗鄙的；滿口髒話的

black（黑的）+ guard（守衛）

例 Can you stop talking like a **blackguard**?
你講話可以不要像個粗鄙的流氓嗎？

## » **bodyguard**
['badɪ,gard]

n. 保鑣；護衛者

body（身體）＋ guard（守衛）

例 The merchant prince never goes anywhere without his **bodyguards**.
該名富商絕不在不帶保鑣的情況下去任何地方。

---

## » **fireguard**
['faɪr,gard]

n. 爐欄；防火障；消防員

fire（火）＋ guard（守衛）

例 His advice was like a chocolate **fireguard**.
他的建議毫無用處。

✏實用片語 **chocolate fireguard** 毫無用處的事物

---

## » **guardhouse**
['gard,haʊs]

n. 衛兵室；禁閉室

guard（守衛）＋ house（房屋）

例 There is always a uniformed soldier on guard duty at the **guardhouse**.
衛兵室隨時都有一名穿著制服的士兵在執行警衛勤務。

✋同義字 **guardroom**

---

## » **guardian**
['gardɪən]

n. 保護者，守護者；監護人

guard（保護）＋ ian（表「人」之名詞字尾）

例 Jerry became the legal **guardian** of his brother's children after he died.
Jerry 在他哥哥死後，成了他孩子們的法定監護人。

G

## » guardianship
[ˈɡɑrdɪənˌʃɪp]

n. 監護;保護;守護

guard（保護）＋ ian（表「人」之名詞字尾）＋ ship（表「關係」之名詞字尾）

例 Generally, the **guardianship** over a child automatically terminates on his or her 18th birthday.
一般來說,對一個孩子的監護關係在他十八歲生日那天就自動終止了。

## » guardrail
[ˈɡɑrdˌrel]

n. 欄杆;護欄

guard（保護）＋ rail（欄杆）

例 No sooner had the truck bumped into the **guardrail** than it burst into fire.
卡車撞上護欄不久之後就起火了。

## » lifeguard
[ˈlaɪfˌɡɑrd]

n. 救生員;警衛

life（生命）＋ guard（守衛）

例 The **lifeguard** jumped into the pool and saved a boy from drowning.
救生員跳入池中,救了一個差點溺死的男孩。

## » mudguard
[ˈmʌdˌɡɑrd]

n. 擋泥板

mud（泥）＋ guard（守衛）

例 A **mudguard** is a necessary accessory to protect your bike from mud, sand or rocks.
擋泥板是可以保護你的單車擋住泥巴、沙子或小石子的必要配件。

## » safeguard
[ˈsefˌɡɑrd]

n. 防衛,保護;預防措施
v. 防衛,保護

safep（安全的）＋ guard（守衛）

例 You must install antivirus software to **safeguard** your computer against viruses.
你必須安裝防毒軟體保護你的電腦免受病毒侵擾。

# ☞ **guide** 指導；引導

☀ **聯想助記**

---

» **guidebook**

['gaɪd‚bʊk]

**n.** 旅行指南；指導手冊

guide（指導）＋ book（書）

例 This **guidebook** is very informative for tourists who visit the city for the first time.
這本旅行指南對第一次來這個城市的遊客來說能提供非常多資訊。

---

» **guideline**

['gaɪd‚laɪn]

**n.** 指導方針

guide（指導）＋ line（方針）

例 Please follow the **guidelines** below to simplify installation and minimize errors.
請遵循以下指導方針以簡化安裝程序並將錯誤降至最低。

---

» **guidepost**

['gaɪd‚post]

**n.** 路標；路牌

guide（指導）＋ post（柱）

例 If it weren't for the **guidepost**, we wouldn't have found our way back to the hotel.
要不是有路標，我們無法找到回飯店的路了。

---

» **misguide**

[mɪs'gaɪd]

**v.** 誤導

mis（錯誤）＋ guide（指導）

例 The suspect tried to **misguide** the police officers and make them believe the fire was an accident.
嫌犯企圖誤導警方，讓他們相信這場火災是場意外。

---

» **unguided**

[ʌnˋɡaɪdɪd]

adj. 無引導的

un（無）+ guide（引導）+ ed（過去分詞形容詞字尾）

例 An **unguided** missile was launched from the air fighter.
那架戰鬥機發射了一枚無導飛彈。

TRACK 061

# ☞ **gun** 槍

» **gunman**

[ˋɡʌnˏmæn]

n. 持槍者；持槍歹徒；職業殺手

gun（槍）+ man（人）

例 The **gunman** who assassinated the president is still at large.
刺殺總統的槍手目前仍在逃。

» **gunshot**

[ˋɡʌnˏʃɑt]

n. 槍彈
adj. 槍砲射擊所致的

gun（槍）+ shot（射擊）

例 We heard a **gunshot** and then saw the victim lying on the sidewalk.
我們聽到一聲槍響，然後就看到被害者躺在人行道上。

» **handgun**

[ˋhændˏɡʌn]

n. 手槍

hand（手）+ gun（槍）

例 Some states in the U.S. give their citizens right to own **handguns** for self-defense.
美國有些州給予公民擁有手槍以自我防衛的權利。

## » **blowgun**
[ˋbloˏgʌn]

n. 吹箭筒

blow（吹）
+ gun（槍）

例 **Blowguns** are dangerous weapons that should not be used by children or teens.
吹箭筒是一種不應該讓孩童或青少年使用的危險武器。

## » **gundog**
[ˋgʌnˏdɔg]

n. 獵犬

gun（槍）+
dog（犬）

例 The hunter trained the **gundog** to work with him.
獵人訓練這隻獵犬跟他一起工作。

## » **popgun**
[ˋpɑpˏgʌn]

n. 玩具氣槍

pop（碰聲）
+ gun（槍）

例 **Popguns** have been banned in this city since a boy lost his eye in an accident.
自從一個男孩在一起意外中失去眼睛，這個城市就禁玩玩具氣槍。

## » **gunfire**
[ˋgʌnˏfaɪr]

n. 砲火；用槍砲作戰；砲擊

gun（槍）+
fire（火）

例 Sounds of **gunfire** could be heard everywhere in the city under attack.
遭到攻擊的城市四處都能聽到砲擊聲。

## » **gunpoint**
[ˋgʌnˏpɔɪnt]

n. 槍口

gun（槍）+
point（尖端）

例 The jeweler's shop was robbed at **gunpoint**.
銀樓遭人持槍搶劫。

G

## » **gunfight**
['gʌn,faɪt]

**n.** 槍戰

gun（槍）＋ fight（戰鬥）

例 Two men were killed in the **gunfight**.
這起槍戰中有兩人喪生。

## » **gunrunner**
['gʌn,rʌnɚ]

**n.** 軍火走私者

gun（槍）＋ run（經營）＋ er（施動者名詞字尾）

例 Without doubt, **gunrunners** were the only winners in this civil war.
軍火走私者無疑是這場內戰的唯一贏家。

# ☞ **heart** 心

※ 聯想助記

» **halfhearted**
['hæf'hartɪd]

adj. 不認真的；無興趣的；不熱心的

half（半）＋ heart（心）＋ ed（過去分詞形容詞字尾）

例 Rosie made a **half-hearted** attempt to dress up for the party.
Rosie 對於為派對打扮興趣缺缺。

» **heartache**
['hart,ek]

n. 心痛

heart（心）＋ ache（痛）

例 What he did to her caused her a great deal of **heartache**.
他對她的所作所為讓她非常心痛。

» **heartbreak**
['hart,brek]

n. 心碎

heart（心）＋ break（破碎）

例 Mary just experienced **heartbreak** and she's not ready for a new relationship.
Mary 才剛經歷心碎，現在還沒準備好接受新戀情。

## » heartburn
[`hart͵bɝn]

n. 心痛；妒忌；胃灼熱

heart（心）
＋ burn（燃燒）

例 Spicy food may cause **heartburn**.
辛辣食物可能會引起胃灼熱。

## » heartfelt
[`hart͵fɛlt]

adj. 衷心的，真誠的

heart（心）
＋ felt（感覺）

例 Please accept my **heartfelt** apology for the inconvenience that I've caused.
請接受我為我造成的不便衷心的道歉。

## » heartworm
[`hart͵wɝm]

n. 心絲蟲

heart（心）
＋ worm（蟲）

例 My dog is undergoing treatment for **heartworms**.
我的狗狗正在接受心絲蟲的治療。

## » heartbeat
[`hart͵bit]

n. 心跳

heart（心）
＋ beat（跳動）

例 The doctor observed the patient's **heartbeat** on a monitor.
醫生在螢幕上觀察病人的心跳。

## » heartless
[`hartlɪs]

adj. 冷酷無情的；沒心沒肺的

heart（心）
＋ less（少的）

例 No sooner had the poor baby been born than he was abandoned by his **heartless** parents.
這可憐的嬰兒出生後沒多久就被他沒心沒肺的父母給拋棄了。

🖐 同義字 **coldhearted**

## » **heartsick**

[ˋhartˌsɪk]

adj. 悲痛的；傷心欲絕的

heart（心）
+ sick（生
病的）

例 We felt **heartsick** about what had happened.
我們對於所發生的事情感到悲痛。

---

## » **bighearted**

[ˋbɪgˌhartɪd]

adj. 心胸寬大的；慷慨的

big（大的）
+ heart
（心）+ ed
（過去分
詞形容詞字
尾）

例 Larry is a generous and **bighearted** person.
Larry 是個慷慨且心胸寬大的人。

---

## » **black-hearted**

[ˋblækˌhartɪd]

adj. 黑心的，邪惡心腸的

black（黑
的）+ heart
（心）+ ed
（過去分詞
形容詞字
尾）

例 The **blackhearted** queen wanted her beautiful
stepdaughter to disappear from the world.
黑心腸的皇后希望她美麗的繼女消失在這世界上。

🖐同義字 **evil-hearted**

---

## » **kindhearted**

[ˋkaɪndˋhartɪd]

adj. 善心的

kind（善良
的）+ heart
（心）+ ed
（過去分詞
形容詞字
尾）

例 A **kindhearted** couple took him in and brought him up.
一對善心的夫婦收養他，並將他撫養長大。

---

## » **downhearted**

[ˋdaʊnˋhartɪd]

adj. 灰心喪氣的；悶悶不樂的，消沉
的

down（低落
的）+ heart
（心）+ ed
（過去分詞
形容詞字
尾）

例 The boys were very **downhearted** after losing the game.
男孩兒們輸掉比賽後心情很低落。

H

## » heartstring

[ˋhɑrtˏstrɪŋ]

n. 心弦；內心深處的感情

heart（心）
＋ string
（線）

例 The touching story really tugs at my **heartstrings**.
這動人的故事真的很觸動我的內心。

---

## » brokenhearted

[ˋbrokənˋhɑrtɪd]

adj. 傷心的，心碎的

broken（破
碎的）＋
heart（心）
＋ ed（過去
分詞形容詞
字尾）

例 Jeff was so **brokenhearted** when he found out Stacy was two-timing him.
當 Jeff 發現 Stacy 劈腿時，簡直心碎不已。

🖐 同義字 **heartbroken**

---

## » fainthearted

[ˋfentˋhɑrtɪd]

adj. 懦弱的，膽小的

faint（行將
昏厥的）＋
heart（心）
＋ ed（過去
分詞形容詞
字尾）

例 I am not **fainthearted**. I just don't want to take unnecessary risks.
我並非懦弱，而是不想冒不必要的險。

🖐 同義字 **chickenhearted**

---

## » heavyhearted

[ˋhɛvɪˋhɑrtɪd]

adj. 悲傷的；心情沈沉重的

heavy（重
的）＋ heart
（心）＋ ed
（過去分詞
形容詞字
尾）

例 We were **heavyhearted** when hearing the bad news.
得知那個壞消息，讓我們心情感到沉重。

---

## » lighthearted

[ˋlaɪtˋhɑrtɪd]

adj. 輕鬆愉快的；漫不經心的

light（輕
的）＋ heart
（心）＋ ed
（過去分詞
形容詞字
尾）

例 All the students were **lighthearted** when the final test was finally over.
當期末考終於考完時，所有學生們都感到心情輕鬆。

## » openhearted
['opən,hartɪd]

adj. 坦率的，真誠的

open（開放的）+ heart（心）+ ed（過去分詞形容詞字尾）

例 The girl's **openhearted** nature helped him move on from his dark past.
那女孩坦率真誠的個性幫助他走出晦暗的過去。

---

## » softhearted
['sɔft'hartɪd]

adj. 心軟的；心地好的；和藹的

soft（柔軟的）+ heart（心）+ ed（過去分詞形容詞字尾）

例 She is too **softhearted** to blame anyone for the mistake.
她太心軟了，沒有因為錯誤責怪任何一個人。

🖐 同義字 tenderhearted

---

## » stouthearted
['staʊt'hartɪd]

adj. 勇敢堅毅的，大膽頑強的

stout（勇敢大膽的）+ heart（心）+ ed（過去分詞形容詞字尾）

例 Even the weakest woman will become a **stouthearted** mother for her children.
即使是一個最柔弱的女子，也會為了自己的孩子變成一個勇敢而堅強的母親。

---

## » warmhearted
['wɔrm'hartɪd]

adj. 古道熱腸的；熱心的

warm（溫暖的）+ heart（心）+ ed（過去分詞形容詞字尾）

例 Mrs. Robinson is a **warmhearted** person who always volunteers to help others.
Robinson 太太是個古道熱腸的人，總是主動幫助他人。

---

## » wholehearted
['hol'hartɪd]

adj. 全心全意的；全神貫注的

whole（全部的）+ heart（心）+ ed（過去分詞形容詞字尾）

例 You will always have my **wholehearted** support.
我永遠會全心全意的支持你。

H

# ☞ hold 抓住；支承

» **handhold**

[ˋhænd͵hold]

n. 掌握，控制；可以抓手的地方；把柄

hand（手）＋ hold（抓）

例 I grabbed a nearby **handhold** and tried not to fall.
我抓住旁邊的把手，試著不讓自己摔下去。

---

» **household**

[ˋhaʊs͵hold]

n. 家庭
adj. 家庭的

house（房屋）＋ hold（支承）

例 A washing machine is an essential **household** appliance.
洗衣機是一個不可或缺的家用電器。

---

» **holdback**

[ˋhold͵bæk]

n. 妨害；障礙；妨礙物

hold（抓住）＋ back（往後）

例 The contractual commitment to her current job is the **holdback** for her to get a new job.
現在這份工作的合約承諾使她沒辦法去找新的工作。

---

» **holdover**

[ˋhold͵ovɚ]

n. 任期已滿仍然繼任的人員；剩餘物

hold（抓住）＋ over（超過）

例 The lease has expired, but the **holdover** tenant continues to pay rent.
租約已經到期了，但是租約期滿的房客仍繼續付房租。

## » leasehold

[ˈlisˌhold]

**n.** 租賃權；租賃物
**adj.** 租賃的

lease（租約）＋ hold（抓住）

例 According to the **leasehold** agreement, you have the right to live in this building for ten years.
根據租賃合約，你擁有這棟建築物的十年居住權。

## » penholder

[ˈpɛnˌholdɚ]

**n.** 筆筒

pen（筆）＋ hold（支承）＋ er（施動者名詞字尾）

例 Please keep all your pens in the **penholder** instead of scattering them on the desk.
請把所有的筆放在筆筒裡，而不是讓它們散落在書桌上。

## » stranglehold

[ˈstræŋɡḷˌhold]

**n.** 壓制；束縛；勒頸

strangle（勒死）＋ hold（抓住）

例 The company is tightening its **stranglehold** on the artificial intelligence chip market in the country.
這家公司緊緊箝制著國內的 AI 晶片市場。

✋ 同義字 **chokehold**

## » stronghold

[ˈstrɔŋˌhold]

**n.** 堡壘，要塞；據點，根據地

strong（強的）＋ hold（支承）

例 The **stronghold** of the troops was invaded in the middle of the night.
軍隊的據點半夜被入侵了。

## » toehold

[ˈtoˌhold]

**n.** 初步的立足點；微小的優勢

toe（腳趾）＋ hold（支承）

例 Her outstanding look gave her a **toehold** in the fashion industry.
她出色的外貌給了她在時尚界立足的優勢。

✋ 同義字 **foothold**

» **withhold**

[wɪð`hold]

**v.** 抑制；阻擋；保留；克制

例 The judge warned the eyewitness not to **withhold** the truth.
法官警告目擊證人不要隱瞞實情。

TRACK 064

# ☞ home 家；家庭

» **homebody**

[`hom͵bɑdɪ]

**n.** 宅人；戀家的人

home（家）
＋ body
（人）

例 Hank is a typical **homebody** who enjoys spending time at home rather than hanging out with friends.
Hank 是個典型的宅男，喜歡待在家裡勝過跟朋友出去玩。

» **homegrown**

[`hom`gron]

**adj.** 自家種植的；國產的

home（家）
＋ grown
（「種植」
過去分詞）

例 Most of the dishes were cooked with **homegrown** vegetables.
大部分的菜餚都是用自家種的蔬菜烹調的。

» **homeland**

[`hom͵lænd]

**n.** 祖國；家鄉

home（家）
＋ land（土
地）

例 Thirty years later, he finally returned to his **homeland**, Mexico.
三十年後，他終於回到了他的祖國墨西哥。

## » **homeless**
[`homlɪs]

| adj. | 無家的；無家可歸的 |

home（家）
+ less（少
的）

**例** Many houses were destroyed in the earthquake and more than 400 people were left **homeless**.
許多房子在地震中損毀，使得超過四百人無家可歸。

## » **homemade**
[`hom`med]

| adj. | 自製的；家裡做的 |

home（家）
+ made（製
作的）

**例** **Homemade** snacks are usually healthier than store snacks.
自製點心通常比市售點心健康。

## » **homeowner**
[`hom`onɚ]

| n. | 屋主；自己擁有房屋者 |

home（家）
+ own（擁
有）+ er（施
動者名詞字
尾）

**例** The **homeowner** decided to put his house up for sale.
屋主決定將自己的房子出售。

## » **homepage**
[`hom`pedʒ]

| n. | 主頁；首頁 |

home（家）
+ page（頁）

**例** Their major products are advertised on their **homepage**.
他們在首頁上為主打商品打廣告。

## » **homeschool**
[`hom`skul]

| v. | 在家教育；自學 |

home（家）
+ school（學
校）

**例** Some parents choose to **homeschool** their kids because they are not satisfied with the current educational system.
有些父母因為不滿意現行教育制度而選擇在家自己教育孩子。

H

## » homesick

[ˋhom͵sɪk]

adj. 思鄉病的，想家的

home（家）
+ sick（病的）

例 I became **homesick** after leaving home for just two days.
我才離開家兩天就開始想家了。

---

## » homestay

[ˋhom͵ste]

n. 在當地居民家寄宿

home（家）
+ stay（暫時居住）

例 I couldn't get along with my **homestay** family, so I moved to the dorm a month later.
我跟我的寄宿家庭處不來，所以一個月後我就搬去宿舍了。

---

## » homestretch

[ˋhom͵strɛtʃ]

n. 工作的最後部分；最後一段直線賽程

home（家）
+ stretch（延伸）

例 My computer suddenly crashed when I was already on the **homestretch**.
我工作快完成的時候，電腦突然就當機了。

---

## » hometown

[ˋhomˋtaʊn]

n. 故鄉，家鄉

home（家）
+ town（城鎮）

例 He seldom visited his **hometown** after he moved to the big city.
他搬到大都市後就很少回鄉。

# 👉 horse 馬

» **horseback**
[ˋhɔrsˌbæk]

n. 馬背
adv. 在馬背上

horse（馬）
＋ back（背）

例 I've never tried **horseback** riding in my life.
我這輩子還沒騎過馬。

» **horsefeathers**
[ˋhɔrsˌfɛðɚz]

n. 胡說；夢話

horse（馬）
＋ feather
（羽毛）＋ s
（複數字尾）

例 **Horsefeathers**! Stop making excuses for your own fault!
胡說！別再為自己的錯誤編藉口了！

✋ 同義字 horseshit

» **horselaugh**
[ˋhɔrsˌlæf]

n. 大笑；喧嘩狂歡的笑

horse（馬）
＋ laugh
（笑）

例 The woman uttered a **horselaugh** when she heard Peter's joke.
女子聽到 Peter 的笑話，便放聲大笑。

» **horseplay**
[ˋhɔrsˌple]

n. 胡鬧；惡作劇

horse（馬）
＋ play（玩
耍）

例 Some mild **horseplay** does not matter much as long as nobody gets hurt.
只要沒有人受傷，一點小胡鬧是無傷大雅的。

## » **horsepower**
[ˋhɔrsˏpaʊɚ]

n. 馬力

| horse（馬）+ power（力量） |

例 This is the SUV that has the highest **horsepower** on the market for the moment.
這是目前市面上擁有最強馬力的休旅車。

---

## » **horsewhip**
[ˋhɔrsˏhwɪp]

n. 馬鞭
v. 用馬鞭鞭打；懲罰

horse（馬）+ whip（鞭打）

例 All of them ought to be **horsewhipped**.
他們所有人都應當被鞭打。

---

## » **hobbyhorse**
[ˋhɑbɪˏhɔrs]

n. 玩具馬，木馬，搖馬；讓人全神關注的事物

hobby（嗜好）+ horse（馬）

例 You can't get him to discuss anything else once he gets on his **hobbyhorse** and starts talking about stock investment.
當他提到他最喜歡的話題，並開始聊股票投資時，你根本無法讓他講別的。

👋 同義字 cockhorse

---

## » **clotheshorse**
[ˋklozˏhɔrs]

n. 曬衣架；講究穿衣的人

clothes（衣服）+ horse（馬）= clothes

例 Susan is a **clotheshorse** who is always well-dressed in public.
Susan 是個講究穿衣的人，她在公共場合總是穿著得體。

---

## » **showhorse**
[ˋʃoˏhɔrs]

n. 展馬；作秀的人

show（展示）+ horse（馬）

例 As a team leader, I prefer a workhorse to a **showhorse** on my team.
身為團隊領導人，我喜歡一個能吃苦耐勞的人勝過一個愛做秀的人在我的團隊。

## » **workhorse**

[ˋwɝˌkˌhɔrs]

| | |
|---|---|
| n. | 勞役馬；做重活的人，苦力 |
| adj. | 工作重的；吃苦耐勞的 |

work（工作）+ horse（馬）

例 I am capable of getting extra amount of work done but I hate to be seen as a **workhorse** on the team.
我有能力能將額外份量的工作做好，但我並不喜歡被當作團隊中的苦力。

✋ 同義字 **packhorse**

TRACK 066

# 👉 **house** 房子；家庭

## » **bathhouse**

[ˋbæθˌhaʊs]

n. 公共浴室，澡堂

bath（沐浴）+ house（房子）

例 Traditional Japanese public **bathhouses** can still be found in some old-fashioned neighborhoods.
在一些老街坊仍然能看到傳統日式公共澡堂的身影。

## » **boardinghouse**

[ˋbordɪŋˌhaʊs]

n. 公寓；供膳的宿舍

board（膳食）+ ing（動名詞字尾）+ house（房子）

例 Alex lived in the **boardinghouse** during his college years.
Alex 在讀大學期間都是住在供膳宿舍裡。

## » **chophouse**
[ˈtʃɑpˌhaʊs]

n. 牛排館;小吃店

chop(排骨)
＋ house(房子）

例 The American **chophouse** is a perfect place for family gatherings.
那間美式牛排館是適合家庭聚會的好地點。

---

## » **doghouse**
[ˈdɔgˌhaʊs]

n. 狗屋

dog（狗）
＋ house（房子）

例 Patrick is in the **doghouse** now because he forgot his wife's birthday.
Patrick 慘了,因為他忘記他老婆的生日。

✎ 實用片語 **be in the doghouse**
因做了讓人生氣的事而惹上麻煩或受冷落

---

## » **hothouse**
[ˈhɑtˌhaʊs]

n. 溫室、暖房
adj. 溫室的;嬌弱的

hot（熱）＋
house（房子）

例 The man built a **hothouse** to grow these delicate fruits.
男子為了培植這些嬌弱的水果,特地蓋了間溫室。

---

## » **madhouse**
[ˈmædˌhaʊs]

n. 精神病院

mad（瘋狂的）＋ house（房子）

例 He was kept in a **madhouse** for a year after he was diagnosed with major depressive disorder.
他在被診斷出罹患重度憂鬱症後,在精神病院待了一年。

---

## » **poorhouse**
[ˈpʊrˌhaʊs]

n. 救濟院

poor（窮人）
＋ house（房子）

例 The woman dwelled in the **poorhouse** until she got a job and found a place to live.
在找到工作及住處之前,女子一直棲身在救濟院裡。

## » **slaughterhouse**

[`slɔtɚˌhaʊs]

**n.** 屠宰場

slaughter（屠宰）＋ house（房子）

例 Generally, farmed pigs will be sent to a **slaughterhouse** after just six months of life.
一般來説，養殖豬在僅六個月大時就會被送去屠宰場。

## » **summerhouse**

[`sʌmɚˌhaʊs]

**n.** 涼亭

summer（夏天）＋ house（房子）

例 The wooden **summerhouse** in the garden provides a great place to sit in the sun.
花園裡的木製涼亭提供了一個太陽下很棒的歇腳處。

## » **townhouse**

[`taʊnˌhaʊs]

**n.** （聯棟的）透天厝；市內住宅

town（鎮）＋ house（房子）

例 He is considering buying a **townhouse** in Tainan.
他考慮在台南買一間透天厝。

## » **treehouse**

[`trihaʊs]

**n.** 樹屋

tree（樹）＋ house（屋）

例 My grandpa built a **treehouse** in the yard for my sister and me when we were little.
當我們小時候，我爺爺在院子裡為我和我妹搭了間樹屋。

## » **washhouse**

[`waʃˌhaʊs]

**n.** 洗衣間；洗衣店

wash（洗）＋ house（房子）

例 I often do my laundry at the **washhouse**, which is only two blocks away.
我通常會去僅兩街區之遙的洗衣店洗衣服。

H

» **warehouse**

[`wɛr،haʊs]

n. 倉庫

ware（貨物）
+ house（房子）

例 All the old furniture was stored in the **warehouse** for the time being.
所有的舊家具都暫時先放在倉庫裡。

---

» **housebreak**

[`haʊs،brek]

v. 使（犬、貓）習慣家居；侵入民宅盜取

house（家庭）+ break（使放棄習慣）

例 It is not an easy job to **housebreak** a wild dog.
要讓一隻野狗習慣家居生活並不是件簡單的事。

👋 同義字 **housetrain**

---

» **houseclean**

[`haʊs،klin]

v. 大掃除；整頓

house（房屋）+ clean（打掃）

例 It took us a whole weekend to **houseclean** the entire building.
將整棟房子大掃除花了我們整個週末的時間。

---

» **housecoat**

[`haʊs،kot]

n. 長且寬鬆的家居服

house（家庭）+ coat（外套）

例 When I am home, I feel the most comfortable wearing my **housecoat**.
當我在家時，穿著家居服讓我感到最舒服。

---

» **houseguest**

[`haʊs،ɡɛst]

n. 在家過夜之訪客

house（家庭）+ guest（賓客）

例 We're expecting some **houseguests** this weekend.
我們這週末會有一些訪客來家裡小住。

## » **househusband**

[`haʊsˌhʌsbənd]

**n.** 家庭主夫

> house（家庭）+ husband（丈夫）

例 Jeffery, whose wife is a successful career woman, is a **househusband** that manages the household.
妻子為成功職業女性的 Jeffery 是個操持家務的家庭主夫。

## » **housewarming**

[`haʊsˌwɔrmɪŋ]

**n.** 喬遷慶宴

> house（房屋）+ warm（使暖）+ ing（動名詞字尾）

例 Scented candles are one of the best **housewarming** gifts.
香氛蠟燭是最佳喬遷禮物之一。

## » **housewife**

[`haʊsˌwaɪf]

**n.** 家庭主婦

> house（家庭）+ wife（太太）

例 Jennifer chose to be a **housewife** and take care of her family after her first child was born.
Jennifer 在第一個孩子出生後，選擇當一名家庭主婦，照顧家庭。

H

# I

## 👉 ice 冰

❄ **聯想助記**

---

» **iceberg**
['aɪs,bɝg]

n. 冰山；冷峻的人

ice（冰）+ berg（冰山）

例 The ship went under in less than three hours after it hit the **iceberg**.
船隻在撞到冰山後三小時內便往下沉了。

---

» **icebound**
['aɪs,baʊnd]

adj. 冰封的；被冰封凍著的

ice（冰）+ bound（受束縛的）

例 The shipwreck remained **icebound** until it was found by the expedition team.
失事的船在被探險團發現之前，一直被冰封著。

---

» **icebox**
['aɪs,bɑks]

n. 冰箱

ice（冰）+ box（箱）

例 We need a chest **icebox** to carry the food with us when going camping.
我們去露營時需要一個行動冰箱可以裝帶食物。

---

## » **icebreaker**

[ˋaɪsˏbrekɚ]

n. 破冰船；碎冰機；打破僵局的東西

ice（冰）＋ break（破壞）＋ er（施動者名詞字尾）

例 We can play an **icebreaker** game to start the party.
我們可以玩一個炒熱氣氛的遊戲來開始派對。

## » **icecap**

[ˋaɪsˏkæp]

n. 冰冠；冰帽

ice（冰）＋ cap（帽）

例 According to experts, unfortunately, the melting of the polar **icecaps** is almost inevitable.
令人遺憾的是，根據專家的說法，北極冰帽的融化幾乎是無可避免的。

## » **icefall**

[ˋaɪsˏfɔl]

n. 冰瀑，冰崩

ice（冰）＋ fall（降落）

例 Unfortunately, three climbers were killed in the **icefall**.
很不幸地，三名登山客在冰瀑中喪生。

## » **icehouse**

[ˋaɪsˏhaʊs]

n. 冰庫；製冰所

ice（冰）＋ house（房屋）

例 This underground chamber served as an **icehouse** before the invention of refrigerator.
這個地下房間是冰箱發明之前用來作為冰庫的。

## » **iceman**

[ˋaɪsˏmæn]

n. 賣冰者；冰店

ice（冰）＋ man（人）

例 The kids got excited when they saw the **iceman**.
孩子們看到賣冰的人都興奮了起來。

I

» **icescape**
[ˋaɪsˌskep]

**n.** 冰景，極地風光

ice（冰）＋
scape（景）

例 The fantastic **icescape** in Iceland attracts numerous
visitors from all around the world.
冰島的絢麗冰景吸引許多來自世界各地的遊客。

TRACK 068

# ☞ ink 墨水、墨汁、油墨

» **inkpot**
[ˋɪŋkˌpɑt]

**n.** 墨水瓶

ink（墨水）
＋ pot（壺）

例 He accidentally knocked over the **inkpot** and messed up
his desk.
他不小心打翻墨水瓶，把桌子弄得一團糟。

» **inkjet**
[ˋɪŋkdʒet]

**n.** 噴墨

ink（墨水）
＋ jet（噴
射）

例 An **inkjet** printer is essential office equipment.
噴墨印表機是不可或缺的辦公設備。

## » inkblot
[ˈɪŋkˌblɑt]

n. 墨跡

ink（墨水）＋ blot（污漬）

例 Is there any way to remove the **inkblot** on my shirt?
有沒有辦法能除掉我襯衫上的墨跡？

## » inkling
[ˈɪŋklɪŋ]

n. 暗示；跡象；略知

ink（墨水）＋ ling（表示「幼小者」之名詞字尾）

例 We had no **inkling** of what was going on.
我們完全不知道發生了什麼事。

I

## » inkhorn
[ˈɪŋkˌhɔrn]

n. 墨水瓶
adj. 學究氣的；賣弄學問的

ink（墨水）＋ horn（號角）

例 Those **inkhorn** terms made this article very difficult to read.
那些賣弄學問的專有名詞使得這篇文章很難讀。

# ☞ **juice** 果汁;汁液;從……榨汁

| | | ✳ 聯想助記 |

» **juicearian**
[dʒusˋɛrɪən]

n. 只喝新鮮水果汁和蔬菜汁的人

⑩ Jenny has become a **juicearian** since she recovered from her illness.
Jenny 自大病痊癒之後就只喝新鮮蔬果汁。

juice（果汁）＋ -arian（表示「……類型的人」之名詞字尾）

---

» **juicehead**
[ˋdʒushɛd]

n. 酗酒者

⑩ Don't let that **juicehead** drive the car.
別讓那酗酒者開車。

juice（果汁）＋ head（頭）

---

» **juiceless**
[ˋdʒuslɪs]

adj. 無汁的

⑩ The tangerine is underripe and **juiceless**.
這橘子還沒熟,而且無汁。

juice（果汁）＋ less（沒有的）

## » juicer
[ˈdʒusɚ]

n. 果汁機、榨汁機

例 This slow **juicer** is designed to preserve the nutrients in fruits and vegetables.
這款慢磨果汁機是為了留住水果及蔬菜中的營養成分所設計的。

 TRACK 070

J

# ☞ jet　噴射機；噴射器

## » jetlag
[ˈdʒɛtˌlæg]

n. 時差反應

例 I am still suffering from **jetlag** after my trip to Canada.
我還在受去加拿大旅行後的時差反應所苦。

## » jetport
[ˈdʒɛtˌpɔrt]

n. 噴射機場

例 An airplane departed from Bangkok just made an emergency landing at the **jetport**.
一架從曼谷起飛的飛機剛剛在機場緊急降落。

» **ramjet**

[ˋræmdʒɛt]

**n.** 噴射推進引擎

ram（猛壓）＋ jet（噴射器）

例 Some technicians were sent to repair the **ramjet**.
一些技術人員被派去修理噴射推進引擎。

---

» **jetliner**

[ˋdʒɛtˏlaɪnɚ]

**n.** 噴射客機

jet（噴射機）＋ liner（班機）

例 This **jetliner** can accommodate up to 350 passengers.
這架噴射客機可容納高達 350 名乘客。

---

» **scramjet**

[skræmˋdʒɛt]

**n.** 超音速噴射機

scram（逃跑）＋ jam（噴射機）

例 The invention of the **scramjet** makes flying from New York to London in less than an hour possible.
超音速噴射機的發明使得一小時內從紐約飛到倫敦成為可能的事。

TRACK 071

---

☞ **job** 工作，職業

» **jobber**

[ˋdʒɑbɚ]

**n.** 批發商；做零工者

job（工作）＋ er（施動者名詞字尾）

例 The **jobbers** and the brokers had to do their business through online meetings during the pandemic.
疫情期間，批發商與代理人必須透過線上會議談生意。

🖐 同義字 stockjobber

## » **jobbery**

[`dʒabərɪ]

n. 營私舞弊；假公濟私、濫用職權

job（職業）
＋ ery（表
「行為」之
名詞字尾）

例 Being accused of **jobbery** has ruined the senator's reputation.
該參議員因為被控訴濫用職權，而毀了聲望。

## » **jobholder**

[`dʒab,holdə]

n. 有固定工作的人；公務員

job（工作）
＋ hold（握
持）＋ er（施
動者名詞字
尾）

例 Multiple **jobholders** do not necessarily earn more money than single jobholders.
有多份工作的人賺得錢不見得比單一工作者多。

## » **job-hop**

[`dʒab,hap]

v. 變換工作；跳槽

job（工作）
＋ hop（跳）

例 Mary decided to **job-hopped** to that company for a higher salary.
Mary 決定為了較高的薪水跳槽到那家公司去。

## » **job-hopper**

[`dʒab`hapə]

n. 經常更換職業的人

job（工作）
＋ hop（跳）
＋ er（施動
者名詞字尾）

例 Some companies have qualms about hiring frequent **job-hoppers**.
有些公司對於雇用經常跳槽的人存有疑慮。

## » **jobless**

[`dʒablɪs]

adj. 無業的

job（工作）
＋ less（沒有
的）

例 Steven has been **jobless** since he graduated from college.
Steven 從大學畢業後就一直沒有工作。

J

## » **stockjobber**
[ˋstak͵dʒabɚ]

n. 股票經紀人

stock（股票）＋ job（工作）＋ er（施動者名詞字尾）

例 Most **stockjobbers** lost their jobs after the stock market was digitized.
大多數的股票經紀人在股票市場數位化之後就失業了。

## » **on-the-job**
[an͵ðə͵dʒab]

adj. 在職的

on（在……之上）＋ job（工作）

例 This **on-the-job** training is aimed to help our employees acquire hands-on knowledge in the workplace.
這個在職訓練旨在幫助員工學到實用的職場知識。

## » **off-the-job**
[ɔf͵ðə͵dʒab]

adj. 工作時間外的，非在職的

off（脫離）＋ job（工作）

例 You should take part in the **off-the-job** training if you want to perform your job more efficiently.
如果你希望你工作更有效率的話，就應該參加這個非在職訓練。

TRACK 072

# ☞ **joy** 歡樂，高興

## » **joyful**
[ˋdʒɔɪfəl]

adj. （使人）高興的，充滿喜悅的

joy（歡樂）＋ ful（充滿的）

例 The kids had a great time at the **joyful** birthday party.
孩子們在這場歡樂的生日派對上玩得很愉快。

## » **killjoy**

[ˋkɪlˏdʒɔɪ]

n. 掃興鬼

kill（扼殺）＋ joy（歡樂）

例 I don't want to be a **killjoy**, but it's really time to go home.
我不想當個掃興鬼，但現在真的是時候該回家了。

---

## » **joyride**

[ˋdʒɔɪˏraɪd]

n.（不顧後果）追求享樂的行動；駕車兜風

joy（歡樂）＋ ride（乘車）

例 Let's go for a **joyride**!
我們駕車兜風去吧！

---

## » **joyrider**

[ˋdʒɔɪraɪdɚ]

n. 駕車兜風的人；偷車兜風者

joy（歡樂）＋ ride（乘車）＋ er（施動者名詞字尾）

例 The two **joyriders** leapt out of the car that sped out of control before it crashed into a tree.
那兩個偷車兜風的人在超速失控的車撞到樹之前跳車了。

---

## » **joyless**

[ˋdʒɔɪlɪs]

adj. 不高興的；沉悶無趣的

joy（歡樂）＋ less（無……的）

例 Fiona felt trapped in her **joyless** marriage.
Fiona 感覺自己被她不快樂的婚姻給困住了。

---

## » **joystick**

[ˋdʒɔɪˏstɪk]

n. 操縱桿，駕駛桿；控制桿

joy（歡樂）＋ stick（桿）

例 I have problem manipulating my character on the screen with the **joystick**.
我不會用操縱桿操縱螢幕上的角色人物。

J

» **overjoy**

[ˌovəˈdʒɔɪ]

v. 使狂喜

over（過度）＋ joy（高興）

例 It **overjoyed** me to hear the good news.
聽到這好消息讓我開心不已。

---

» **overjoyed**

[ˌovəˈdʒɔɪd]

adj. 狂喜的，過度高興的

over（過度）＋ joy（高興）＋ ed（分詞形容詞字尾）

例 I was **overjoyed** that Linda said yes to my proposal.
Linda 答應了我的求婚，讓我高興不已。

---

» **enjoy**

[ɪnˈdʒɔɪ]

v. 享受……的樂趣；喜歡做……

en（使）＋ joy（開心）

例 We **enjoyed** ourselves at the party.
我們在派對上玩得很開心。

---

» **enjoyable**

[ɪnˈdʒɔɪəbl]

adj. 快樂的；令人愉快的

en（使）＋ joy（開心）＋ able（能夠的）

例 We had an **enjoyable** and relaxing evening.
我們度過了一個愉快且放鬆的夜晚。

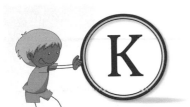

# K

☞ **kid**　小山羊；小孩；逗弄

❈ 聯想助記

---

» **kiddo**

['kɪdo]

| n. 老弟；孩子；小子

kid（小孩）＋ do（暱稱字尾）

例 Well done, **kiddo**!
　 幹得好啊，小子！

---

» **kidnap**

['kɪdnæp]

| v. 誘拐小孩；綁架

kid（小孩）＋ nap（打盹、不留神）

例 They were terrified that the man might **kidnap** their child.
　 那男人可能會綁架他們的孩子，這讓他們嚇壞了。

---

» **kidnapper**

['kɪdnæpɚ]

| n. 誘拐小孩者；綁票者

kid（小孩）＋ nap（疏忽、不留神）＋ er（施動者名詞字尾）

例 The police had no choice but to negotiate with the **kidnapper** for the purpose of rescuing the hostage.
　 警方為了營救人質，不得不跟綁票者談判。

---

## » **kidskin**

[ˋkɪdˌskɪn]

n. 小山羊皮

例 **Kidskin** is widely used for footwear.
小山羊皮被大量用來做鞋子。

kid（小山羊）＋ skin（皮）

---

## » **kidding**

[ˋkɪdɪŋ]

n. 玩笑；逗弄

例 No **kidding**. Russia has declared war on Ukraine.
我沒開玩笑。俄國已經對烏克蘭宣戰了。

kid（逗弄）＋ ing（動名詞字尾）

---

## » **kiddingly**

[ˋkɪdɪŋlɪ]

adv. 打趣地，開玩笑地

例 He half-**kiddingly** asked her to marry him, but she made no response.
他半開玩笑地要她嫁給他，但她沒有回應。

kid（逗弄）＋ ing（動名詞字尾）＋ ly（副詞字尾）

---

## » **schoolkid**

[skulkɪd]

n. 小學生

例 Half of the **schoolkids** in this country are overweight.
這個國家有一半的小學生都體重過重。

school（學校）＋ kid（小孩）

---

## » **grandkid**

[grændˋkɪdˌ]

n. 孫子、孫女；外孫子、外孫女

例 My grandparents have 25 **grandkids** in total.
我的祖父母總共有 25 個孫子女。

grand（重要的）＋ kid（小孩）

# 👉 **kill** 殺死；扼殺

❀ **聯想助記**

» **killjoy**
[ˋkɪlˌdʒɔɪ]

**n.** 掃興鬼

**kill**（扼殺）
**+ joy**（開心）

例 Miranda is a **killjoy** who always wears a long face when everyone is having fun.
Miranda 是個掃興的人，當大家都玩得很開心時，她總是擺著一張大臭臉。

---

» **killer**
[ˋkɪlɚ]

**n.** 殺手、殺人者；致命之物

**kill**（殺死）
**+ er**（施動者名詞字尾）

例 It is a relief to know that the serial **killer** has finally been arrested.
得知那名連續殺人兇手已經被逮讓人感到鬆了一口氣。

---

» **winterkill**
[ˋwɪntɚˌkɪl]

**n.** 凍死
**v.** （植物）凍死

**winter**（冬天）**+ kill**（殺死）

例 Is there anything we can do to prevent **winterkill** of turf?
我們能做些什麼來預防草皮凍死嗎？

---

» **overkill**
[ˋovɚˌkɪl]

**n.** 過度的殺傷力
**v.** 過度地殺傷；過分；誇張

**over**（超過的）**+ kill**（扼殺）

例 Her dress was okay, but her makeup and all the accessories were **overkill**.
她的洋裝沒問題，但她的妝容和配飾實在是太誇張了。

K

» **roadkill**

[rod`kɪl]

n. 遭路殺的動物；因道路致死的動物

road（路）
+ kill（殺）

例 I felt very bad after seeing the **roadkill**.
看到那被車撞死的動物讓我感到非常難過。

---

» **painkiller**

[`pen͵kɪlɚ]

n. 止痛藥、鎮痛劑

pain（痛）
+ kill（扼
殺）+ er（施
動者名詞字
尾）

例 Some girls would take **painkillers** to ease their menstrual cramps.
有些女生會服用止痛藥來舒緩生理痛。

TRACK 075

---

# ☞ kind　仁慈的、善良的；種類，類、族

» **kindred**

[`kɪndrɪd]

n. 親屬關係、血緣
adj. 有血緣關係的；同族的；同類的

kind（種類）
+ red（表
「狀態」之
名詞字尾）

例 Jessica and I are **kindred** spirits that we never run out of things to talk about.
我和 Jessica 志趣相投，永遠有講不完的話。

✔實用片語 **kindred spirit** 志趣相投的人

## » unkind
[ʌnˋkaɪnd]

adj. 不仁慈的、不和善的；刻薄的

un（不）+ kind（仁慈）

例 She never said an **unkind** word about her ex-husband.
她從來沒有說過任何一句有關前夫的壞話。

## » **human**kind
[ˋhjumənˏkaɪnd]

n. 人類

human（人）+ kind（類、族）

例 Intelligent people should think about how they can use their talents to benefit **humankind**.
聰明的人應該思考他們能如何運用他們的智力天賦來造福人類。

🖑 同義字 **mankind**

## » **woman**kind
[ˋwʊmənˋkaɪnd]

n. 婦女們；女性

womans（女人）+ kind（類、族）

例 We encourage all **womankind** to stand up against domestic violence.
我們鼓勵所有婦女站起來對抗家暴。

## » **kindness**
[ˋkaɪndnɪs]

n. 善意，仁慈，友好

kind（善良的）+ ness（名詞字尾）

例 Those people showed us the greatest **kindness** even though they didn't know us.
那些人即使不認識我們，也對我們展現了最大的善意。

## » **kindhearted**
[ˋkaɪndˋhɑrtɪd]

adj. 好心的

kind（善良的）+ heart（心）+ ed（分詞形容詞字尾）

例 She is a **kindhearted** person who always tries to help others.
她是一個總是想幫助他人的善心人士。

K

## ☞ light 光；點燃

❀ 聯想助記

» **candlelight**
[`kændḷ͵laɪt]

n. 燭光

candle（蠟燭）＋ light（光）

例 They enjoyed a romantic dinner by **candlelight**.
他們在燭光下享用了一頓浪漫的晚餐。

» **daylight**
[`de͵laɪt]

n. 日光；白晝

day（日）＋ light（光）

例 The two men robbed a 75-year-old woman in the broad **daylight**.
那兩名男子在光天化日之下搶劫一名七十五歲的老婦人。

» **droplight**
[`drɑp͵laɪt]

n. 吊燈

drop（落下）＋ light（燈）

例 The living room is decorated with a beautiful crystal glass **droplight**.
客廳以一盞美麗的水晶玻璃吊燈裝飾。

## » **firelight**
[ˋfaɪrˌlaɪt]

n. 火光

fire（火）+ light（光）

例 We built a campfire and had our dinner in the **firelight**.
我們生了營火，並在火光下吃晚餐。

## » **flashlight**
[ˋflæʃˌlaɪt]

n. 手電筒；閃光燈

flash（閃）+ light（燈）

例 My mom would keep a **flashlight** close at hand at home for emergency use during power outage.
我媽媽會在家裡容易取得的地方放一個手電筒，在停電時可緊急使用。

## » **headlight**
[ˋhɛdˌlaɪt]

n. 前照燈；前桅燈；頭燈、帽燈

head（頭）+ light（燈）

例 Your car should have its **headlight** on when visibility is low because of bad weather conditions.
在因為惡劣的天氣狀態下能見度低時，車子的前照燈應該要開啟。

## » **highlight**
[ˋhaɪˌlaɪt]

n. 最精彩或最重要的部分
v. 用強光突出；強調、突出

high（高）+ light（光）

例 He **highlighted** the importance of educational reform in his speech.
他在演說中強調教育改革的重要性。

## » **highlighter**
[ˋhaɪˌlaɪtɚ]

n. 螢光筆

high（高）+ light（畫線）+ er（施動者名詞字尾）

例 Mary always uses a **highlighter** to mark important passages when she studies.
Mary 唸書時總是會用螢光筆將重要的段落標示出來。

L

## » **lamplight**
['læmp,laɪt]

n. 燈光

lamp（燈）
＋ light（光）

例 The little boy invited his sister to read with him in the **lamplight**.
小男孩邀請他姊姊跟他一起在燈光下閱讀。

## » **lighter**
['laɪtɚ]

n. 打火機

light（點燃）
＋ er（施動者名詞字尾）

例 I need a **lighter** to light the candle.
我需要打火機點燃蠟燭。

## » **lightproof**
['laɪt`pruf]

adj. 防光的，不透光的

light（光）
＋ proof（阻擋的）

例 Please keep the film in a **lightproof** container, or it will be exposed and ruined.
請將底片保存在不透光的容器內，否則它將會因曝光而損毀。

## » **moonlight**
['mun,laɪt]

n. 月光

moon（月）
＋ light（光）

例 They walked home hand in hand in the **moonlight**.
他們在月光下手牽手走路回家。

## » **penlight**
['pɛn,laɪt]

n. 小手電筒

pen（筆）＋
light（燈）

例 He always carries a **penlight** with him just in case.
他總是隨身攜帶一個小手電筒，以防不時之需。

L

» **searchlight**

[ˋsɝtʃˌlaɪt]

n. 探照燈；探照燈光

search（尋找）+ light（燈）

例 The rescue team shone a **searchlight** on the beach, hoping to find the woman.
救援隊將探照燈照在海灘上，希望能找到女子。

---

» **skylight**

[ˋskaɪˌlaɪt]

n. 天窗
adj. 裝天窗；藉天窗採光

sky（天空）+ light（光）

例 The glass **skylight** of the roof brings natural light to the house.
屋頂的玻璃天窗將自然光帶進屋內。

---

» **spotlight**

[ˋspɑtˌlaɪt]

n. 聚光燈；公眾注意的中心
v. 聚光照明；使突出醒目

spot（聚光燈）+ light（燈）

例 She always enjoys being in the **spotlight**.
她一向喜歡成為眾人注目的焦點。

同義字 **limelight**

---

» **starlight**

[ˋstɑrˌlaɪt]

n. 星光
adj. 有星光的

star（星星）+ light（光）

例 We took a walk along the lake in the **starlight**.
我們在星光下沿著湖散步。

---

» **stoplight**

[ˋstɑpˌlaɪt]

n. 停止行進號誌；紅色尾燈，煞車燈

stop（停止）+ light（燈）

例 The police officer issued a ticket to Dave for running a **stoplight**.
警察因為 Dave 闖紅燈而給他開了一張交通罰單。

» **streetlight**

['strit͵laɪt]

n. 路燈

street（街道）+ light（燈）

例 There are no **streetlights** in this alley.
這條巷弄沒有任何路燈。

---

» **sunlight**

['sʌn͵laɪt]

n. 陽光，日光

sun（日）+ light（光）

例 She opened the curtains to let in the **sunlight**.
她拉開窗簾讓陽光照進來。

---

» **torchlight**

['tɔrtʃ͵laɪt]

n. 火炬（光）；手電筒光

torch（火炬）+ light（光）

例 He tried to read the letter in the **torchlight**.
他試著在手電筒光下讀信。

TRACK 077

---

☞ **long**　長的；長久的

» **daylong**

['de͵lɔŋ]

adj. 終日的
adv. 整天地

day（日）+ long（長的）

例 The **daylong** job fair will be held on April 23 on campus.
那場全日就業博覽會將會在四月 23 日於校內舉行。

## » lifelong
['laɪf,lɔŋ]

adj. 終身的，一輩子的

life（一生）+ long（長）

例 The two fellow-workers became **lifelong** friends.
這兩個同事成了一輩子的朋友。

## » longsighted
['lɔŋ`saɪtɪd]

adj. 遠視的；有遠見的，有先見之明的

long（長的）+ sight（視界）+ ed（過去分詞形容詞字尾）

例 If you're **longsighted**, you need special glasses to read clearly.
如果你有遠視，你需要特殊的眼鏡才能清楚地閱讀。

L

## » nightlong
['naɪt,lɔŋ]

adj. 整夜的
adv. 整夜地

night（夜）+ long（長）

例 I wasn't able to fall asleep because of the **nightlong** thunder shower.
整夜的雷陣雨讓我無法入睡。

## » weeklong
['wik,lɔŋ]

adj. 長達一星期的；持續一週的

week（一週）+ long（長的）

例 Have you got any plans for the **weeklong** vacation?
你長達一週的假期有任何計畫嗎？

## » yearlong
['jɪr,lɔŋ]

adj. 長達一年的；整整一年的

year（一年）+ long（長的）

例 The rental rates of **yearlong** leases are usually lower than that of month-to-month leases.
一年租約的租金率通常比按月租賃的契約要低。

» **longlife**
['lɔŋ'laɪf]

adj. 保久的

long（長久的）＋ life（生命）

例 **Longlife** milk doesn't have to be stored in the refrigerator until it is opened.
保久乳在開封之前不需要放在冰箱保存。

---

» **longstanding**
['lɔŋ'stændɪŋ]

adj. 由來已久的，長年存在的

long（長久的）＋ stand（站立）＋ ing（現在分詞形容詞字尾）

例 It's a **longstanding** tradition for our school's senior class to have a water fight before they graduate.
我們學校的高三班級在畢業前打水仗是一項由來已久的傳統。

---

» **longsuffering**
['lɔŋ'sʌfərɪŋ]

adj. 長期忍受的，忍耐已久的

long（長久的）＋ suffer（忍受）＋ ing（現在分詞形容詞字尾）

例 The ill-tempered man's **longsuffering** wife finally filed for divorce.
那壞脾氣男人的忍耐已久的妻子終於訴請離婚。

---

» **longwearing**
['lɔŋwɛrɪŋ]

adj. 經穿的，耐久的

long（長久的）＋ wear（穿）＋ ing（現在分詞形容詞字尾）

例 This leather jacket is costly, but it's **longwearing** and definitely worth the money.
這件皮夾克很貴，但是很耐穿，絕對物有所值。

---

» **longwinded**
['lɔŋwɪndɪd]

adj. 冗長的，嘮叨的

long（長的）＋ wind（廢話）＋ ed（過去分詞形容詞字尾）

例 Some students appeared to doze off during the principal's **longwinded** speech.
有些學生似乎在校長冗長的演說時打起盹來。

# 👉 love 愛；愛情

🌟 **聯想助記**

---

» **loveable**

[ˈlʌvəbḷ]

adj. 可愛的

love（愛）＋ able（能夠的）

例 Rabbits are fluffy and **lovable**.
兔子毛茸茸的很可愛。

---

» **lovebird**

[ˈlʌvˌbɝd]

n. 情侶鸚鵡，相思鳥，愛鳥

love（愛情）＋ bird（鳥）

例 The two **lovebirds** sitting behind me kept kissing throughout the entire movie.
坐在我後面的那一對情侶整場電影從頭到尾一直親個不停。

---

» **loveseat**

[ˈlʌvsit]

n. 雙人小沙發

love（愛情）＋ seat（座位）

例 She sat on the **loveseat** by the window, and then fell asleep.
她坐在窗邊的雙人小沙發上，然後睡著了。

---

» **lovely**

[ˈlʌvlɪ]

adj. 可愛的；令人愉快的；美好的

love（愛）＋ ly（形容詞字尾）

例 What a **lovely** dress!
好漂亮的洋裝啊！

🖐 同義字 **lovesome**

---

» **lovesick**

[ˈlʌvˌsɪk]

adj. 害相思病的

例 Stop behaving like a **lovesick** teenager.
少一副害相思病的青少年的樣子了。

 TRACK 079

☞ **mark** 標記、記號

» **benchmark**

[ˈbɛntʃˌmark]

n. 水準點；基準

例 Lauren's excellent performance has set a high
**benchmark** for the other contestants.
Lauren 優異的表現為其他參賽者設下了高標準。

» **birthmark**

[ˈbɝθˌmark]

n. 胎記

例 Jenny has a red heart-shaped **birthmark** on her back.
Jenny 背上有個紅色心形的胎記。

## » **bookmark**
['bʊk,mɑrk]

n. 書籤

book（書）+ mark（標記）

例 I always use a **bookmark** to keep track of my reading progress.
我總是用書籤來標示我的閱讀進度。

## » **earmark**
['ɪr,mɑrk]

n. 耳上記號；特徵
v. 在耳朵上做記號；標示

ear（耳朵）+ mark（標記）

例 I've **earmarked** the recipes that I'd like to try in this cookbook.
我已經在這本食譜書中我想試做的食譜上做了記號。

## » **hallmark**
['hɔl,mɑrk]

n. 品質證明；戳記；最大特色
v. 使具標誌

hall（大廳）+ mark（標記）

例 Good quality is the **hallmark** of their products.
好品質是他們產品的最大特色。

## » **landmark**
['lænd,mɑrk]

n. 地標

land（地）+ mark（標記）

例 The Tower Bridge has been one of the most famous **landmarks** in London.
倫敦塔橋一直是倫敦最有名的地標之一。

## » **pockmark**
['pɑk,mɑrk]

n. 痘疤；凹坑；凹痕
v. 使留下痘疤；使有凹坑

pock（痘疤）+ mark（記號）

例 Do not squeeze your pimples, or they may leave **pockmarks** on your skin.
不要擠痘子，否則它們可能會在你皮膚上留下痘疤。

L / M

## » **postmark**

[ˋpost͵mark]

| n. | 郵戳 |
|---|---|
| v. | 在（郵件）上蓋郵戳 |

post（郵政）
＋ mark（標記）

例 From the **postmark** I inferred that this postcard was mailed from Milan, Italy.

從郵戳可推知這張明信片是從義大利米蘭寄出的。

---

## » **trademark**

[ˋtred͵mark]

| n. | 商標；（人或物的）標記 |
|---|---|
| v. | 作為商標註冊 |

trade（貿易）＋ mark（標記）

例 Normally, products bearing well-known **trademarks** sell better.

通常，標有知名商標的產品會賣得比較好。

---

## » **watermark**

[ˋwatɚ͵mark]

| n. | 浮水印 |
|---|---|
| v. | 印浮水印 |

water（水）＋ mark（標記）

例 To protect your photos from piracy, you can **watermark** them before you post them on the Internet.

為了保護圖片不被盜用，你可以在將它們發佈上網前先加上浮水印。

# 👆 **mate** 同伴

❋ **聯想助記**

---

» **bedmate**

[ˋbɛdˌmet]

n. 同床者；夫或妻

bed（床）+ mate（同伴）

例 I hardly sleep well at night because my **bedmate** is a loud snorer.
我晚上很少睡得好，因為跟我同床的人打鼾超大聲。

---

» **bunkmate**

[ˋbʌŋkˌmet]

n. 睡同鋪位或鄰鋪的人

bunk（床鋪）+ mate（同伴）

例 Tim and I were **bunkmates** when we served in the army.
我和 Tim 是服兵役時睡同鋪的伙伴。

---

» **cellmate**

[ˋsɛlmet]

n. 同牢房的人，獄友

cell（牢房）+ mate（同伴）

例 A prisoner claimed that he was attacked by some of his **cellmates**.
一名囚犯聲稱他被其他獄友攻擊。

---

» **classmate**

[ˋklæsˌmet]

n. 同班同學

class（班級）+ mate（同伴）

例 Jennifer and I have been **classmates** since grade 1.
我和 Jennifer 從一年級開始就是同班同學。

## » **crewmate**
['kru,met]

n. 同機組伙伴；同船伙伴

crew（全體工作人員）＋ mate（同伴）

例 Anita and her **crewmates** take turns to sleep during long international flights.
Anita 和她的同機組伙伴在長途國際航班會輪流睡覺。

## » **helpmate**
['hɛlp,met]

n. 合作者；助手；配偶

help（幫助）＋ mate（同伴）

例 My neighbor volunteered to be my **helpmate** at the garage sale.
我鄰居自願當我車庫拍賣的助手。

## » **housemate**
['haʊs,met]

n.（同住一屋的）室友

house（房子）＋ mate（同伴）

例 I am looking for two **housemates** to share the apartment with me.
我正在徵求兩名室友跟我一起分租這間公寓。

## » **messmate**
['mɛs,met]

n. 同膳伙伴；同餐桌的夥伴

mess（食堂）＋ mate（同伴）

例 He asked one of his **messmates** to pass him the salt.
他請其中一個同餐桌的夥伴把鹽遞給他。

## » **playmate**
['ple,met]

n. 遊伴，玩伴

play（遊戲）＋ mate（同伴）

例 Mark and I were childhood **playmates**, but we haven't seen each other since high school.
我跟 Mark 是童年的玩伴，但我們高中後就沒再見過面了。

## » **roommate**

['rum,met]

n. （同住一室的）室友

room（房間）＋ mate（同伴）

例 I moved out the dorm because I didn't get along with my **roommates**.
因為我跟室友處不好，所以就搬出宿舍了。

## » **seatmate**

['sit,met]

n. 同座；鄰座者

seat（座位）＋ mate（同伴）

例 I was trying to get some sleep during the flight, but my **seatmate** talked my ear off.
我試著在飛機航程中睡一點覺，但我隔壁座位的乘客一直嘮叨地講個不停。

## » **soulmate**

['sol,met]

n. 靈魂伴侶；心靈知己

soul（靈魂）＋ mate（同伴）

例 My husband is not only my best friend, but also my **soulmate**.
我的丈夫不僅是我最好的朋友，也是我的精神伴侶。

## » **teammate**

['tim,met]

n. 隊友

team（團隊）＋ mate（同伴）

例 John worked in harmonious tandem with his **teammate**, and that's why they won almost every game.
John 跟他的隊友默契十足，這也是為什麼他們幾乎每場比賽都能獲勝的原因。

## » **workmate**

['wɝkmet]

n. 同事

work（工作）＋ mate（同伴）

例 Josh is a **workmate** of mine at the restaurant.
Josh 是我在餐廳的同事。

M

# ☞ mind  心、頭腦;注意;注意力

» **absentminded**

['æbsənt'maɪndɪd]

adj. 心不在焉的

例 I was **absentminded** throughout the meeting.
我整個開會過程都心不在焉的。

> absent(缺席的）+ mind（心）+ ed（過去分詞形容詞字尾）

---

» **mastermind**

['mæstə‚maɪnd]

n. 才華橫溢的人;智囊;策劃者
v. 策劃

例 The **mastermind** behind this beach cleanup activity is a 15-year-old teenager.
這次淨灘活動的幕後策劃者是一名十五歲的青少年。

> master（主人）+ mind（頭腦）

---

» **mind-blowing**

['maɪnd‚bloɪŋ]

adj. 令人印象深刻的;令人驚奇的

例 I have some **mind-blowing** news to share with you guys.
我有個超震驚的消息要跟你們説。

> mind（頭腦）+ blow（吹）+ ing（現在分詞形容詞字尾）

---

» **mindblower**

['maɪnd'bloə]

n. 令人震驚的事物

例 That the popular singer is a drug dealer is a real **mindblower** to me.
那個受歡迎的歌手竟是個毒販,真的讓我超震驚的。

> mind（頭腦）+ blow（吹）+ er（施動者名詞字尾）

## » **mindful**
[ˋmaɪndfəl]

adj. 記住的；警覺的；小心的

mind（注意力）+ ful（充滿的）

例 We should always be **mindful** of strangers on the Internet.
我們應該隨時對網路上的陌生人有警覺心。

## » **mindless**
[ˋmaɪndlɪs]

adj. 不動腦筋的；沒頭腦的；欠考慮的

mind（頭腦）+ less（少的）

例 Jason is not a **mindless** teenage boy that many people perceive him to be.
Jason 並不是一個許多人所以為的沒腦袋的青少年。

## » **mindset**
[ˋmaɪndˏsɛt]

n. 心態；傾向

mind（心）+ set（設置）

例 People with positive **mindset** always approach conflicts in a more constructive way.
心態正面的人通常會用比較有建設性的方式來處理衝突。

## » **remind**
[rɪˋmaɪnd]

v. 提醒；使想起，使記起

re（再次）+ mind（注意）

例 The old song **reminds** me of the good old times in my youth.
這首老歌讓我想起年輕時的美好往日。

## » **reminder**
[rɪˋmaɪndɚ]

n. 提醒者，提醒物，令人回憶的東西；催促信件

re（再次）+ mind（注意）+ er（施動者名詞字尾）

例 I got an overdue payment **reminder** from the bank today.
我今天收到銀行寄來的逾期繳款通知單。

M

» **simpleminded**

[`sɪmpḷ`maɪndɪd]

adj. 單純的；心地善良的；頭腦簡單的

simple（簡單）＋ mind（心；頭腦）＋ ed（過去分詞形容詞字尾）

例 The swindler beguiled the **simpleminded** girl of all her money.
那個騙子把那單純的女孩的錢都騙走了。

TRACK 082

# ☞ **moon** 月、月亮

» **honeymoon**

[`hʌnɪ͵mun]

n. 蜜月

honey（蜜）＋ moon（月）

例 The newlywed couple is on their **honeymoon** trip to Hawaii.
那對新婚夫婦正在夏威夷蜜月旅行。

» **mooncalf**

[`mun͵kæf]

n. 傻瓜；畸形的動物或植物

moon（月亮）＋ calf（呆頭呆腦年輕人）

例 The **mooncalf** is dragging the whole team down.
那個傻瓜拖垮了整個團隊。

» **moonless**

[`munlɪs]

adj. 無月光的；沒有月亮的

moon（月亮）＋ less（少的）

例 It freaked me out to walk home alone by myself on such a **moonless** night.
在如此一個無月光的晚上獨自走回家，真是把我嚇壞了。

## » moonlight
[`mun,laɪt]

n. 月光
v. 晚上做兼職
adj. 夜間的

moon（月亮）＋ light（光）

例 Brian has to **moonlight** as a taxi driver to make ends meet.
Brian 必須兼職當計程車司機才能勉強讓收支平衡。

## » moonlighter
[`mun,laɪtɚ]

n. 晚上兼差的人

moon（月亮）＋ light（光）＋ er（施動者名詞字尾）

例 Brian has to be a **moonlighter** to support his big family.
Brian 必須晚上兼差才能養活他的一大家子。

## » moonrise
[`mun,raɪz]

n. 月升

moon（月亮）＋ rise（上升）

例 On the night of a full moon, sunset and **moonrise** occur at about the same time.
在滿月夜，日落和月升會在差不多相同的時間發生。

## » moonscape
[`mun,skep]

n. 月的表面

moon（月亮）＋ scape（景觀）

例 Hiking in Death Valley is like walking in a faraway **moonscape**.
在死亡谷健行就像走在遙遠的月球表面一樣。

## » moonset
[`mun,sɛt]

n. 月落

moon（月亮）＋ set（落下）

例 Moonrise and **moonset** times change every day.
月升和月落的時間每天都不一樣。

M

» **moonshine**

[ˋmunˏʃaɪn]

n. 月光；空話，胡說；蠢念；走私酒

moon（月亮）+ shine（閃耀）

例 At that time, everybody regarded Elon Musk's space dream as pure **moonshine**.
當時每個人都把馬斯克的太空夢視作單純的空話。

» **moonshiner**

[ˋmunˏʃaɪnɚ]

v. 烈酒私釀者（或走私者）

moon（月光）+ shine（照耀）+ er（施動者名詞字尾）

例 The **moonshiner** is facing charges for producing and selling liquor to local restaurants.
烈酒私釀者正面臨製造並販賣酒給當地餐廳的指控。

» **moonstruck**

[ˋmunˏstrʌk]

adj. 發狂的；迷亂的；發呆的；月光照耀著的

moon（月亮）+ struck（「打擊」過去分詞做形容詞）

例 The behavior of the **moonstruck** lovers is always inexplicable.
被愛迷昏頭的戀人們的行為總是令人費解的。

» **moonwalk**

[ˋmunˏwɔk]

n. 月球漫步
v. 跳月球漫步舞

moon（月亮）+ walk（走路）

例 My brother learned to do the **moonwalk** by watching Michael Jackson's video.
我哥哥靠著看麥可傑克遜的影片學跳月球漫步。

# ☞ **mouth** 嘴，口

🌟 **聯想助記**

---

» **badmouth**

[`bæd͵maʊθ]

v. 苛刻批評；惡意攻擊

bad（壞的）
＋ mouth
（嘴）

例 He never **badmouthed** his ex-girlfriend even though she was caught two-timing him.
即使前女友被他抓到腳踏兩條船，他也從未惡意攻擊過她。

M

---

» **bigmouth**

[`bɪg͵maʊθ]

n. 大嘴魚；饒舌的人

big（大的）
＋ mouth
（嘴）

例 Janet is a **bigmouth** that can't keep secrets.
Janet 是個藏不住祕密的大嘴巴。

---

» **blabbermouth**

[`blæbɚ͵maʊθ]

n. 長舌者；大嘴巴

blabber（喋
喋不休）＋
mouth（嘴）

例 Those **blabbermouths** are gossiping about other people's family affairs again.
那些長舌的又在八卦別人的家務事了。

---

» **closemouthed**

[`klos`maʊðd]

adj. 沉默的；口風緊的

close（關
閉的）＋
mouth（口）
＋ ed（過去
分詞形容詞
字尾）

例 Both the boys were **closemouthed** about what had happened.
兩個男孩都對發生過的事三緘其口。

## » cottonmouth
[ˋkɑtnˏmaʊθ]

n. 百步蛇；水棲蝮蛇

cotton（棉花）+ mouth（嘴）

例 The man bitten by a **cottonmouth** was hurried to the hospital.
被百步蛇咬到的男子被迅速送醫。

## » foulmouthed
[ˋfaʊlˋmaʊðd]

adj. 口出惡言的；出言粗俗的

foul（下流的）+ mouth（嘴）+ ed（過去分詞形容詞字尾）

例 That **foulmouthed** young man truly embarrassed himself at the party.
那個滿嘴粗話的年輕男人讓自己在派對上大出洋相。

## » goalmouth
[golˋmaʊð]

n. 球門口

goal（球門）+ mouth（口）

例 The only one thing he had in mind was to kick the soccer ball into the **goalmouth**.
把球踢進球門口是他腦中唯一的念頭。

## » loudmouth
[ˋlaʊdˏmaʊθ]

n. 高聲講話的人

loud（大聲的）+ mouth（嘴）

例 Could you please ask those **loudmouths** to lower their voice?
能否請你要求那些高聲說話的人講話小聲一點呢？

## » mouthful
[ˋmaʊθfəl]

n. 滿口；一口；冗長而難唸的字

mouth（口）+ ful（充滿的）

例 I enjoyed every **mouthful** of that delicious dish.
那道美味的菜餚讓我每一口都非常享受。

## » **mouthwash**
[ˋmaʊθ͵wɑʃ]

**n.** 漱口水

mouth（口）
+ wash
（洗）

例 He makes it a habit to rinse his mouth with **mouthwash** after every mcal.
他養成了每次吃完飯就用漱口水漱口的習慣。

## » **mouthpiece**
[ˋmaʊθ͵pis]

**n.** （樂器）吹口；話筒；（容器）口；（拳擊）護齒套；喉舌、代言人

mouth（口）
+ piece（一件東西）

例 As far as I'm concerned, newspapers should be a **mouthpiece** for the people.
我認為報紙應該要為民喉舌。

M

## » **openmouthed**
[ˋopənˋmaʊðd]

**adj.** 張嘴的；驚呆的

open（開）
+ mouth
（嘴）+ ed
（過去分詞形容詞字尾）

例 All the kids watched the performance **openmouthed**.
所有孩子都張嘴驚呆觀看表演。

## » **poormouth**
[pʊrˋmaʊðd]

**v.** 哭窮；因窮而發牢騷

poor（貧窮的）+ mouth（嘴）

例 Frank always **poormouths** when he is asked to donate to charity.
Frank 被要求慈善捐款時，總是哭窮。

# ☞ **more** 更多

» **anymore**

[`ɛnɪmɔr]

adv. （不）再，再也（不）

any（任何）+ more（更多）

例 We don't love each other **anymore**, so we decided to break up.
我們不再彼此相愛，因此決定分手。

---

» **nevermore**

[`nɛvɚ`mor]

adv. 絕不再；永遠不再

never（絕不）+ more（更多）

例 **Nevermore** will I be friends with her.
我永遠不會再是她的朋友了。

---

» **forevermore**

[fɚˌɛvɚ`mor]

adv. 永遠地

forever（永遠）+ more（更多）

例 His spirits will be in our hearts **forevermore**.
他的精神將會永遠留駐在我們的心裡。

---

» **furthermore**

[`fɝðɚ`mor]

adv. 而且，此外，再者

further（進一步地）+ more（更多）

例 He never gets his job done on time, and **furthermore**, he always shirks his responsibilities onto others.
他從來不準時完成工作，而且他總是把自己的責任推到別人身上。

» **moreover**

[mor`ovɚ]

adv. 並且，加之，此外

more（更多）＋ over（超過）

例 The woman is young and pretty. **Moreover**, she is very wealthy.
這女人年輕又漂亮。而且，她還非常富有。

🎧 TRACK 085

👇 **none** 毫不、無、非

» **nonexpert**

[ˌnɑn`ɛkspɚt]

n. 非專家

none（非）＋ expert（專家）

例 This piece of academic writing is incomprehensible to **nonexperts**.
這篇學術論文對非專家而言是難以理解的。

» **nonexistent**

[ˌnɑnɪg`zɪstənt]

adj. 不存在的

none（不）＋ existent（存在的）

例 Imaginary creatures such as dragons and phoenixes are **nonexistent**.
虛構的生物如龍與鳳凰是不存在的。

## » **nonsense**

[ˋnɑnsɛns]

| n. 胡説、廢話，無價值或不重要的東西 | none（無）+ sense（意義） |

例 You can't fool me with **nonsense** like that.
你那些胡説八道的話騙不了我的。

## » **nonspecific**

[ˋnɑnspɪˋsɪfɪk]

| adj. 非特異性的 | none（無）+ specific（特殊的、特定的） |

例 **Nonspecific** pains in the abdomen are frequent clinical symptoms.
非特定性的腹部疼痛是很常見的臨床症狀。

## » **nonsensical**

[nɑnˋsɛnsɪk̩l]

| adj. 無意義的；荒謬的 | none（無）+ sense（意義）+ cal（形容詞結尾） |

例 This whole argument about physical appearance sounds completely **nonsensical** to me.
這整個有關外表的爭論在我聽來根本毫無意義。

## » **nonprofit**

[ˌnɑnˋprɑfɪt]

| adj. 非營利的 | none（無）+ profit（利潤） |

例 World Vision International is a **nonprofit** organization that helps vulnerable children overcome poverty.
世界展望會是個幫助弱勢孩童克服貧困的非營利組織。

## » **nonpartisan**

[nɑnˋpɑrtəzn]

| n. 無黨派人士 adj. 無黨派的 | none（無）+ party（黨派）+ -san（人） |

例 To everyone's surprise, the **nonpartisan** candidate won the most votes in this election.
讓眾人驚訝的是，該無黨派參選人在此次選舉中贏得了最多選票。

## » nonbelligerent
[ˌnɑnbəˈlɪdʒərənt]

n. 非交戰國

adj. 非交戰國的

none（非）
+ belligerent
（交戰國）

例 The United States had been a **nonbelligerent** in World War II until Japan attacked Pearl Harbor.
直到日本襲擊珍珠港之前，美國在第二次世界大戰中一直是個非交戰國。

## » noncompliant
[ˌnɑn kəmˈplaɪənt]

adj. 不順從的

none（不）
+ compliant
（順從的、
兼容的）

例 Unfortunately, the liver transplant recipient was **noncompliant** with medications and died.
很不幸地，那位接受肝臟移植的患者因為藥物排斥而過世了。

## » nonconformist
[ˌnɑnkənˈfɔrmɪst]

n. 不墨守成規者

none（非）
+ conform
（遵從規章）
+ -ist（者）

例 At all times and in all countries, it has always been the **nonconformists** that moved the world forward.
古今中外，總是不墨守成規者在推動著世界前進。

## » nondescript
[ˈnɑndɪˌskrɪpt]

adj. 難以形容的；無特色的，單調的

none（無）
+ descript
（描述）

例 That the crown prince married such a **nondescript** woman struck the whole country with amazement.
王儲竟迎娶一個毫無特色的女子使全國人民震驚不已。

## » nonfiction
[nɑnˈfɪkʃən]

n. 非小說的散文文學

none（非）
+ fiction（小
說）

例 The book that he's reading is one of the New York Times **nonfiction** bestsellers.
他正在讀的那本書是紐約時報非小說類散文的暢銷書之一。

N

» **nonhuman**

[nɑnˋhjumən]

adj. 非人類的

none（非）
+ human
（人類）

例 It is no secret that **nonhuman** primates such as monkeys have been used for testing the safety and effectiveness of potential human medicines and vaccines.
眾所皆知，非人類的靈長類如猴子，一直以來被用來為可能的人類藥物或疫苗做測試。

» **noninvasive**

[ˌnɑnɪnˋvesɪv]

adj. 非侵入性的

none（非）
+ invasive
（侵入的）

例 Don't worry. This **noninvasive** inspection won't do you any harm.
別擔心。這個非侵入性的檢查不會對你造成任何傷害。

» **nontechnical**

[ˌnɑnˋtɛknɪkl̩]

adj. 非技術性的

none（非）
+ technical
（技術性的）

例 **Nontechnical** questions can help interviewers understand how well a candidate may fit in with their organization.
非技術性的問題能幫助面試官了解一個求職者適不適合在他們的組織內工作。

» **nonverbal**

[nɑnˋvɝbl̩]

adj. 不使用語言的

none（不）
+ verbal（言語的、口頭的）

例 All **nonverbal** behaviors including the gestures and eye contact you make can send strong messages.
包含你做的手勢及眼神交流在內的所有非言語行為都能傳遞強烈的訊息。

# ☞ **normal** 正常的

» **abnormal**

[æb`nɔrml̩]

adj. 反常的、異乎尋常的

ab-（偏離）
＋ normal
（正常）

例 It is **abnormal** to have diarrhea for a week. You should go see a doctor as soon as you can.
腹瀉一星期是很反常的。你應該立刻去看醫生。

» **normality**

[nɔr`mælətɪ]

n. 常態

normal（正常）＋ -ity（性質、狀態）

例 It is expected that our life will return to **normality** soon.
眾人預期我們的生活將很快能恢復常態。

» **normalize**

[`nɔrml̩͵aɪz]

v. 使正常化、使常態化

normal（正常）＋ -ize（使成為、使形成）

例 We shouldn't **normalize** bad behavior just because many people are doing it.
我們不應該因為很多人都在做，就將不良的行為常態化。

» **paranormal**

[͵pærə`nɔrməl]

adj. 超過正常範圍的；超自然的

para-（反、超）＋ normal（正常）

例 Most scientists do not believe in the existence of **paranormal** phenomena.
大多數科學家不相信超自然現象的存在。

慢

» **subnormal**

[sʌb`nɔrml]

n. 低於常人者、弱智者
adj. 低能的、低於正常的

sub-（在下的、次級的）+ normal（正常）

例 According to the weather forecast, we will be having a week of **subnormal** temperatures.
根據氣象預報，我們將會有一個星期的偏低氣溫。

» **supernormal**

[ˌsupɚ`nɔrml]

adj. 非凡的、超常的

super（極度的、特佳的）+ normal（正常）

例 Almost all surgical masks suppliers experienced a **supernormal** growth in business during the pandemic.
在疫情期間，幾乎所有的口罩供應商都歷經了超乎尋常的業務成長。

TRACK 087

☞ **note**  n. 便條；筆記；註記；口氣
v. 提到；對⋯⋯註釋

» **banknote**

[`bæŋknot]

n. 紙幣、鈔票

bank（銀行）+ note（便條）

例 The current **banknotes** in denominations of NT$200 and NT$2000 are rarely used.
目前新台幣面額 200 及 2000 的紙鈔很少用。

## » **connote**
[kənˋnot]

**v.** 意味著；暗示

con（以……；用）+ note（對……註釋）

例 For me, marriage **connotes** lifelong commitment.
對我來說，婚姻意味著一輩子的承諾。

---

## » **endnote**
[ɛndˋnot]

**n.** （補充在全文最後的）註釋

end（結尾）+ note（註記）

例 All references to sources used in your dissertation must be acknowledged with an **endnote**.
你論文中的所有參考文獻必須以註釋的方式承認。

---

## » **footnote**
[ˋfʊtˌnot]

**n.** （補充在每頁底部的）腳註；補充說明

**v.** 為……做腳註

foot（腳）+ note（註記）

例 References to sources used in this essay are set out in full in **footnotes**.
本論文的參考資料都完整闡述在腳註中。

---

## » **headnote**
[ˋhɛdˌnot]

**n.** （放在全文開頭的）摘要說明；眉註、眉批

head（頭）+ note（註記）

例 I usually only read the **headnote** when I don't have enough time to read the whole chapter.
當我沒有足夠的時間讀整個章節時，我通常只讀前面的摘要說明。

---

## » **notebook**
[ˋnotˌbʊk]

**n.** 筆記本

note（筆記）+ book（書）

例 Tom has a **notebook** in which he can write down ideas as soon as they come to him.
Tom 有一本讓他可以在有點子時立刻記下來的筆記本。

## » notecard
['not͵kɑrd]

n. 紀錄卡、便籤

note（筆記）
＋ card（卡）

例 Mr. Jones used **notecards** to help him stay organized during his speech.
Jones 先生利用筆記卡使他的演説條理分明。

---

## » notecase
['not͵kes]

n. 錢包、皮夾子

note（紙鈔）
＋ case（盒、套）

例 The man found his **notecase**, but the banknotes inside were gone.
男子找到了皮夾，但裡頭的紙鈔不見了。

---

## » notepad
['notpæd]

n. 筆記簿、書寫板

note（筆記）
＋ pad（便條紙簿）

例 I need a **notepad** for taking notes during lectures.
我需要一個筆記簿在課堂上做筆記。

---

## » notepaper
['not͵pepɚ]

n. 筆記用紙；便條紙

note（筆記）
＋ paper（紙）

例 Samantha asked me for a piece of **notepaper** to write a brief letter to her parents.
Samantha 跟我要了一張筆記用紙寫了一封簡短的信給她爸媽。

---

## » noteworthy
['not͵wɝðɪ]

adj. 顯著的；值得注意的

note（注意）
＋ worthy（值得的）

例 This building is **noteworthy** for its architecture.
這棟大樓的建築風格值得令人注意。

» **keynote**

[ˋki͵not]

| n. | （演說的）主旨、基調；（政策的）基本方針 |
| v. | 為……定基調 |

**key**（主要的）＋ **note**（口氣）

例 The **keynote** of the mayor's speech was that we should work together to fight COVID.
市長演說的主旨即我們應該共同合作以抵抗新冠肺炎。

TRACK 088

N

# ☞ **nose** 鼻

» **nosebag**

[ˋnozbæg]

n. 飼料袋

**nose**（鼻）＋ **bag**（袋子）

例 **Nosebags** allow horses to be fed a small meal outside the stables.
飼料袋讓馬兒可以在馬廄外頭吃頓小餐。

» **nosegay**

[ˋnoz͵ge]

n. 小花束

**nose**（鼻）＋ **gay**（快樂、高興）

例 The little girl picked some flowers from the garden and made a **nosegay** for her mother.
小女孩在花園摘了些花，做成小花束送給她的媽媽。

## » **nosedive**
['noz,daɪv]

| n. （飛機）俯衝；（價格、情況、名聲等）暴跌
| v. 俯衝；暴跌

nose（鼻）＋ dive（往下衝去）

例 The mayor's reputation has taken a **nosedive** since his bribery scandal last year.
市長自去年發生賄賂醜聞後即聲望暴跌。

## » **brownnose**
['braʊn,noz]

| v. 諂媚、拍馬屁

brown（棕色）＋ nose（鼻）

例 The guy is being a nuisance in the office for **brownnosing** the boss in order to get a promotion.
那傢伙為了獲得升遷對老闆逢迎拍馬，在公司很惹人厭。

## » **nosebleed**
['noz,blid]

| n. 鼻出血

nose（鼻）＋ bleed（出血）

例 A **nosebleed** can occur for many reasons, and sometimes it can indicate serious medical problems.
鼻出血的發生原因有很多，有時候可能暗示著嚴重的病症。

# ☞ **nut**　堅果；難題；瘋子

» **peanut**
[ˋpiˏnʌt]

n. 花生

pea（豌豆般的東西）+ nut（堅果）

例 **Peanut** butter is tasty but it surely is not good for weight loss.
花生醬很美味，但絕對不利於減重。

👆 同義字 **pignut, hognut, earthnut, groundnut**

---

» **nutmeat**
[ˋnʌtˏmit]

n. 堅果核仁

nut（堅果）+ meat（肉）

例 For vegetarians, we have sausage rolls made of **nutmeat**.
針對素食者，我們有用堅果核仁做的臘腸卷。

---

» **nutcase**
[ˋnʌtkes]

n. 瘋子、狂人

nut（瘋子）+ case（容器）

例 It is impossible to reason with a **nutcase** like him.
要跟像他那樣的一個瘋子講道理是不可能的。

---

» **coconut**
[ˋkokəˏnət]

n. 椰子

coco（椰子、椰子樹）+ nut（堅果）

例 The man is showing people how to open a **coconut** without any tools.
男子正在向人們示範如何不用任何工具打開一顆椰子。

## » **nutbrown**

[ˋnətˌbraʊn]

n. 棕褐色、栗色
adj. 棕褐色的、栗色的

nut（堅果）
＋ brown（褐色）

例 Grandma dyed her gray hair **nutbrown** and looked 10 years younger.
奶奶將白髮染成棕褐色後，看起來年輕了十歲。

## » **betelnut**

[ˋbitḷˌnʌt]

n. 檳榔

betel（檳榔）
＋ nut（堅果）

例 Medical research has proved that **betelnut** chewing is likely to lead to oral cancer.
醫學研究證實嚼食檳榔可能導致口腔癌。

## » **nuthouse**

[ˋnʌthaʊs]

n. 瘋人院

nut（瘋子）
＋ house（房子）

例 It saddens me that such a talented artist would end up in a **nuthouse**.
如此一個才華洋溢的藝術家最終進了精神病院，讓我感到很悲傷。

## » **nutpick**

[ˋnʌtˌpɪk]

n. 挑取堅果果仁的挑針

nut（堅果）
＋ pick（挑出）

例 He asked me for a **nutpick** to dig the meat from nuts.
他跟我要了一支挑針挖堅果的果仁。

## » **nutshell**

[ˋnʌtˌʃɛl]

n. 堅果殼

nut（堅果）
＋ shell（殼）

例 To put it in a **nutshell**, the whole situation is out of control.
簡而言之，整個情況已經失控了。

✏常用片語 **in a nutshell** 概括的說

» **chestnut**
[ˋtʃɛsˌnʌt]

n. 栗子
adj. 栗子色的

chest（有蓋的堅固容器）＋ nut（堅果）

例 Sugar roasted **chestnuts** are my favorite Taiwanese street food.
糖炒栗子是我最喜歡的台灣街頭小吃。

» **doughnut**
[ˋdoˌnʌt]

n. 甜甜圈

dough（麵糰）＋ nut（堅果）

例 How about some **doughnuts** for snacks?
要不要來些甜甜圈當點心？

» **nutcracker**
[ˋnʌtˌkrækɚ]

n. 胡桃鉗

nut（堅果）＋ cracker（破碎器）

例 Can you open a walnut without a **nutcracker**?
你能不用胡桃鉗打開胡桃嗎？

N

# O

## 👉 **oil** 油，石油

🌸 **聯想助記**

---

» **oilman**

[ˋɔɪlmən]

**n.** 石油商；石油工人

oil（油）+ man（人）

例 His uncle started off his career as an **oilman** and required amazing wealth.
他叔叔展開石油事業，並賺取驚人的財富。

---

» **oilcan**

[ˋɔɪlˌkæn]

**n.** 油罐；油壺

oil（油）+ can（罐）

例 Neglecting to change a car's **oilcan** may lead to serious trouble.
忘記換車子的油壺可能會導致嚴重的問題。

---

» **oiler**

[ˋɔɪlɚ]

**n.** 油商；注油壺；注油者

oil（油）+ er（施動者名詞字尾）

例 The **oilers** oiled engines carefully.
注油者仔細地為引擎添油。

---

» **oily**
[ˋɔɪlɪ]

n. （含）油的；多油的；油膩的

oil（油）+ y（形容詞字尾）

例 This dish would be even more delicious if it wasn't so **oily**.
這道菜要是沒這麼油，會更加好吃。

---

» **oilskin**
[ˋɔɪ͵skɪn]

n. 油布；防水油布；防水服裝

oil（油）+ skin（皮膚）

例 They put on their **oilskin** jackets and headed out to work.
他們穿上防水外套就出發去工作了。

---

» **oilseed**
[ˋɔɪ͵sid]

n. 含油種籽（如花生、油菜、大豆等）

oil（油）+ seed（種子）

例 This machine is designed to extract oil from **oilseeds**.
這台機器是設計來提取含油種籽的油。

---

» **oilstone**
[ˋɔɪ͵ston]

n. 油磨刀石

oil（油）+ stone（石）

例 The cook is using an **oilstone** to sharpen his knife.
廚師正在用油石磨他的刀。

# 👈 one 一；一個人

## » oneself
[wʌn`sɛlf]

**n.** 自己

例 One should never underestimate **oneself**.
一個人永遠不應該低估自己的能力。

one（一個人）+ self（自身）

## » oneness
[`wʌnnɪs]

**n.** 合一；完整；協調

例 I always feel a **oneness** with nature when I take a hike in the woods by myself.
當我獨自一人在樹林裡步行時，總感覺自己與大自然合而為一。

one（一）+ ness（名詞字尾）

## » onetime
[`wʌn͵taɪm]

**adj.** 從前的；一度的
**adv.** 從前；一度

例 I never had **onetime** doubt the existence of God.
我從未懷疑過上帝的存在。

one（一）+ time（次）

## » anyone
[`ɛnɪ͵wʌn]

**pron.** 任何人

例 Don't let **anyone** define you.
別讓任何人為你下定義。

any（任何）+ one（一人）

» **someone**

[ˋsʌmˏwʌn]

**n.** 重要人物
**pron.** 某人

some（某）
+ one（一
人）

例 Is there **someone** else between us?
我們之間是不是有第三者了？

---

» **none**

[nʌn]

**pron.** 無一人

no（無）＋
one（一人）

例 It was Ricky's fault. **None** of us should take the blame
for him.
那是 Ricky 的錯。我們沒有人應該幫他背黑鍋。

---

» **everyone**

[ˋɛvrɪˏwʌn]

**pron.** 每一人

every（每
一）＋ one
（一人）

例 Almost **everyone** I know speaks English.
幾乎每一個我認識的人都會說英語。

TRACK 092

---

☞ **off** 開、下、掉；離開

» **layoff**

[ˋleˏɔf]

**n.** 臨時解僱，裁員

lay（安排）
＋ off（離
開）

例 Some employees received **layoff** notices without any
prior warnings.
有些員工在無預警的情況下收到裁員通知。

## » ripoff
[ˋrɪpˌɔf]

n. 搶劫；強盜

rip（撕扯）
+ off（下）

例 This tiny sandwich costs $100. What a **ripoff**!
這個小小的三明治竟然要一百元。真是搶劫啊！

## » sendoff
[ˋsɛndˌɔf]

n. 歡送會

send（送）
+ off（離
開）

例 Mr. Williams is retiring, and we're planning a **sendoff** party for him.
Williams 先生即將退休了，我們計畫為他辦一場歡送會。

## » falloff
[ˋfɔlˌɔf]

n. 下降，減少，減退

fall（落）+
off（下）

例 The restaurant is seriously understaffed, and that's why there is an obvious **falloff** in their service quality.
這家餐廳嚴重人手不足，這也是他們服務品質明顯下降的原因。

## » kickoff
[ˋkɪkˌɔf]

n. 開球；（集會）開始

kick（踢）
+ off（開）

例 I am so excited about the **kickoff** of the anniversary sale this Friday.
這個星期五開始的週年慶讓我感到十分興奮。

## » turnoff
[ˋtɝnˌɔf]

n. 令人倒胃口的事

turn（轉）
+ off（下）

例 His dirty jokes were a real **turnoff**.
他的黃色笑話真的讓人很倒胃口。

## » standoff
[ˋstænd͵ɔf]

n. 冷漠；（比賽）平局；僵局
adj. 冷淡的，避開的

stand（站）+ off（開）

例 The political **standoff** will not end until any party is willing to take a step back.
這政治僵局要等到其中一方願意退一步才有可能結束。

## » tradeoff
[ˋtred͵ɔf]

n. 權衡

trade（交換）+ off（掉）

例 You must make a **tradeoff** between life and work.
你必須在生活與工作之間取得平衡。

## » brushoff
[ˋbrʌʃ͵ɔf]

n. 置之不理；忽略

brush（刷）+ off（掉）

例 I made a suggestion about the promotional campaign, but just got the **brushoff**.
我針對促銷活動做了一個建議，卻沒有人理我。

## » offset
[ˋɔf͵sɛt]

n. 補償；抵銷
v. 補償；抵銷

off（離開）+ set（安置）

例 The decent food was an **offset** to the poor service from the waiter.
還算美味的食物彌補了服務生的糟糕服務。

## » offhand
[ˋɔf͵hænd]

adj. 漫不經心的
adv. 不假思索地，隨便地、怠慢地

off（離開）+ hand（手）

例 The waitress answered the customer's questions in an **offhand** manner.
女侍者用很隨便的態度回答顧客的問題。

» **offcast**

[ˈɔfkæst]

n. 被拋棄的人或物

adj. 被拋棄的

off（離開）＋ cast（班底）

例 He became an **offcast** from all his friends after he declared bankruptcy.
他宣布破產後，就被所有的朋友給拋棄了。

» **offload**

[ˈɑflod]

v. 卸（貨），下（客）

off（下）＋ load（裝載）

例 My mother is the only person that I feel relieved to **offload** my problems onto.
我母親是唯一讓我能放心傾訴困擾的人。

» **offbeat**

[ˈɔfˌbit]

n. 弱拍

adj. 不合拍的；非主流的；特異的

off（離開）＋ beat（拍子）

例 The teacher is popular with the students for his **offbeat** teaching style.
該教師因其與眾不同的教學風格而受到學生歡迎。

» **offside**

[ˈɔfˈsaɪd]

n. 外側

adj. 外側的

off（離開）＋ side（側邊）

例 A car illegally parked on the **offside** of the road was towed.
一輛違規停在馬路外側的車輛被拖吊了。

» **offstage**

[ˈɔfˈstedʒ]

adj. 舞臺下的

adv. 在舞臺內部；私生活裡

off（離開）＋ stage（舞臺）

例 Many talkative TV hosts are quite reticent **offstage**.
許多健談的電視節目主持人私下都很寡言。

» **offspring**

[ˋɔfˏsprɪŋ]

**n.** 子女；子孫；後代；產物

off（離開）＋ spring（根源）

例 A mule is the **offspring** of a horse and a donkey.
騾子是馬和驢的後代。

---

» **offscreen**

[ˋɔfˋskrin]

**adv.** 螢幕以外地；私生活方面地

off（離開）＋ screen（螢幕）

例 Mike Dillon, the villain in the movie, is a thoughtful man **offscreen**.
在這部電影中演反派的 Mike Dillon，私底下是個體貼的男人。

TRACK 093

☞ **play**　遊戲；戲劇演奏

» **playact**

[ˋpleˏækt]

**v.** 做作；演戲；假裝

play（表演）＋ act（表演）

例 I knew she was **playacting** again when she started crying poormouth.
她一開始哭窮，我就知道她又在演戲了。

## » **playbill**

[ˋpleˏbɪl]

**n.** 海報；戲單；節目單

play（戲劇）
＋ bill（單）

例 You can find information about the cast and characters on the **playbill**.
你可以在節目單上找到演出陣容和角色的資訊。

## » **playfellow**

[ˋpleˏfɛlo]

**n.** 玩耍的同伴

play（遊戲）
＋ fellow（同伴）

例 Carl is a **playfellow** of mine from childhood.
Carl 是我的兒時玩伴。

## » **playground**

[ˋpleˏgraʊnd]

**n.** 遊樂場

play（遊戲）
＋ ground（場地）

例 The girls are playing on the slide on the **playground**.
女孩兒們正在遊樂場的溜滑梯上玩。

## » **playhouse**

[ˋpleˏhaʊs]

**n.** 劇場，戲院；兒童遊戲館，玩具房屋

play（戲劇）
＋ house（房屋）

例 We enjoyed a great show at the **playhouse** last night.
我們昨晚在劇場欣賞了一場很棒的表演。

## » **playpen**

[ˋpleˏpɛn]

**n.** 遊戲圍欄

play（遊戲）
＋ pen（圍欄）

例 The mother let her baby play in the **playpen** alone while she went to the bathroom.
那個媽媽去上廁所時，讓她的寶寶自己在遊戲圍欄裡玩。

## » **playtime**
[`ple͵taɪm]

n. 娛樂時間；上演時間；遊戲時間

play（遊戲）＋ time（時間）

例 The students have a little **playtime** after lunch.
學生們在午餐後有一點遊戲時間。

## » **plaything**
[`ple͵θɪŋ]

n. 供玩耍的東西；玩具；被玩弄的人、玩物

play（遊戲）＋ thing（東西）

例 The toy robot used to be his favorite **plaything**.
這個玩具機器人曾經是他最喜歡的玩具。

## » **playgoer**
[`ple͵goɚ]

n. 愛看戲的人；戲迷

play（戲劇）＋ go（去）＋ er（施動者名詞字尾）

例 Jessie used to be a devoted **playgoer**, and now she is a famous drama critic.
Jessie 曾是個死忠戲迷，現在她成了名劇評家。

## » **playwright**
[`ple͵raɪt]

n. 劇作家

play（戲劇）＋ wright（表「製作者」之詞字尾）

例 He is not only an outstanding actor but also an excellent **playwright**.
他不僅是一名出色的演員，也是一個優秀的劇作家。

## » **screenplay**
[`skrin͵ple]

n. 電影劇本

screen（螢幕）＋ play（戲劇）

例 The producer read the **screenplay**, and decided to turn it into a movie.
製作人讀了劇本，就決定將它拍成電影。

P

# ☞ power 力量

» **brainpower**

[`bren,pauɚ]

n. 腦力；智慧

brain（腦）＋ power（力量）

例 Dealing with the difficult customer has taken nearly all my **brainpower**.
跟這個奧客周旋簡直用掉我所有的腦力。

---

» **firepower**

[`faɪr,pauɚ]

n. 火力

fire（火）＋ power（力量）

例 A rifle has much more **firepower** than a handgun.
來福槍比手槍火力來得更強大。

---

» **hydropower**

[`haɪdro,pauɚ]

n. 水力發電

hydro（水的）＋ power（力量）

例 The environmental groups strongly suggest that we replace the nuclear power plant with a **hydropower** plant.
環保團體強烈建議我們應該以水力發電廠取代核電廠。

---

» **manpower**

[`mæn,pauɚ]

n. 人力；勞動力

man（人）＋ power（力量）

例 The company is trying to cut **manpower** to reduce the personnel cost.
公司正在試著減少人力以降低人事成本。

## » overpower
[ˌovɚˋpauɚ]

**v.** 擊敗；制伏；（感情等）壓倒，使無法忍受

over（超過）＋ power（力量）

例 You can't let your negative emotions **overpower** you.
你不能被負面情緒壓垮。

## » powerful
[ˋpauɚfəl]

**adj.** 有力的

power（力量）＋ ful（充滿的）

例 That was a very **powerful** and inspiring speech.
那真的是一場有力且具啟發性的演說。

## » powerhouse
[ˋpauɚˌhaus]

**n.** 發電所；精力旺盛的人；有勢力的團體

power（力量）＋ house（房屋）

例 Look at Corey! He's a **powerhouse** on the basketball court.
你看 Corey！他在籃球場上可真是精力旺盛啊。

## » superpower
[ˌsupɚˋpauɚ]

**n.** 極巨大的力量

super（超級）＋ power（力量）

例 A **superpower** summit will be held in Geneva, Switzerland next week.
一場超級大國高峰會將在下週於瑞士日內瓦舉行。

## » underpowered
[ˋʌndɚˌpaurd]

**adj.** 動力不足的

under（低於）＋ power（力量）＋ ed（過去分詞形容詞字尾）

例 We should replace those **underpowered** machines to keep our production line running smoothly.
我們應該換掉那些動力不足的機器，以保持生產線運作順暢。

P

» **waterpower**

[ˋwɑtɚˏpɑʊɚ]

**n.** 水力
**adj.** 水力的

> water（水）
> + power（力量）

例 80% of electricity in this country is produced by **waterpower**.
這個國家百分之八十的電都是水力產生的。

» **willpower**

[ˋwɪlˏpɑʊɚ]

**n.** 意志力

> will（意志）
> + power（力量）

例 The patient showed strong **willpower** to live.
病患展現了強烈的意志力要活下去。

» **womanpower**

[ˋwʊmənˏpɑʊɚ]

**n.** 婦女力量

> woman（婦女）+ power（力量

例 Don't ever underestimate **womanpower**.
永遠不要小看婦女力量。

TRACK 095

# 👆 **pick** 摘；挑；撿；撥片

» **fingerpick**

[ˋfɪŋgɚˏpɪk]

**n.** 指彈

> finger（手指）+ pick（撥片）

例 When I play the guitar, I usually pluck the strings with a **fingerpick**.
當我彈吉他時，我通常會用指彈來撥弦。

## » handpick
[ˋhændˌpɪk]

v. 用手採摘；仔細挑選

hand（手）
+ pick（摘）

例 She **handpicked** an apple from the tree and took a bite right away.
她從樹上摘了一顆蘋果下來，並馬上咬了一口。

## » nitpick
[ˋnɪtˌpɪk]

v. 挑剔；吹毛求疵；雞蛋裡挑骨頭

nit（卵）+
pick（挑）

例 My boss literally **nitpicks** everything I do.
我老闆根本對我做的每件事情都雞蛋裡挑骨頭。

P

## » picklock
[ˋpɪkˌlɑk]

n. 撬鎖工具；撬鎖人；盜賊

pick（挑）
+ lock（鎖）

例 The policeman caught the **picklock** unlocking a car and arrested him on the spot.
警員抓到那個盜賊正在撬開一輛車的車鎖，並當場將他逮捕。

## » pickthank
[ˋpɪkˌθæŋk]

n. 馬屁精

pick（撿）
+ thank
（謝）

例 Allison is a **pickthank**. She is very good at apple-polishing the boss.
Allison 是個馬屁精。他很會拍老闆馬屁。

## » picky
[ˋpɪkɪ]

adj. 吹毛求疵的；挑剔的

pick（挑）
+ y（形容詞
字尾）

例 Lauren is a **picky** eater. She is fussy about food.
Lauren 是個挑食的人。她對食物非常挑剔。

» **toothpick**
[`tuθ͵pɪk]

n. 牙籤

tooth（牙）
＋ pick（挑）

例 Picking your teeth with a **toothpick** in front of others is inappropriate.
在別人面前用牙籤剔牙不太恰當。

» **pickpocket**
[`pɪk͵pɑkɪt]

n. 扒手

pick（撿）
＋ pocket（口袋）

例 The **pickpocket** was caught stealing money from a woman on the bus.
那個扒手被抓到在公車上偷一個女子的錢。

» **pickproof**
[`pɪk͵pruf]

adj. 防撬竊的

pick（挑）
＋ proof（抵擋）

例 We chose a **pickproof** door lock to prevent theft.
我們選了一個防撬的門鎖以預防盜竊。

TRACK 096

# ☞ **push** 推

» **pushball**
[`pʊʃ͵bɔl]

n. 推球遊戲

push（推）
＋ ball（球）

例 **Pushball** is the most popular event on the Sports Day.
推球遊戲是運動會上最受歡迎的項目。

» **pushover**
[ˋpʊʃˌovɚ]

n. 容易做的事；容易擊敗的對手；容易受影響的人

push（推）＋ over（過去）

例 The math test was a **pushover**. I answered all the questions correctly.
數學考試超簡單。我全部的問題都答對了。

---

» **pushcart**
[ˋpʊʃˌkɑrt]

n. 手推車

push（推）＋ cart（小車）

例 The **pushcart** vendor sells the best hot-dogs in town.
這個推車小販賣的是鎮上最美味的熱狗。

---

» **pushchair**
[ˋpʊʃtʃɛr]

n. 摺疊式嬰兒車

push（推）＋ chair（椅子）

例 The young mother is taking a walk with her baby in the **pushchair**.
年輕的媽媽正用嬰兒車推著寶寶散步。

---

» **pushpin**
[ˋpʊʃˌpɪn]

n. 大頭圖釘

push（推）＋ pin（釘）

例 The teacher fixed the poster on the bulletin board with **pushpins**.
老師將海報用大頭釘固定在佈告欄上。

---

» **pushup**
[ˋpʊʃˌʌp]

n. 伏地挺身

push（推）＋ up（往上）

例 Jeremy can do 100 **pushups** at a time.
Jeremy 可以一次做一百下伏地挺身。

P

# ☞ **question**　問題，詢問；懷疑

☆ 聯想助記

» **questioner**
[ˋkwɛstʃənɚ]

**n.** 發問者，審問者，提問人

question（詢問）+ er（施動者名詞字尾）

例 Apparently, the **questioner** wasn't satisfied with the answer she got.
顯然地，發問者對她得到的答案並不滿意。

---

» **questionable**
[ˋkwɛstʃənəbl]

**adj.** 可疑的；成問題的；不確定的；靠不住的

question（懷疑）+ able（能夠的）

例 It is **questionable** whether the promotional campaign can boost sales.
這個促銷活動能不能提高銷售量還是個問題呢。

---

» **questionnaire**
[ˌkwɛstʃənˋɛr]

**n.** 問卷；調查表

question（問題）+ aire（表示「人或物」的名詞字尾）

例 It will only take you a few minutes to fill out the **questionnaire**.
填寫這份問卷只會佔用您幾分鐘的時間。

✋ 同義字 **questionary**

» **unquestioned**
[ʌnˋkwɛstʃənd]

adj. 不成問題的；毫無疑問的；無爭議的

un（不）+ question（懷疑）+ ed（過去分詞形容詞字尾）

例 President Lincoln's contribution to the civil war is **unquestioned**.
林肯總統對南北戰爭的貢獻是無需爭議的。

---

» **unquestionable**
[ʌnˋkwɛstʃənəbl̩]

adj. 不容爭辯的；不容置疑的

un（不）+ question（懷疑）+ able（能夠的）

例 He is a person of **unquestionable** integrity.
他是一個不容置疑的正直的人。

---

TRACK 098

# ☞ **quick** 快的

» **quickstep**
[ˋkwɪkˌstɛp]

n. 快步；快步舞

quick（快的）+ step（布）

例 They caught the judges' eyes by dancing the perfect **quickstep**.
他們舞出完美的快步舞，緊緊抓住評審的眼光。

---

» **quicksand**
[ˋkwɪkˌsænd]

n. 流沙；（隱伏的）危機

quick（快的）+ sand（沙）

例 The firefighters successfully rescued a boy who was trapped in **quicksand**.
消防員成功營救了一個陷入流沙的男孩。

» **quickness**
['kwɪknɪs']

n. 迅速、敏捷

quick（快的）＋ ness（名詞字尾）

例 Everyone was surprised at the little boy's **quickness** to respond.
所有人都對小男孩反應迅速感到很驚訝。

» **quicksilver**
['kwɪkˌsɪlvɚ]

n. 水銀；易變的性格

quick（快的）＋ silver（銀）

例 **Quicksilver** can be used for manufacturing thermometers.
水銀可以用來製作溫度計。

 TRACK 099

👉 **ring**　環、圈；拳擊場；鈴（聲）

» **earring**
['ɪrˌrɪŋ]

n. 耳環

ear（耳）＋ ring（環）

例 The pearl **earrings** go well with your evening gown.
這對珍珠耳環跟妳的晚禮服很搭配。

## » **nosering**

[ˋnozrɪŋ]

**n.** 鼻環

nose（鼻）
+ ring（環）

例 I wonder how people who wear **noserings** blow their noses.
真不知道戴鼻環的人是怎麼擤鼻子的。

---

## » **bullring**

[ˋbʊlrɪŋ]

**n.** 鬥牛場

bull（公牛）
+ ring（拳擊場）

例 It's exciting to watch people running in front of the bulls until the bulls are guided to the **bullring**.
看人們跑在群牛前面直到牛隻們被引導入鬥牛場的過程是很刺激的。

---

## » **ringlet**

[ˋrɪŋlɪt]

**n.** 小圈，小環；長捲髮

ring（環）
+ ring（小）

例 The pretty girl looks like a real-life doll with **ringlets**.
那個漂亮女孩看起來就像個現實生活中留著長捲髮的洋娃娃。

---

## » **ringtone**

[ˋrɪŋton]

**n.**（手機）鈴聲

ring（鈴聲）
+ tone（音色、音調）

例 I downloaded my favorite song and set it as **ringtone** on my cellphone.
我下載了我最喜歡的歌，並把它設定為手機鈴聲。

---

## » **ringworm**

[ˋrɪŋͺwɝm]

**n.** 輪癬；金錢癬

ring（環）+ worm（蟲）

例 Usually, it takes 2 to 4 weeks to treat **ringworm**.
治療輪癬通常需要二到四週的時間。

Q / R

259

## » ringside

[ˋrɪŋˏsaɪd]

n. 臺前座位；清楚的觀看位置

ring（拳擊場）＋ side（邊）

例 We were very lucky to have a **ringside** seat to watch the boxing.
我們很幸運能拿到近台座席觀看拳擊賽。

## » ringleader

[ˋrɪŋˏlidɚ]

n. 頭目，作亂的首腦，罪魁禍首

ring（環）＋ lead（領導）＋ er（施動者名詞字尾）

例 It took the police three years to finally arrest the **ringleader** and bring him to justice.
警方花了三年的時間終於將作亂首腦逮捕歸案。

## » ringmaster

[ˋrɪŋˏmæstɚ]

n. 領班；（馬戲團）表演指導者

ring（環）＋ master（主人）

例 The **ringmaster** plays a significant role in the circus.
領班在馬戲團中扮演著重要的角色。

## » ringtail

[ˋrɪŋˏtel]

n. 浣熊，環尾貓

ring（環）＋ tail（尾）

例 **Ringtails** used to be kept as pets because of their ability to catch mice.
環尾貓過去曾經因為其捕鼠能力而被當作寵物豢養。

# ☞ rise 升；起

※ 聯想助記

---

» **riser**

[ˋraɪzɚ]

n. 起床者；造反者；革命家

rise（起）+ er（施動者名詞字尾）

例 Mary is a late **riser**. She seldom gets up before ten.
　　Mary 是個晚起的人。她很少十點之前起床。

---

» **moonrise**

[ˋmun͵raɪz]

n. 月出；月出時分

moon（月）+ rise（升）

例 House lights are up by **moonrise**.
　　家家戶戶的燈在月出時分都亮了起來。

---

» **sunrise**

[ˋsʌn͵raɪz]

n. 日出；日出時間、黎明

sun（日）+ rise（升）

例 Farmers usually start working at **sunrise**.
　　農人們通常日出就開始工作。

---

» **uprising**

[ˋʌp͵raɪzɪŋ]

n. 起義、暴動；上升；起床

up（往上）+ rise（升）+ ing（動名詞字尾）

例 Growing opposition against the government's tax policy led to a peasant **uprising**.
　　反對政府的稅收政策日益增高導致農民起義。

R

# ☞ river 河

**» riverbank**

[ˋrɪvɚˌbæŋk]

n. 河岸、河堤

river（河）+ bank（岸）

例 They hummed as they biked along the **riverbank**.
他們一邊沿著河岸騎腳踏車一邊哼著歌。

---

**» riverbed**

[ˋrɪvɚˌbɛd]

n. 河床

river（河）+ bed（床）

例 Tons of trash had been removed from the **riverbed**.
好幾噸垃圾從河床被清出來。

---

**» riverboat**

[ˋrɪvɚˌbot]

n. 內河船隻

river（河）+ boat（船）

例 Several **riverboats** ferry people across the river.
幾艘內河船隻載人們在河兩岸間擺渡。

---

**» riverfront**

[ˋrɪvɚfrʌnt]

n. 濱河地區；臨河建築區

river（河）+ front（前方）

例 The **riverfront** park is a great place to enjoy sunset.
河濱公園是欣賞夕陽的絕佳地點。

## » riverhead

[ˋrɪvɚˌhɛd]

n. 河源、水源

river（河）＋ head（頭）

例 They hiked up the hill along the river and finally reached the **riverhead**.
他們沿著河流往山坡上走，終於抵達了河源。

## » riverside

[ˋrɪvɚˌsaɪd]

n. 河邊
adj. 河邊的、河畔的

river（河）＋ side（邊）

例 We loved waking up to the stunning river view every morning during our stay at the **riverside** hotel.
在我們住在那個河畔飯店期間，我們愛極了每天早上醒來就看到絕色河景。

R

## » downriver

[ˋdaʊnˌrɪvɚ]

adj. 下游的
adv. 向下游

down（向下的）＋ river（河）

例 The log drifted **downriver**.
那塊圓木順水漂向下游。

## » upriver

[ˋʌpˌrɪvɚ]

n. 上游區域
adj. 上游的
adv. 向上游

up（往上）＋ river（河）

例 They struggled **upriver** in order to survive.
他們為了活下去，奮力往上游。

# ☞ rough 粗糙的；粗暴的

**☆ 聯想助記**

---

» **roughage**
[ˋrʌfɪdʒ]

**n.** 粗糧、粗飼料；粗纖維；粗糙原料

rough（粗糙的）＋ age（表「總稱」之名詞字尾）

例 To improve digestive health, experts recommend that we consume more **roughage**.
為了改善消化健康，專家建議我們多攝取粗纖維食物。

---

» **roughhew**
[ˋrʌfˈhju]

**v.** 粗削，粗製

rough（粗糙的）＋ hew（砍、劈）

例 He rapidly **roughhewed** a sculpture out of a log, and then spent a long time polishing it.
他很快速地用一塊原木粗略地削了一個雕刻品，然後花了很長的時間將它磨至完美。

---

» **roughdry**
[ˋrʌfˈdraɪ]

**v.** 晾乾（不燙平）

rough（粗糙的）＋ dry（弄乾）

例 I **roughdry** most of my clothes without ironing.
我大部分的衣服都是晾乾而不燙的。

---

» **roughish**
[ˋrʌfɪʃ]

**adj.** 有點粗糙的；有點粗暴的；略有風浪的

rough（粗糙的）＋ ish（頗……的）

例 I experienced terrible seasickness while the ship was sailing in the **roughish** sea.
當船隻航行在略有風浪的海上時，我經歷了嚴重的暈船。

---

## » **roughness**

['rʌfnɪs]

n. 粗糙，崎嶇不平；粗暴、粗野

rough（粗糙的）+ ness（名詞字尾）

例 Bad diet and living habits may lead to skin **roughness**.
不良飲食及生活習慣可能導致皮膚粗糙。

---

## » **roughcast**

['rʌf,kæst]

n. 粗型；毛坯
v. 草製；以粗灰泥塗

rough（粗糙的）+ cast（制定）

例 They simply **roughcast** the walls of the house.
他們只是用粗灰泥塗抹房子的牆面。

---

## » **roughneck**

['rʌf,nɛk]

n. 粗漢、無賴、流氓
adj. 粗暴的；蠻橫的

rough（粗暴的）+ neck（頸）

例 That **roughneck** next door is almost impervious to reason.
隔壁那個無賴根本蠻不講理。

---

## » **roughshod**

['rʌfʃad]

adj. 馬蹄鐵上裝有防滑釘的；殘暴的；冷酷無情的

rough（粗暴的）+ shod（動詞 shoe「給……釘蹄鐵」之過去分詞形容詞字尾）

例 Some employers rode **roughshod** over their foreign workers.
有些雇主以橫行霸道的方式對待他們的外籍勞工。

✏ 常用片語 **ride roughshod over** 粗暴對待

---

## » **roughrider**

['rʌf,raɪdɚ]

n. 馴馬師；野馬騎士

rough（粗暴的）+ ride（騎）+ er（施動者名詞字尾）

例 It took the **roughrider** no time to tame the wild horse.
那個馴馬師不一會兒就馴服了那匹野馬。

R

» **roughhouse**

[`rʌfˌhaʊs]

| n. | 打鬧；毆鬥 |
| v. | 打鬧；毆鬥 |
| adj. | 喧鬧打鬥的 |

rough（粗暴
的）＋ house
（房子）

例 The young babysitter tried to get the kids to stop
**roughhousing**.
那個年輕的臨時保姆試著讓孩子們停止打鬧。

TRACK 103

## ☞ roof 屋頂

» **rooftop**

[`rufˌtɑp]

| n. | 屋頂 |
| adj. | 屋頂上的 |

roof（屋頂）
＋ top（上）

例 The actress happily announced her pregnancy from the
**rooftop**.
女星開心地公開她懷孕的消息。

✎ 常用片語 **announce sth. from the rooftop** 公開宣布

» **roofless**

[`ruflɪs]

| adj. | 無屋頂的 |

roof（屋頂）
＋ less（少
的）

例 The villagers were sad to see their **roofless** houses after
the typhoon.
颱風過後，村民看到他們失去屋頂的家，都感到很哀傷。

✋ 同義字 **unroofed**

» **roofline**

[ˋruf͵laɪn]

n. 屋頂輪廓線

roof（屋頂）
＋ line（線
條）

例 Many Chinese temples have **rooflines** adorned with colorful dragons.
許多中式寺廟的屋頂輪廓線會飾以彩龍。

» **sunroof**

[ˋsʌn͵ruf]

n. 天窗；可開閉的汽車頂

sun（太陽）
＋ roof（屋
頂）

例 A **sunroof** can let in more natural light.
一個天窗可以讓更多自然光照射進來。

TRACK 104

# ☞ **rock** 石；岩石

» **bedrock**

[ˋbɛd͵rɑk]

n. 床岩；根底；底部

bed（床）＋
rock（岩）

例 Trust is the **bedrock** of a successful marriage.
信任是成功婚姻的基石。

» **rockslide**

[ˋrɑk͵slaɪd]

n. 落石流；岩石崩落

rock（岩石）
＋ slide（滑
落）

例 The massive **rockslide** has killed at least 12 mountain climbers.
這宗大規模的石流已經奪去至少 12 名登山客的生命。

R

## » rockfall

[ˋrɑkˌfɔl]

n. 落石

rock（岩石）＋ fall（降下）

例 The **rockfall** has blocked the mountain road.
落石堵住了山路。

 TRACK 105

# ☞ room 室；空間

## » bathroom

[ˋbæθˌrum]

n. 浴室

bath（沐浴）＋ room（室）

例 Mom is having a shower in the **bathroom**.
媽媽正在浴室沖澡。

## » bedroom

[ˋbɛdˌrʊm]

n. 臥室

bed（床）＋ room（室）

例 Mia and her sister share the same **bedroom**.
Mia 和她妹妹共用臥室。

## » chatroom

[ˋtʃætˌrʊm]

n. （網路上的）聊天室

chat（聊天）＋ room（室）

例 The online **chatroom** allows me to meet friends from all around the world.
這個線上聊天室讓我能夠認識世界各地的朋友。

» **checkroom**
[ˋtʃɛkˏrʊm]

**n.** （車站、旅館）行李寄存處，衣帽寄放處

check（寄存）＋ room（室）

例 Is there a **checkroom** where I can deposit my bag?
有行李寄存處可以讓我寄放行李嗎？

---

» **coatroom**
[ˋkotˏrʊm]

**n.** 衣帽間

coat（外套）＋ room（室）

例 She left her windbreaker in the **coatroom** and then followed the waiter to her table.
她將風衣留在衣帽間，然後跟著侍者走到餐桌。

---

» **courtroom**
[ˋkortˏrʊm]

**n.** 法庭，審判室

court（法院）＋ room（室）

例 The eyewitness will give a testimony in the **courtroom**.
目擊證人將會在法庭上提供證詞。

---

» **classroom**
[ˋklæsˏrʊm]

**n.** 教室

class（班級）＋ room（室）

例 Food and drinks are not allowed in the **classroom**.
教室裡不能飲食。

---

» **cloakroom**
[ˋklokˏrʊm]

**n.** 寄物處；衣帽間

cloak（斗篷）＋ room（室）

例 Don't forget your windbreak in the **cloakroom**.
別忘了你放在衣帽間的風衣。

---

» **darkroom**
[ˋdɑrkˋrʊm]

**n.** （沖洗照片的）暗房

dark（暗的）＋ room（室）

例 He was frustrated to find in the **darkroom** that half the film had been exposed.
他在暗房中沮喪地發現有一半的底片都曝光了。

R

## » **dayroom**
[de`rʊm]

| n. （白天的）休息室；會客室；娛樂室 | day（白天）+ room（室） |

例 You can get some refreshments at the **dayroom** during the break.
你們可以在休息時間到休息室去吃點小點心。

## » **elbowroom**
[`ɛlbo͵rum]

| n. 足夠活動的空間；寬敞的場所；可自由伸肘的空間 | elbow（肘）+ room（空間） |

例 There wasn't much **elbowroom** in the train since it was so crowded with passengers.
火車擠滿了乘客，沒有什麼足夠活動的空間。

## » **greenroom**
[`grin͵rum]

| n. 演員休息室 | green（綠色的）+ room（室） |

例 Several actors and actresses were chatting and resting in the **greenroom**.
幾個男女演員在午餐休息時間在休息室聊天休息。

## » **guardroom**
[`gɑrd͵rum]

| n. 警衛室；守衛室 | guard（警衛）+ room（室） |

例 All visitors must have their temperatures taken at the **guardroom** before entering the building.
所有訪客在進入大樓前都必須在警衛室測量體溫。

## » **homeroom**
[`hom͵rum]

| n. 固定上課的教室 | home（家）+ room（室） |

例 My mother serves as a **homeroom** teacher in a local elementary school.
我媽媽在一間本地小學當導師。

## » **houseroom**

[`haʊs,rum]

n. （家中的）房間、空間

house（房屋）＋ room（空間）

例 Don't even think about it. I am not giving that pool table **houseroom**.
想都不要想。我才不要在家裡放撞球桌。

## » **mushroom**

[`mʌʃrʊm]

n. 香菇

mush（爛糊狀物）＋ room（室）

例 This restaurant has the best creamy **mushroom** soup in town.
這間餐廳的奶油蘑菇湯是鎮上最棒的。

## » **legroom**

[`lɛg,rum]

n. 放腳空間

leg（腳）＋ room（空間）

例 Front row seats usually offer more **legroom**; therefore, they are also more expensive.
前排座位通常提供較大的腳部空間，因此它們也會比較貴。

## » **playroom**

[`ple,rum]

n. 遊戲室、娛樂室

play（玩）＋ room（空間）

例 There is a whole cabinet of toys in the **playroom**.
遊戲室有一整櫃的玩具。

## » **schoolroom**

[`skul,rum]

n. 教室

school（學校）＋ room（室）

例 The abandoned factory was temporarily used as a **schoolroom** for the refugee children.
廢棄的工廠暫時被拿來充當難民孩童的教室。

R

## » **sickroom**
[ˋsɪkˌrum]

n. 病房

sick（病人的）＋ room（室）

例 The patient was left in the **sickroom** alone.
病患被獨自留在病房裡。

## » **showroom**
[ˋʃoˌrum]

n. 陳列室；展示廳

show（展示）＋ room（室）

例 There are five **showrooms** in this museum.
這間博物館有五間陳列室。

## » **stillroom**
[ˋstɪlˌrum]

n. 食品儲藏室

still（靜止的）＋ room（室）

例 The man walked out of the **stillroom** with a bottle of wine.
男子拿著一瓶酒，從食品儲藏室走了出來。

## » **stockroom**
[ˋstakˌrum]

n. 倉庫；儲藏室

stock（存放）＋ room（室）

例 Help yourself to any office supplies you need in the **stockroom**.
有任何需要的辦公用品，就自己去倉庫拿。

## » **sunroom**
[ˋsʌnˌrum]

n. 日光室

sun（日）＋ room（室）

例 We enjoy having breakfast or afternoon tea in our garden **sunroom**.
我們很喜歡在我們的花園日光室裡享用早餐或下午茶。

## » tearoom
[ˋtiˏrum]

n. 茶室；小餐館

tea（茶）＋ room（室）

例 This stylish **tearoom** is very popular that you must make a reservation two months in advance.
這間時髦的小餐館非常受歡迎，你得在兩個月前就先訂位才行。

## » washroom
[ˋwɑʃˏrum]

n. 洗手間，休息室

wash（洗）＋ room（室）

例 There is always a long queue outside the public **washroom** at the train station.
火車站的公共廁所外總是大排長龍。

🖐 同義字 **restroom**

## » roommate
[ˋrumˏmet]

n. 室友

room（室）＋ mate（同伴）

例 It's dreadful to have a messy **roommate**.
有一個髒亂的室友是件很可怕的事。

## » roomful
[ˋrumˏfʊl]

n. 滿室；全房間的人

room（室）＋ full（充滿）

例 I was so nervous about giving a presentation to a **roomful** of strangers.
我對要向一屋子的陌生人做簡報感到很緊張。

## » roomer
[ˋrumɚ]

n.（租屋的）房客

room（室）＋ er（施動者名詞字尾）

例 The communal kitchen and the shared living room are available for all **roomers**.
公共廚房和共用起居室是所有房客都能使用的。

R

» **roomy**

[ˋrumɪ]

n. 室友
adj. 寬敞的；廣闊的

room（空間）＋y（形容詞字尾）

例 The apartment is large and **roomy**—just perfect for a family of five.
這間公寓既大又寬敞，非常適合五口之家。

🖐 同義字 **roommate**

TRACK 106

👉 **root** 根；根菜類；生根

» **beetroot**

[ˋbit͵rut]

n. 甜菜根

beet（甜菜）＋ root（根）

例 The man was so embarrassed that his face turned as red as a **beetroot**.
男子困窘得滿臉通紅。

» **uproot**

[ʌpˋrut]

v. 根除；滅絕；遷離；改變生活方式

up（往上）＋ root（根）

例 Many large trees were **uprooted** during the typhoon.
許多大樹在颱風期間被連根拔起。

🖐 同義字 **disroot; outroot**

» **taproot**

[`tæp͵rut]

**n.** 主根

tap（龍頭）
＋ root（根）

例 Only trees with well-developed **taproots** can withstand windstorms.
只有長有粗大主根的樹木能經得起風暴襲擊。

» **rootless**

[`rutlɪs]

**adj.** 無根的；無所寄託的；無根據的

root（根）＋
less（少的）

例 The Gypsies are often negatively stereotyped as **rootless** thieves.
吉普賽人常被貼上是居無定所的偷兒的負面標籤。

» **roothold**

[`rut͵hold]

**n.** 根部固著力

root（根）＋
hold（抓住）

例 The **roothold** enables a plant to absorb water and nutrients from the soil.
植物的根部固著力能讓植物吸收土壤中的水分及養分。

» **rootstock**

[`rut͵stak]

**n.** 根莖；根源；來源

root（根）＋
stock（貯存）

例 The **rootstock** of a plant is usually buried deep underground.
一個植物的根莖通常是深埋在地下。

👆 同義字 **rootstalk**

» **grassroots**

[`græs`ruts]

**n.** 基層群眾；基層
**adj.** 基層的；民間的；草根的

grass（草）
＋ root（根）

例 Mr. Chang is a city councilor with strong **grassroots** support.
張先生是個有堅強基層群眾支持的市議員。

» **rootworm**

[ˈrutˌwɝm]

n. 食根的昆蟲或幼蟲

root（根）+ worm（蟲）

例 Those corn **rootworms** are giving the farmer a real headache.
那些食玉米根的根蟲讓農夫很頭痛。

 TRACK 107

☞ **round** 圓的；環繞地；在附近；變圓

» **roundabout**

[ˈraʊndəˌbaʊt]

adj. 繞道的；繞圈子的、不直截了當的

round（環繞地）+ about（在附近）

例 She turned down his invitation in a very **roundabout** way.
她婉轉地拒絕了他的邀請。

» **roundish**

[ˈraʊndɪʃ]

adj. 略圓的；圓圓的

round（圓）+ ish（頗）

例 The man in **roundish** glasses looks like a nerd.
那個戴著圓眼鏡的男子看起來像個書呆子。

» **roundhouse**

[ˈraʊndˌhaʊs]

n. （有調車轉臺的）圓形火車機車庫

round（圓的）+ house（房屋）

例 While the long-established **roundhouse** is no longer in use, it has become a popular tourist attraction.
這個歷史悠久的圓形火車車庫儘管已經停用，卻成了受歡迎的觀光景點。

## » **roundness**

['raʊndnɪs]

n. 圓；球形；完全；整數

round（圓的）+ ness（名詞字尾）

例 Frank has outgrown his babyish **roundness** in the past five years.
Frank 在過去這五年，已經長大了不再有嬰兒肥。

## » **roundup**

['raʊnd͵ʌp]

n. 趕攏；召集；集攏；圍捕

round（圓的）+ up（起來）

例 The gunman was caught in the police **roundup** and sent to prison.
持槍歹徒在警方圍捕下被逮，並送進監牢。

## » **roundtable**

['raʊnd͵tebḷ]

n. 圓桌會議；協商會議
adj. 圓桌的；圓桌會議的

round（圓）+ table（桌）

例 All participants contributed their perspectives and ideas at the **roundtable**.
圓桌會議的所有與會者都貢獻了他們的看法和意見。

## » **roundtrip**

['raʊnd͵trɪp]

adj. 往返的，來回的

round（環繞地）+ trip（旅行）

例 Would you like a one-way ticket, or a **roundtrip** ticket?
你想要一張單程票，還是來回票？

## » **roundworm**

['raʊnd͵wɝm]

n. 蛔蟲

round（環繞地）+ worm（蟲）

例 You're likely to get infected by **roundworm** if you eat food that contains **roundworm** eggs.
如果你吃了有蛔蟲卵的食物，就有可能感染蛔蟲。

R

» **surround**

[sə`raʊnd]

v. 圍繞、圈住；包圍

sur（超級、在上）+ round（環繞地）

例 The superstar was **surrounded** by reporters and fans.
那個超級明星被記者和粉絲團團包圍住了。

TRACK 108

👉 **run** 跑；逃

» **rundown**

[`rʌn͵daʊn]

n. 逐條核對；裁減；概要

run（跑）+ down（往下）

例 This is an event **rundown** for this semester.
這份是這學期的活動概要。

» **runny**

[`rʌnɪ]

adj. 鬆軟的；水分過多的；流鼻涕的

run（跑）+ y（形容詞字尾）

例 I have had a **runny** nose for two weeks.
我已經流鼻涕兩個星期了。

» **runner**

[`rʌnɚ]

n. 跑者

run（跑）+ er（施動者名詞字尾）

例 The first **runner** to pass the finishing line will be awarded fifty thousand dollars.
第一個通過終點線的跑者將獲得五萬元的獎金。

» **runlet**

[`rʌnlɪt]

n. 小河、溪

run（跑）+ let（流出）

例 The heavy rain caused the **runlet** in the village to overflow.
豪雨造成村裡的河水氾濫。

---

» **runway**

[`rʌn͵we]

n. 跑道；車道；走道；伸展台

run（跑）+ way（道）

例 The **runway** is clear for takeoff.
飛機跑道已經淨空，可以起飛了。

---

» **runaway**

[`rʌnə͵we]

n. 逃跑、逃亡；私奔
adj. 逃亡的；私奔的

run（逃）+ away（離開）

例 The **runaway** child made his parents very worried.
那逃家的孩子讓他的父母非常擔心。

---

» **runabout**

[`rʌnə͵baʊt]

n. 經常跑來跑去的人；輕便汽車
adj. 流浪的

run（跑）+ about（四處）

例 I'm thinking to buy a **runabout** for my daily commute.
我打算買一台小型汽車做每天通勤用。

---

» **runaround**

[`rʌnə͵raʊnd]

n. 推諉；迴避話題

run（跑）+ around（到處）

例 I asked my boss for a raise, but he kept giving me the **runaround**.
我跟老闆要求加薪，但他一直跟我兜圈子迴避話題。

R

» **forerun**

[for`rʌn]

| **v.** 跑在……之前；預示

fore（在前面）+ run（跑）

例 There were various signs that **foreran** the collapse of the empire.
有種種跡象都預示了該帝國的崩塌瓦解。

» **overrun**

[͵ovəˋrʌn]

| **v.** 跑過、超越；侵擾、橫行於

over（超過）+ run（跑）

例 Please make sure your speech doesn't **overrun** the time limit.
請務必確保你的演說不超過時間限制。

 TRACK 109

👉 **sick**　生病的；噁心的

» **carsick**

[ˋkɑr͵sɪk]

| **adj.** 暈車的

car（車）+ sick（噁心的）

例 I get **carsick** when I sit in the back of the bus.
我坐在公車後方時會暈車。

## » seasick

[`si,sik]

adj. 暈船的

例 I got **seasick** and vomited on the ferry.
我在渡輪上暈船，並且吐了。

sea（海）+ sick（噁心的）

## » airsick

[`ɛr,sɪk]

adj. 暈機的

例 Take an **airsick** pill before boarding a plane if you get sick easily.
如果你很容易暈機，就在登機前服用一顆暈機藥吧。

air（空中）+ sick（噁心的）

## » homesick

[`hom,sɪk]

adj. 想家的，思鄉的

例 No sooner had I arrived in New York than I became **homesick**.
我才剛到紐約沒多久就開始想家了。

home（家）+ sick（生病的）

## » lovesick

[`lʌv,sɪk]

adj. 害相思病的

例 When Max felt **lovesick**, he would look at the photo of Jennifer and talked to it.
當 Max 害相思病時，他會看著 Jennifer 的照片並對它說話。

love（愛）+ sick（生病的）

## » sickroom

[`sɪk,rum]

n. 病房

例 The **sickroom** can be shared by four patients.
這間病房可以有四個病人共用。

sick（生病的）+ room（房間）

R / S

» **sickbed**

[ˋsɪkˌbɛd]

**n.** 病床；臥病

sick（生病的）＋ bed（床）

例 The paralyzed patient hasn't left the **sickbed** for years.
那名癱瘓的病患已經臥病在床好幾年了。

---

» **brainsick**

[ˋbrenˌsɪk]

**adj.** 腦子有病的；神經錯亂的；發瘋的

brain（頭腦）＋ sick（生病的）

例 I must have been **brainsick** to turn down the job offer.
我當時肯定是腦子有問題才會拒絕那個工作機會。

---

» **greensick**

[ˋgrinˌsɪk]

**adj.** 患萎黃病的

green（綠色植物）＋ sick（生病的）

例 All the plants in my garden were **greensick**. What can I do?
我花園裡所有的植物都患了萎黃病。我該怎麼做才好？

---

» **heartsick**

[ˋhɑrtˌsɪk]

**adj.** 悲痛的；苦惱的

heart（心）＋ sick（生病的

例 Everyone was **heartsick** to learn the news of her death.
聽聞她的死訊讓所有人悲痛不已。

# ☞ **stand** 站立；架子，座

» **bookstand**
[ˋbʊkˌstænd]

n. 書架；閱覽架；書報攤

book（書）
+ stand
（架）

例 She was trying to reach the book on the top of the **bookstand**.
她試圖拿到書架最上方的那本書。

---

» **bystander**
[ˋbaɪˌstændɚ]

n. 旁觀者

by（在旁邊）
+ stand（站立）+ er（施動者名詞字尾）

例 Don't involve those innocent **bystanders** in your quarrel.
別把那些無辜的旁觀者扯進你們的爭執中。

---

» **cabstand**
[ˋkæbˌstænd]

n. 計程車招呼站

cab（計程車）+ stand（站）

例 There is a long queue at the **cabstand**.
計程車招呼站前大排長龍。

---

» **grandstand**
[ˋgrændˌstænd]

n. 正面看臺
v. 做博取觀眾喝采的演技

grand（大）+ stand（架子）

例 The batter hit the ball right into the **grandstand**.
打擊手將球直接打進正面看台。

## » **standby**

['stænd,baɪ]

n. 可信賴的人（物）；備用品

adj. 待命的

stand（站立）+ by（在旁）

例 The coach had several alternates on **standby** for the game.
教練要幾個候補選手比賽時在一旁待命。

## » **handstand**

['hænd,stænd]

n.（手撐地）倒立

hand（手）+ stand（站立）

例 Sarah can hold herself against the wall in a **handstand** for up to one minute.
Sarah 可以靠牆倒立長達一分鐘。

## » **hardstand**

['hɑrd,stænd]

n. 停機坪

hard（硬的）+ stand（架子）

例 The **hardstand** was abandoned after the airport was closed for good.
這停機坪在機場永久關閉之後就被廢置了。

## » **headstand**

['hɛd,stænd]

n.（頭撐地）倒立

head（頭）+ stand（站立）

例 **Headstand** is not a yoga pose for beginners.
倒立並不是個適合初學者的瑜伽姿勢。

## » **nightstand**

['naɪt,stænd]

n. 床頭櫃

night（夜晚）+ stand（座）

例 Vicky turned off the alarm clock on the **nightstand** and went back to sleep.
Vicky 關掉床頭櫃上的鬧鐘，然後回頭繼續睡。

## » outstanding
[`aʊt`stændɪŋ]

adj. 傑出的；未解決的，未償付的

out（出）
+ stand（站立）+ ing
（現在分詞形容詞字尾）

例 Our supplier asked us to make the **outstanding** payment by the due date.
我們的供應商要求我們在到期日前繳清未償付的款項。

## » standpipe
[`stænd‚paɪp]

n. 水塔；儲水管

stand（站立）+ pipe（水管）

例 It is suggested that we should give the **standpipe** a thorough clean on a yearly basis.
根據建議，我們應該每年定期徹底清洗一次水塔。

## » standpoint
[`stænd‚pɔɪnt]

n. 立場，觀點，看法

stand（站立）+ point（點）

例 We should try to look at this problem from a more objective **standpoint**.
我們應該試著用一個比較客觀的觀點來看待這個問題。

## » standstill
[`stænd‚stɪl]

n. 停止；停頓；停滯不前

stand（站立）+ still（靜止的）

例 The negotiation has come to a **standstill**.
協商目前處於停滯不前的狀態。

## » understand
[‚ʌndɚ`stænd]

v. 理解，明白

under（在……之下）+ stand（站立）

例 Nobody **understands** what she is talking about.
沒有人明白她在説什麼。

» **washstand**

[`waʃˌstænd]

n. 盥洗台；臉盆架

wash（洗）＋ stand（架子）

例 He put his glasses on the **washstand** before he started washing his face.
他在開始洗臉之前，將眼鏡放在盥洗台上。

TRACK 111

# ☞ sky 天空

» **skycap**

[`skaɪˌkæp]

n. 機場行李搬運工

sky（天空）＋ cap（帽子）

例 I found a job as a **skycap** at the international airport.
我在國際機場找到一份行李搬運工的工作。

» **skyscraper**

[`skaɪˌskrepɚ]

n. 摩天樓，超高層大樓

sky（天空）＋ scraper（刮刀）

例 The tourists overlooked the city from the observation deck of a **skyscraper**.
遊客們從摩天大樓的觀景台俯瞰這座城市。

» **skydive**

[`skaɪˌdaɪv]

v. 跳傘運動

sky（天空）＋ dive（跳水）

例 I don't have the nerve to try skydiving.
我沒有膽量嘗試跳傘。

## » **skyjack**

[`skaɪˌdʒæk]

**v.** 劫機

sky（天空）＋ jack（千斤頂頂起）

例 The plane was **skyjacked** by a gunman shortly after the takeoff.
飛機在起飛後不久就被一名持槍男子給劫機了。

## » **skyjacker**

[`skaɪˌdʒækɚ]

**n.** 劫機者

sky（天空）＋ jack（千斤頂頂起）＋ er（施動者名詞字尾）

例 The **skyjacker** forced the pilot to fly the plane to Cuba.
劫機者迫使機長將飛機開到古巴。

## » **skyline**

[`skaɪˌlaɪn]

**n.** 地平線，天際

sky（天空）＋ line（線）

例 The hotel room looks out over the magnificent **skyline** of the city of London.
從這飯店房間朝向外能遠眺倫敦市壯觀的天際線。

## » **skylark**

[`skaɪˌlɑrk]

**n.** 雲雀
**v.** 嬉戲；發瘋般地胡鬧

sky（天空）＋ lark（嬉耍）

例 The parents amusedly watched the children **skylarking** at the pool.
爸媽們愉快地看著孩子們在池邊嬉戲。

## » **skylight**

[`skaɪˌlaɪt]

**n.** （屋頂）天窗
**v.** 使裝天窗

sky（天空）＋ light（燈）

例 There is a **skylight** in the attic for us to enjoy the starry sky at night.
頂樓房間有個天窗可以讓我們在晚上欣賞星空。

S

» **skyrocket**
[`skaɪˌrɑkɪt]

| n. 流星煙火；衝天火箭 |
| v. 煙火般地往上衝；飛漲 |

sky（天空）
＋ rocket（火箭）

例 Residential property prices in Taipei have **skyrocked** irrationally over the past few decades.
台北的住宅物業價格在過去幾十年來不合理地飛漲。

---

» **skywalk**
[`skaɪˌwɔk]

| n. 空中通道；天空步道 |

sky（天空）
＋ walk（走道）

例 It scared me out of my wits to look down from the glass **skywalk**.
從玻璃天空步道往下看，真是把我嚇得半死。

✋ 同義字 **skybridge**

---

» **skyward**
[`skaɪwɚd]

| adj. 向著天空的；向上的 |
| adv. 朝天空；向上 |

sky（天空）
＋ ward（朝……方向的）

例 The girl let go of the balloon and watched it float **skyward**.
女孩放開氣球，並看著它飄向天空。

---

» **skywrite**
[`skaɪˌraɪt]

| v. 以飛機噴出之煙在空中寫字 |

sky（天空）
＋ write（寫字）

例 He planned to surprise his girlfriend by proposing to her through **skywriting**.
他計畫透過以飛機噴煙在空中寫字求婚的方式給他的女友一個驚喜。

# T

## ☞ **time** 時間；次數

❋ 聯想助記

---

» **anytime**
[ˋɛnɪˌtaɪm]

adv. 在任何時候；無例外地；一定

例 You can call me **anytime** you like.
你想什麼時候打電話給我都可以。

any（任何）＋ time（時間）

---

» **bedtime**
[ˋbɛdˌtaɪm]

n. 就寢時間
adj. 睡前的

例 My regular **bedtime** is 9 p.m.
我慣常的就寢時間是晚上九點。

bed（床）＋ time（時間）

---

» **beforetime**
[bɪˋforˌtaɪm]

adv. 從前

例 **Beforetime**, people had to pay if they wanted to use a public toilet.
從前，人們要使用公共廁所是需要付費的。

before（以前）＋ time（時間）

---

## » **dinnertime**
[ˋdɪnɚˏtaɪm]

n. 正餐時間

dinner（正餐）＋ time（時間）

例 The restaurant is always full around **dinnertime**.
餐廳在正餐時間前後永遠都是客滿的。

---

## » **fulltime**
[fʊlˏtaɪm]

adj. 全職的；專任的；全日制的

full（全部的）＋ time（時間）

例 It was her decision to quit her job and became a **fulltime** mother.
辭掉工作成為一名全職媽媽是她的決定。

---

## » **lunchtime**
[ˋlʌntʃˏtaɪm]

n. 午餐時間

lunch（午餐）＋ time（時間）

例 The school cafeteria is filled with students at **lunchtime**.
學校餐廳在午餐時間擠滿了學生。

---

## » **meantime**
[ˋminˏtaɪm]

n. 其時，其間
adv. 其間；同時

mean（中間的）＋ time（時間）

例 The woman is taking a nap on the sofa. In the **meantime**, a pot of water is boiling on the stove.
女子在沙發上打盹兒，在此同時，一壺水正在爐上燒著。

---

## » **nighttime**
[ˋnaɪtˏtaɪm]

n. 夜間
adj. 夜間的

night（夜晚）＋ time（時間）

例 It is already **nighttime**, but the sky is still so clear and bright.
現在都已經是夜晚時間了，但天空仍然乾淨又明亮。

## » **oftentimes**

[`ɔfn͵taɪmz]

adv. 時常地

often（時常）＋ time（時間）

例 **Oftentimes** I would bring takeout for dinner on my way home.
我時常在回家路上買外帶當晚餐。

## » **overtime**

[͵ovɚ`taɪm]

n. 加班
adj. 超時的
adv. 超時地

over（超過）＋ time（時間）

例 Employees who work additional hours can either choose to be paid **overtime** or take paid time off.
做額外工時的員工可以選擇拿加班費或是休有薪假。

## » **pastime**

[`pæs͵taɪm]

n. 消遣；娛樂

past（過去的）＋ time（時間）

例 Playing online games is my favorite **pastime**.
玩線上遊戲是我最喜歡的消遣。

## » **part-time**

[`pɑrt`taɪm]

adj. 非全日的；兼任的，兼職的

part（部分）＋ time（時間）

例 He works a **part-time** job as a private tutor in his spare time.
他在空餘時間兼職做私人家教。

## » **smalltime**

[`smɔl͵taɪm]

adj. 無關緊要的；小規模的，三流的

small（小的）＋ time（時間）

例 While Mr. Burton is a successful entrepreneur, he is a **smalltime** father to his children.
儘管 Burton 先生是個成功的企業家，對他的孩子們來說，他卻是個三流的父親。

## » **sometime**
[ˋsʌmˏtaɪm]

| **adv.** 日後，改天 |
| **adj.** 以前的；不常有的，偶爾的 |

some（某）
＋ time（時間）

例 We should have lunch together **sometime** this week.
我們這星期應該找個時間一起吃午餐。

---

## » **sometimes**
[ˋsʌmˏtaɪmz]

**adv.** 有時，間或

some（有些）
＋ times（時間）

例 I usually go to school on foot, but **sometimes** I go by car.
我經常走路上學，但有時候我會搭車。

---

## » **summertime**
[ˋsʌmɚˏtaɪm]

**n.** 夏季；全盛時期，興旺時期

summer（夏天）＋ time（時間）

例 It's difficult to book a room at the beach resorts during **summertime**.
夏季期間要在海邊度假勝地訂到房間是很困難的。

---

## » **teatime**
[ˋtiˏtaɪm]

**n.** 喝茶時間

tea（茶）＋ time（時間）

例 It's **teatime**. Let's take a short break from work.
現在是午茶時間。我們稍微休息一下吧。

---

## » **time-consuming**
[ˋtaɪmkənˏsjumɪŋ]

**adj.** 費時的

time（時間）＋ consume（花費）＋ ing（現在分詞形容詞字尾）

例 Using questionnaires to collect data for research is very **time-consuming**.
利用問卷的方式蒐集研究數據是很費時的一件事。

» **time-honored**
[ˋtaɪmˌɑnɚd]

adj. 歷史悠久的

time（時間）
＋ honor（榮
譽）＋ ed（過
去分詞形容
詞字尾）

例 Dragon Boat Race is a **time-honored** tradition in Chinese culture.
龍舟比賽是中華文化中歷史悠久的一項傳統。

---

» **timeless**
[ˋtaɪmlɪs]

adj. 無時間限制的；長期的，永恆的

time（時間）
＋ less（無
⋯⋯的）

例 Shakespeare's works are classic and **timeless**.
莎士比亞的作品既經典又永恆。

---

» **timely**
[ˋtaɪmlɪ]

adj. 及時的；適時的
adv. 及時地；適時地

time（時間）
＋ ly（形容
詞字尾）

例 The **timely** arrival of the fire brigade saved our lives.
及時趕到的消防隊救了我們的命。

---

» **timesaving**
[ˋtaɪmˌsevɪŋ]

adj. 節省時間的

time（時
間）＋ save
（省下）＋
ing（現在分
詞形容詞字
尾）

例 It is not only convenient but also **timesaving** to travel by MRT.
搭捷運不僅方便而且省時。

---

» **timetable**
[ˋtaɪmˌtebḷ]

n. 時間表
v. 排入時刻表

time（時
間）＋ table
（表）

例 According to the **timetable**, the last bus will leave at 10:10 p.m.
根據時間表，最後一班公車將會在 10 點 10 分發車。

T

» **timepiece**

[ˋtaɪm͵pis]

n. 錶、鐘、計時器

time（時間）+ piece（物件）

例 He works for a company that specializes in manufacturing **timepieces**.
他在一家專門製造鐘錶的公司上班。

TRACK 113

---

☞ **top** 上方；頂部

» **topcoat**

[ˋtɑp͵kot]

n. 輕便外套；輕便大衣

top（上方）+ coat（外套）

例 Bring a **topcoat** with you in case it gets cool later.
帶件輕便外套吧，免得晚點變涼了。

» **topflight**

[ˋtɑp͵flaɪt]

adj. 一流的；優秀的；最高檔的

top（頂部）+ flight（航班）

例 Thanks to our **topflight** sales team, our sales increased 35% in the past season.
多虧有本公司一流的業務團隊，本公司上一季的銷售額增加了百分之三十五。

» **topknot**

[ˋtɑp͵nɑt]

n. 頭髻；頭飾

top（頂部）+ knot（結）

例 The teenage girl had her hair tied in a **topknot**.
那個青少女將她頭髮綁成一個頭髻。

» **topless**

['tɑplɪs]

adj. 上空的；袒胸的

top（上方）
＋ less（無
的）

例 While **topless** sunbathing is popular in some areas, it's illegal in this city.
雖然上空日光浴在某些地區很受歡迎，在這個城市卻是違法的。

---

» **topline**

['tɑplaɪn]

n. 頭條新聞

top（頂部）
＋ line（線）

例 The political scandal has been the **topline** news for days.
這樁政治醜聞已經上頭條好幾天了。

---

» **topmost**

['tɑp,most]

adj. 最高的；最上面的

top（頂部）
＋ most（最）

例 I can't reach the book on the **topmost** shelf.
我拿不到最上面架子上的書。

---

» **topnotch**

['tɑp`nɑtʃ]

n. 最高點，頂點
adj. 最高級的，第一流的

top（頂部）
＋ notch
（等，級）

例 Our team is composed of **topnotch** players from around the country.
本隊是由來自全國各地的頂尖選手組成。

---

» **topping**

['tɑpɪŋ]

n. 配料
adj. 傑出的，一流的

top（頂部）
＋ ing（動名
詞字尾）

例 Pineapple, ham and cheese are my favorite pizza **toppings**.
鳳梨、火腿和起司是我最喜歡的比薩配料。

## » topsoil
[`tap,sɔɪl]

n. 表土

top（頂部）＋ soil（土）

例 The hard rain has washed most of the **topsoil** away.
豪雨將大部分的表土沖走了。

## » housetop
[`haʊs,tap]

n. 屋頂

house（房屋）＋ top（頂部）

例 They had to climb to the **housetop** to escape from the flood.
他們必須爬到屋頂躲避洪水。

## » palmtop
[`pamtap]

n. 掌上；掌上型電腦

palm（手掌）＋ top（上方）

例 Portable **palmtop** computers are handy for businessmen who travel frequently.
便攜式掌上型電腦對經常出差的商務人士來説是很方便的。

## » ragtop
[`ræg,tap]

n. 敞篷車；折疊式車頂

rag（破布）＋ top（頂部）

例 This antique **ragtop** is our family heirloom.
這輛古董敞篷車是我們家的傳家之寶。

## » laptop
[`læptap]

n. 筆記型電腦；膝上型輕便電腦

lap（膝部）＋ top（上方）

例 With a **laptop**, I am able to work from anywhere.
有了一台筆記型電腦，我就能在任何地方工作。

» **tiptop**

[ˈtɪpˌtɑp]

n. 頂點;極點

adj. 第一流的

adv. 最好地

up（頂端）＋ top（頂部）

例 We stayed in a **tiptop** hotel during our trip in London.
我們在倫敦旅行時住在一家一流飯店裡。

 TRACK 114

☞ **up** 往上;提高;起來;完全地

» **upload**

[ʌpˈlod]

v. 上傳

up（往上）＋ load（裝載）

例 It took a few minutes to **upload** the file.
上傳檔案花了幾分鐘的時間。

» **upmost**

[ˈʌpˌmost]

adj. 最高的;最主要的

up（向上的）＋ most（最）

例 Children's right to education is always of the **upmost** importance.
孩童受教育的權利永遠是最重要的。

» **upshot**
[ˋʌpˏʃɑt]

n. 結果，結局

up（往上）＋ shot（射擊）

例 The **upshot** was that they decided to adopt both the two kids.
結果就是他們決定兩個孩子都領養。

» **upwind**
[ˋʌpˋwɪnd]

adj. 逆風的，迎風的
adv. 逆風地，迎風地

up（往上）＋ wind（風）

例 My legs felt fatigued and sore after running **upwind** for an hour.
我的雙腿在逆風奔馳一小時後感到疲勞且痠痛。

» **uproot**
[ʌpˋrut]

v. 根除；滅絕；趕走；遷離

up（往上）＋ root（根）

例 Some of the large trees were **uprooted** by the fierce wind during the typhoon.
有些大樹在颱風期間被強風連根拔起。

» **uphill**
[ˋʌpˋhɪl]

adj. 向上的；上坡的
adv. 往上坡

up（往上）＋ hill（小山、丘陵）

例 We burn more calories when we walk **uphill** than on a flat surface.
我們向上步行時所燃燒的卡路里比在平地行走時多。

» **upland**
[ˋʌplənd]

n. 高地，山地
adj. 高地的

up（上的）＋ land（陸地）

例 Chinese cabbage grown in an **upland** field is said to be more delicious.
種在高山上的高麗菜據說比較好吃。

» **upsize**
['ʌpsaɪz]

v. 擴大規模；擴張

up（往上）
+ size（尺寸）

例 They are considering **upsizing** their business.
他們正在考慮擴大生意規模。

---

» **upside**
['ʌp`saɪd]

n. 上部；上面；好的一面

up（上）+
side（面）

例 Our apartment was turned **upside** down by those
housebreakers.
我們的公寓被那些侵入者翻得亂七八糟。

---

» **uphold**
[ʌp`hold]

v. 舉起，高舉；支撐；支持、贊成

up（往上）
+ hold（支承）

例 We **uphold** human rights as principles of dignity,
equality and mutual respect.
我們堅持人權是尊嚴、平等及互相尊重的原則。

---

» **upturn**
[ʌp`tɝn]

v. 使向上；使朝上；翻起

up（往上）
+ turn（翻轉）

例 We believe that the housing market is experiencing an
**upturn**.
我們認為房市正在好轉。

---

» **upbeat**
['ʌp,bit]

n. 復甦；上升
adj. 樂觀的

up（往上）
+ beat（拍打）

例 We should always think positively and stay **upbeat**.
我們應該經常正面思考並且保持樂觀。

## » upkeep
[`ʌp͵kip]

| n. （房屋、設備的）保養（費）、維修（費） | up（往上）+ keep（保持） |

例 We can't afford the large **upkeep** of the manufacturing equipment in the factory.
我們無法負擔工廠生產設備龐大的維修費用。

## » uptown
[`ʌp`taʊn]

| n. 非商業區，住宅區 | up（上的）+ town（城鎮） |
| adj. 住宅區的 | |
| adv. 在住宅區 | |

例 We can't afford an **uptown** apartment.
我們買不起住宅區的公寓。

## » upwards
[`ʌpwɚdz]

| adj. 向上的 | up（往上）+ wards（表「方向」的副詞字尾） |
| adv. 向上地；朝上 | |

例 The corners of the woman's mouth curved **upwards** with delight.
女子開心地嘴角上揚。

## » upstairs
[`ʌp`stɛrz]

| n. 樓上 | up（向上的）+ stairs（樓梯） |
| adj. 樓上的 | |
| adv. 在樓上；往樓上 | |

例 After breakfast, she walked **upstairs** to pack up.
吃過早餐後，她便上樓去整理行李。

## » upheaval
[ʌp`hivl̩]

| n. 動亂；劇變 | up（往上）+ heave（鼓起）+ al（名詞字尾） |

例 The **upheavals** in the financial markets made investors very nervous.
金融市場的動盪使得投資人相當緊張。

» **upraise**

[ʌp`rez]

v. 舉起；提高

up（往上）＋ raise（提高）

例 He **upraised** his fist as if he was trying to hit the man.
他舉起拳頭，像是要揍那男人似的。

---

» **upbraid**

[ʌp`bred]

v. 責罵，訓斥

up（往上）＋ braid（編辮子）

例 Some students were being **upbraided** for not submitting the assignment by the deadline.
有些學生因為沒有在截止日前提交作業而被責罵。

U

---

» **upchuck**

[`ʌp,tʃʌk]

n. 嘔吐出來
v. 嘔吐

up（往上）＋ chuck（扔）

例 The dish was so fishy that she had a feeling of wanting to **upchuck** when she smelt it.
這道菜魚腥味相當重，因此當她聞到時就有種想要嘔吐的感覺。

---

» **update**

[ʌp`det]

v. 更新；為……提供（或補充）最新信息

up（往上）＋ date（日期）

例 We need to **update** our computer software so as to improve work efficiency.
我們需要更新電腦軟體，以提升工作效率。

---

» **upmarket**

[`ʌp`mɑrkɪt]

adj. 高價位市場的；以高消費者為對象的

up（向上的）＋ market（市場）

例 **Upmarket** products and service are usually expensive because of their high quality.
高價位產品和服務因為高品質，所以價格通常偏高。

» **upstage**

[`ʌp`stedʒ]

v. 搶戲；搶鏡頭；使相形見絀

up（在上地）＋ stage（舞台）

例 Apparently the actress' engagement announcement has **upstaged** her ex-husband's love scandal.
女星的訂婚宣言顯然讓她前夫的戀愛緋聞相形失色。

---

» **upstart**

[`ʌp,start]

n. 暴發戶、發跡者；傲慢自負的人
adj. 暴富的

up（往上）＋ start（開始）

例 Emi's boyfriend seems to be an **upstart** who doesn't show much respect for others.
Emi 的男友看起來似乎是個對其他人不太尊重的暴發戶。

---

» **uptight**

[`ʌp`taɪt]

adj. 經濟拮据的；急躁的、煩躁不安的

up（往上）＋ tight（緊的）

例 Joyce is too **uptight** about everything, so no one likes to team up with her.
Joyce 對所有事情都太急躁了，所以沒有人想跟她同一組。

---

» **upgrade**

[`ʌp`gred]

n. 升級
v. 使升級；提升
adv. 上坡

up（向上）＋ grade（等級）

例 They **upgraded** the restaurant to attract upper middle class customers.
他們提升餐廳的等級，以吸引中上階級的顧客。

---

» **upscale**

[`ʌp,skel]

v. 升高一級；迎合（高層次消費者）
adj. 高檔的；高收入的

up（往上）＋ scale（等級）

例 Linda moved to an **upscale** neighborhood after she married a rich husband.
Linda 嫁給一個有錢的老公後就搬到高檔社區去了。

» **upstream**

[ʌpˋstrim]

adv. 向上游；逆流地

up（向上）
＋ stream
（溪流）

例 Swimming **upstream** is part of salmon's reproductive life cycle.
逆游而上是鮭魚繁殖生命週期的一部分。

---

» **upbringing**

[ˋʌpˏbrɪŋɪŋ]

n. 養育；教養，培養

up（向上）
＋ bring（帶
來）＋ ing
（動名詞字
尾）

例 The couple got divorced, yet they still shared the **upbringing** of their children.
這對夫妻離婚了，然而他們仍然共同養育他們的孩子。

---

» **upstanding**

[ʌpˋstændɪŋ]

adj. 直立的；挺拔的；正直的

up（向上的）
＋ stand（站
立）＋ ing
（動名詞字
尾）

例 He might not be rich, but he is a decent **upstanding** person.
他也許不富有，但他是個正派正直的人。

同義字 upright

---

» **getup**

[ˋgɛtˏʌp]

n.（誇張）衣服；（離譜）穿戴

get（得到）
＋ up（往
上）

例 The woman looks like a procuress in that gaudy **getup**.
那女人穿著那身俗艷的衣服，看起來就像個老鴇。

---

» **sit-up**

[ˋsɪtˏʌp]

n. 仰臥起坐

sit（坐）＋
up（起）

例 Mike got a six-pack by doing 100 **sit-ups** every day for a month.
Mike 藉著一個月以來每天做 100 個仰臥起坐而有了六塊腹肌。

U

## » cutup
['kʌt,ʌp]

n. 詼諧的人、滑稽的人

cut（切）+ up（完全地）

例 It is hard to believe that Jimmy is such a **cutup** privately.
很難相信 Jimmy 私底下竟是這麼滑稽的人。

## » letup
['lɛt,ʌp]

n. 停止、中止，減弱

let（讓）+ up（往上）

例 The rainstorm lasted for days without **letup**.
暴風雨未曾停止地持續了好幾天。

## » sunup
['sʌn,ʌp]

n. 日出

sun（日）+ up（上）

例 His father worked on the farm from **sunup** to sundown.
他的父親從日出便在田裡工作直到日落。

## » warm-up
['wɔrm,ʌp]

n. 暖身

warm（溫暖的）+ up（起來）

例 Proper **warm-ups** before exercise can significantly reduce the risk of injury.
運動前適當的暖身在相當程度上能減少傷害風險。

## » sendup
['sɛnd,ʌp]

n. 諷刺性的模仿

send（送）+ up（往上）

例 The stand-up comedian performed a marvelous **sendup** of the President's speech.
那脫口秀喜劇演員將總統演說模仿地惟妙惟肖。

» **dustup**

['dʌst͵ʌp]

n. 騷動;打架;爭執

dust（灰塵）＋ up（往上）

例 Janice had a **dustup** with her sister earlier today.
Janice 今天稍早跟她妹妹起了點爭執。

✋ 同義字 **turnup, kickup**

---

» **blowup**

['blo͵ʌp]

n. 爆炸;叱責、發怒

blow（吹）＋ up（往上）

例 Mr. Lee had a big **blowup** about something trivial in the office this morning.
李經理今天早上在辦公室對某件小事大發雷霆。

---

» **pileup**

['paɪl͵ʌp]

n. 累積;連環相撞

pile（堆積）＋ up（往上）

例 Dozens of vehicles collided in a massive **pileup** on the highway.
數十輛車在公路上的大型連環車禍中相撞。

---

» **mockup**

['mɑk͵ʌp]

n. 實物大模型;圖樣;原型

mock（模仿）＋ up（完全地）

例 There is a **mockup** of human body in the science classroom.
自然教室裡有一個人體實物模型。

---

» **washup**

['wɑʃ͵ʌp]

n. 洗臉洗手

wash（洗）＋ up（起來）

例 The teacher gave the kids a five-minute break for **washup**.
老師給孩子們五分鐘休息時間洗臉洗手。

U

» **pushup**

[ˈpʊʃˌʌp]

n. 伏地挺身

push（推）+ up（往上）

例 Mark is so strong that he can do 100 **pushups** at a time.
Mark 非常強壯，一次可以做 100 下伏地挺身。

---

» **walkup**

[ˈwɔkˌʌp]

n. 無電梯的大樓或公寓
adj. 無電梯的

walk（走）+ up（往上）

例 I live on the seventh floor in a **walkup** apartment.
我住在一棟無電梯公寓的七樓。

---

» **makeup**

[ˈmekˌʌp]

n. 化妝

make（製造）+ up（完全地）

例 The girl looks pretty even though she doesn't wear any **makeup**.
那女孩即使沒有化任何妝，看起來也很漂亮。

---

» **pickup**

[ˈpɪkˌʌp]

n. 收集；拾得物；小卡車；搭車者

pick（撿拾）+ up（起來）

例 The hotel offers **pickup** service from the airport.
這家飯店提供機場接機服務。

---

» **backup**

[ˈbækˌʌp]

n. 備用；備用物
v. 備份
adj. 備用的

back（支持）+ up（往上）

例 Do you have a **backup** plan for the party?
你有派對的備用計畫嗎？

## » catch-up
[ˋkætʃˌʌp]

n. 趕上；敍舊

catch（接）＋ up（起來）

例 It's been years since we last saw each other. We should have a catch-up.
我們已經好幾年沒見了。我們應該要敍敍舊。

## » crackup
[ˋkrækˌʌp]

n. 失事，事故；精神或肉體之崩潰

crack（爆裂）＋ up（完全地）

例 His father's death led to his crackup.
他父親的死使他崩潰。

## » brush-up
[ˋbrʌʃˌʌp]

n. 溫習；改良；梳妝打扮

brush（梳）＋ up（起來）

例 She rushed home to have a wash and brush-up before the dinner party.
在晚宴前，她衝回家梳洗打扮了一下。

## » buildup
[ˋbɪldˌʌp]

n. 發展、增長；增強體格

build（建立）＋ up（起來）

例 Lack of exercise will result in a gradual buildup of fat in your body.
缺乏運動將會導致你身體內的脂肪堆積。

## » cleanup
[ˋklinˌʌp]

n. 大掃除；肅清、掃蕩

clean（清除）＋ up（完全地）

例 This house needs a thorough cleanup before we can move in.
這房子需要徹底的大掃除，我們才能夠搬進來。

U

## » breakup

[ˋbrekˋʌp]

n. 中斷；分離；崩潰、解體

break（斷）
＋ up（完全
地）

例 Jenny hasn't got over the **breakup** with her ex-boyfriend.
Jenny 還沒從跟她前男友分手的痛苦中恢復。

## » checkup

[ˋtʃɛkˌʌp]

n. 檢查；核對；體格檢查

check（檢
查）＋ up
（完全地）

例 My father has a health **checkup** once every year.
我父親每年會做一次健康檢查。

## » grownup

[ˋgronˌʌp]

n. 成年人

grown（長
大的）＋ up
（起來）

例 Be mature. You're a **grownup** now.
成熟一點。你已經是個成年人了。

## » touchup

[ˋtʌtʃˌʌp]

n. 修改；對……動手動腳

touch（觸
碰）＋ up
（往上）

例 The photo needs a little **touchup** before it can be posted
on Facebook.
這張照片得稍微修個圖才能發佈在臉書上。

## » follow-up

[ˋfɑloˌʌp]

adj. 跟進的，隨後的

follow（跟
隨）＋ up
（起來）

例 It would be better to wait at least 48 hours to send a
**follow-up** email.
你最好等至少 48 小時再寄一封後續郵件過去。

» **smashup**

[`smæʃˌʌp]

n. 撞車;毀滅;垮臺;破產

smash(粉碎)+ up（完全地）

例 The truck driver who sped was supposed to be responsible for the **smashup**.
那個超速的貨車司機應當為車禍負責。

TRACK 115

U

☞ **upper** 較高的;上面的

» **uppercase**

[`ʌpɚˌkes]

v. 以大寫字母印刷
adj. 大寫字母的

upper（較高的）+ case（容器）

例 Always begin your sentence with an **uppercase** letter.
句子第一個字都要用大寫字母。

» **uppermost**

[`ʌpɚˌmost]

adj. 至上的;最主要的
adv. 至上地;最高;最初

upper（較高的）+ most（最）

例 Children's health is always all parents' **uppermost** concern.
孩子的健康永遠是父母最關心的事。

» **uppercut**

[ˋʌpɚ͵kʌt]

n. 上鉤拳
v. 用上鉤拳擊

upper（上面的）+cut（切）

例 He hit the robber on the jaw with an **uppercut** and nearly knocked him out.
他以一記上鉤拳揍了那搶匪下巴一拳，幾乎把他擊昏。

---

» **upperclassman**

[ʌpɚˋklæsmən]

n. 高年級學生；大學三、四年級學生

upper（較高的）＋class（班級）＋man（人）

例 One of my dorm roommates is an **upperclassman**, while others are freshmen like me.
我的其中一個宿舍室友是高年級生，其他的都跟我一樣是大一新生。

TRACK 116

# ☞ **use**　用、使用；利用

» **usage**

[ˋjusɪdʒ]

n. 用法；習慣

use（使用）＋ age（表「行為結果」之抽象名詞字尾）

例 The hairdryer was damaged from improper **usage**.
這吹風機因為使用不當而壞掉了。

---

» **useless**

[ˋjuslɪs]

adj. 無用的；無價值的；無益的

use（用）＋less（沒有的）

例 This broken umbrella is **useless**. Let's throw it away.
這把破傘已經沒用了。我們把它丟了吧。

## » useful
[`jusfəl]

adj. 有用的，有幫助的

use（用）
+ ful（充滿……的）

例 A dictionary is **useful** for looking up words that you don't know.
字典對於查閱不認識的字彙很有幫助。

## » user
[`juzɚ]

n. 使用者

use（使用）
+ er（施動者名詞字尾）

例 Please read the **user** manual carefully before you start using the product.
請在開始使用此產品前詳閱使用者手冊。

## » useable
[`juzəbl̩]

adj. 可用的；合用的

use（使用）
+ able（能夠的）

例 These organs might not be transplantable, but they are still **useable** for research.
這些器官可能不適合做移植，但它們仍可用來做研究。

## » username
[`juzɚnem]

n. 使用者名稱

use（使用）
+ er（施動者名詞字尾）+ name（名字）

例 The **username** has already been used. Please select another one.
該使用者名稱已經被使用。請選擇另一個名字。

## » abuse
[ə`bjus]

n. 濫用、虐待
v. 濫用、妄用；虐待、傷害

ab（偏離）
+ use（使用）

例 Children who are **abused** usually suffer great mental health damage.
受虐待的孩子通常承受極大的心理健康傷害。

U

## » reuse
[ˌriˋjuz]

| n. | 再利用 |
| v. | 重新使用，重複利用 |

re（再）＋ use（使用）

例 We can **reuse** and recycle as much as possible to reduce trash.
我們可以盡量重複利用及回收以減少垃圾。

## » reusable
[riˋjuzəbḷ]

adj. 可重複使用的

re（再）＋ use（使用） ＋ able（能夠的）

例 Not all plastic bottles are **reusable**.
並非所有寶特瓶都是能重複使用的。

## » overuse
[ˋovɚˋjuz]

| n. | 過度使用 |
| v. | 過度使用 |

over（過度） ＋ use（使用）

例 Performing a motion repeatedly may lead to **overuse** injury.
反覆做一個動作可能會導致過度使用的傷害。

## » misuse
[mɪsˋjuz]

v. 誤用、濫用

mis（不當、錯）＋ use（使用）

例 We should not **misuse** our natural resources.
我們不應該濫用我們的天然資源。

🖐 同義字 abuse

## » disuse
[dɪsˋjuz]

| n. | 不用；廢棄 |
| v. | 不用；廢棄 |

dis（不）＋ use（用）

例 What should we do with those cooking facilities that have fallen into **disuse**?
我們該如何處理那些廢棄不用的烹調設備？

# V

## 🖝 vocal 聲音的；母音的；聲樂的

🌟 聯想助記

---

» **vocalic**

[voˋkælɪk]

adj. 母音的；含母音的

> vocal（聲音的）＋ ic（與……相關的）

例 The letter "m" is a **vocalic** consonant in the word "rhythm."
字母 m 在 rhythm 這個字裡是一個含母音的子音。

---

» **vocalize**

[ˋvoklˌaɪz]

v. 發聲；說、唱出；使母音化

> vocal（聲音的）＋ ize（使變成）

例 Even in modern times, women in some countries still don't get to **vocalize** their opinions.
即使在現代，某些國家的女子依然無法說出自己的想法。

---

» **univocal**

[juˋnɪvəkl̩]

adj. 單義的；意義明確的，不含糊的

> uni（單一的）＋ vocal（聲音的）

例 It is important that the message is **univocal** so it won't be mistaken.
訊息必須是意義明確不含糊的，才不會被誤解。

---

## » vocalist
[ˈvokəlɪst]

n. 歌手，歌唱家，聲樂家

vocal（聲樂的）＋ ist（從事相關職業者）

例 The professional **vocalist** insured his voice for $10 million.
那個職業聲樂家為他的聲音投保一千萬美元。

---

## » unvocal
[ʌnˈvokl̩]

adj. 不悅耳的，聲音不流暢的；不坦率的

un（不）＋ vocal（聲音）

例 He was **unvocal** in speech because of stuttering.
他因為結巴的緣故，說話不是很流暢。

---

## » equivocal
[ɪˈkwɪvəkl̩]

adj. 有歧義的；模稜兩可的

equi（相等）＋ vocal（聲音的）

例 The order he gave was quite **equivocal** that many students misapprehended it.
他下的命令相當模稜兩可，導致許多學生誤解。

---

## » devocalize
[diˈvokəˌlaɪz]

v. 去聲；使無聲、無聲化

de（去）＋ vocal（聲音的）＋ ize（使變成）

例 Most true dog lovers believe that **devocalizing** dogs is unnecessary and inhuman.
大多數真正的愛狗人士相信將狗狗去聲是不必要且不人道的行為。

# 🗣 voice 聲音

## » voiceful
[ˋvɔɪsfəl]

adj. 有聲的；聲音嘈雜的

voice（聲音）
＋ ful（充
滿……的）

例 Staying in a hotel by a **voiceful** night market, I didn't get to sleep very well.
住在一個位於聲音嘈雜的夜市旁的飯店，我無法睡得非常好。

## » voicemail
[ˋvɔɪsmel]

n. 語音郵件

voice（聲音）
＋ mail（郵件）

例 I was too tired to type, so I just sent her a **voicemail**.
我累得無法打字，所以就傳了一封語音郵件給她。

## » voiceless
[ˋvɔɪslɪs]

adj. 無聲的；無言的；無發言權的

voice（聲音）
＋ less（無
的）

例 Women in this country were **voiceless** before they were given rights to vote.
這個國家的婦女在得到投票權之前是無發言權的。

## » invoice
[ˋɪnvɔɪs]

n. 發票
v. 開發票

in（在……
裡面）＋
voice（聲音）

例 The supplier didn't issue an **invoice** for our order.
供貨商沒有幫我們的訂單開發票。

» **unvoiced**

[ˈʌnˈvɔɪst]

adj. 不出聲的；未說出的

un（不）＋ voice（聲音）＋ d（過去分詞形容詞字尾）

例 All her **unvoiced** thoughts were written in this diary.
她所有未說出的想法都記錄在這本日記裡。

---

» **voiceover**

[ˈvɔɪsovɚ]

n. 旁白；畫外音

voice（聲音）＋ over（覆蓋在上的）

例 If it weren't for the **voiceover**, I wouldn't be able to understand what the TV commercial was about.
要不是有旁白說明，我無法明白那個電視廣告到底在賣什麼。

---

» **voiceprint**

[ˈvɔɪsˌprɪnt]

n. 聲紋

voice（聲音）＋ print（印記）

例 The smart machine can identify different users through their **voiceprint** features.
這個聰明的機器可以透過聲紋特徵辨認不同的使用者。

---

 TRACK 119

☞ **vision**　視力；視覺；看見

---

» **television**

[ˈtɛləˌvɪʒən]

n. 電視

tele（電視）＋ vision（視覺）

例 Before the internet, people spent a lot of time watching **television**.
在網路出現之前，人們花很多時間看電視。

---

316

## » **envision**

[ɪnˋvɪʒən]

v. 想像；預見

en（使成為）＋ vision（看見）

例 Would it be realistic to **envision** a world without poverty and inequality?
想像一個沒有貧窮及不平等的世界是切實際的嗎？

## » **prevision**

[priˋvɪʒən]

n. 預知，先見
v. 預知

pre（前）＋ vision（看見）

例 None of the fortuneteller's **previsions** became reality.
那個算命師的預言沒有一個成真。

## » **visionary**

[ˋvɪʒəˌnɛrɪ]

n. 空想家；有遠見者
adj. 夢幻的；不切實際的

vision（看見）＋ ary（像……的）

例 Tom makes all **visionary** plans but never carries them out.
Tom 很會做不切實際的計畫，但從來不會將它們付諸實現。

## » **visionless**

[ˋvɪʒənlɪs]

adj. 沒有視覺的；沒有遠見的

vision（看見；視野）＋ less（沒有的）

例 A **visionless** leader is hardly a leader at all.
一個沒有遠見的領導者，根本稱不上是個領導者。

## » **supervision**

[ˌsupɚˋvɪʒən]

n. 管理；監督；照料

super（超級）＋ vision（看見）

例 Babies under 18 months often need constant and close **supervision**.
十八個月以下的嬰孩通常需要持續的嚴密照料。

» **supervisor**

[ˌsupɚ`vaɪzɚ]

n. 管理人

super（超級）＋ vision（看見）＋ or（施動者名詞字尾）

例 You need to ask your **supervisor** for permission to take leave from the office.
你需要向主管請求核准休假。

» **visual**

[`vɪʒuəl]

adj. 視力的；看得見的，可被看見的

vision（看見）＋ al（表「能⋯⋯的」之形容詞字尾）

例 Kindergarten teachers often use colorful **visual** aids in their classrooms.
幼兒園的老師們時常在課堂上使用彩色的視覺教具。

TRACK 120

# ☞ **video** 電視；影像；電視的

» **videoconference**

[`vɪdɪoˌkɑnfərəns]

n. 視訊會議

video（影像）＋ conference（會議）

例 The **videoconference** with our clients in New York will begin at five p.m. this Friday.
跟紐約客戶的視訊會議將在本週五下午五點開始。

» **videodisc**

[`vɪdɪoˌdɪsk]

n. 影碟

video（影像）＋ disk（磁碟、盤狀物）

例 You cannot play the video without a **videodisc** player.
沒有影碟播放器，是無法播放影片的。

## » **videogenic**

[`vɪdɪoˌdʒɛnɪk]

adj. 適於電視的

video（電視）+ genic（非常適合）

例 The actress is not very photogenic, but she is relatively **videogenic**.
那個女演員拍照並不是非常上相，但是卻非常上鏡頭。

## » **videography**

[ˌvɪdɪˋɑgræfɪ]

n. 電視錄像製作；攝影

video（影像）+ graphy（紀錄方式）

例 To become a Youtuber, Jeff took online **videography** classes so he could create videos on his own.
為了成為一名頻道創作者，Jeff 上了線上的影像錄製課程，以便能自己創作影片。

## » **videographer**

[ˌvɪdɪˋɑgræfɚ]

n. 攝影師

video（影像）+ grapher（記述……的人）

例 We planned to get a **videographer** to record our wedding.
我們計畫找一個攝影師來記錄我們的婚禮。

## » **videophone**

[`vɪdɪofon]

n. 視訊電話

video（影像的）+ phone（電話）

例 Thanks to the Internet, we can still stay in touch with family and friends far away via **videophone** during the epidemic.
多虧有網路，我們在疫情期間仍能透過視訊電話與遠方的家人及朋友保持聯繫。

## » **videotape**

[`vɪdɪoˋtep]

n. 錄影帶
v. 錄製錄影帶

video（影像）+ tape（帶子；錄影）

例 We **videotape** the American series and watch them when we have time.
我們將美國影集錄下來，有空的時候才看。

W

## 👉 **work**  工作；產品；作業；活動

🌸 **聯想助記**

---

» **workday**
[`wɝk͵de]

n. 工作日

work（工作）
+ day（日）

例 It will take approximately five **workdays** to process your application.
處理您的申請至多需要五個工作天。

---

» **network**
[`nɛt͵wɝk]

n. 網狀系統；廣播網

net（網）+
work（活動）

例 **Network** marketing is one of the fastest growing businesses nowadays.
網狀式行銷是現今發展最快速的行業之一。

---

» **workout**
[`wɝk͵aʊt]

n. 訓練；操練

work（活動）
+ out（出）

例 A short intense 10-minute daily **workout** can make a huge difference in your fitness level.
每天一個短短十分鐘的強力訓練就能讓你的體能狀態有顯著的不同。

## » **legwork**

[ˈlɛg,wɝk]

n. 外勤工作；需要出外跑腿的工作

leg（腿）＋ work（工作）

例 Being a salesman usually involves a lot of **legwork**.
當一名業務員通常涉及大量的外勤工作。

✋ 同義字 footwork

## » **busywork**

[ˈbɪzɪ,wɝk]

n. 外加作業（讓學生不至於太閒而加的作業）；裝忙、虛功

busy（忙碌的）＋ work（工作）

例 The teacher punished the mischievous boys by assigning some **busywork**.
老師派了一些外加作業，藉以懲罰那些搗蛋的男生。

## » **headwork**

[ˈhɛd,wɝk]

n. 動腦的工作；頭腦勞動

head（頭）＋ work（工作）

例 Only when you keep cool can you do the best **headwork**.
只有當你保持冷靜時，頭腦才能發揮最大的作用。

## » **firework**

[ˈfaɪr,wɝk]

n. 煙火

fire（火）＋ work（活動）

例 The New Year's Eve **firework** show will be cancelled due to COVID-19 pandemic.
新年除夕的煙火秀將因為新冠疫情而取消。

## » **workmate**

[ˈwɝkmet]

n. 同事；工友

work（工作）＋ mate（同伴）

例 Jack and his **workmates** would hang out at a bar after work.
Jack 跟他同事在下班後會去酒吧。

✋ 同義字 coworker

W

» **roadwork**

[ˋrodˏwɝk]

n. 道路施工

road（馬路）
+ work（工作）

例 Cars are lining up the freeway due to **roadwork** ahead.
因為前方道路施工，使得車輛在公路上大排長龍。

---

» **overwork**

[ˋovɚˋwɝk]

v. 工作過度；使工作過度、使過分勞累

over（超過）
+ work（工作）

例 Take a rest. Don't **overwork** yourself.
休息一下吧。不要讓自己工作過度了。

---

» **workload**

[ˋwɝkˏlod]

n. 工作量

work（工作）
+ load（裝載）

例 The employees are stressed-out because of their heavy **workload**.
繁重的工作量使員工們備感壓力。

---

» **workshop**

[ˋwɝkʃɑp]

n. 專題討論會，研討會

work（工作）
+ shop（工作坊）

例 The company gives **workshops** regularly to improve the employees' professional skills.
公司定期舉辦研討會提升員工的專業技能。

---

» **homework**

[ˋhomˏwɝk]

n. 回家作業

home（家）
+ work（工作）

例 It took Mike half an hour to finish his **homework**.
Mike 花了半小時完成他的回家作業。

» **housework**

[ˋhaʊsˏwɝk]

n. 家事

house（房子）＋ work（工作）

例 **Housework** should be shared by everyone who lives in the same home.
家事應該由所有住在同一個家裡的人分擔。

---

» **worker**

[ˋwɝkɚ]

n. 工人，勞動者，工作人員

work（工作）＋ er（表「施動者」之名詞字尾）

例 There are over fifty **workers** in this factory.
這家工廠有超過五十名工人。

✋ 同義字 **workfolk**

---

» **workroom**

[ˋwɝkˏrʊm]

n. 工作坊；工作室

work（工作）＋ room（室）

例 The fashion designer's **workroom** is at the back of her clothing store.
那個服裝設計師的工作室就在她的服裝店後方。

---

» **teamwork**

[ˋtimˋwɝk]

n. 團隊合作；協力

team（團隊）＋ work（活動）

例 **Teamwork** makes the dream work.
團隊合作使夢想得以實現。

---

» **workforce**

[ˋwɝkˏfors]

n. 勞動力

work（工作）＋ force（力量）

例 Experts predicted that about 10% of the country's **workforce** would be put out of a job.
專家預測該國將有大約百分之十的勞動力會面臨失業。

W

» **worksheet**
[ˋwɝkˌʃit]

n. 工作單；練習頁

work（工作）+ sheet（一張紙）

例 Please distribute the **worksheets** to all of the attendees.
請將練習單發給每一位與會者。

---

» **workflow**
[ˋwɝkˌflo]

n. 工作流程

work（工作）+ flow（流動）

例 The new work allocation successfully created a much smoother **workflow**.
新的工作分配成功地讓工作流程更為流暢。

---

» **lifework**
[ˋlaɪfˋwɝk]

n. 畢生事業

life（人生）+ work（工作）

例 My father is a teacher who sees education as his **lifework**.
我父親是一個視教育為畢生事業的老師。

---

» **piecework**
[ˋpisˌwɝk]

n. 按件計酬的工作

piece（件）+ work（工作）

例 Most freelancers are paid on a **piecework** basis.
大部分的自由工作者的收入都是按件計酬。

---

» **fieldwork**
[ˋfildˌwɝk]

n. 實地考察工作

field（原野，田地）+ work（工作）

例 The students analyzed the data they collected and finished the **fieldwork** report together.
學生們分析他們所蒐集到的數據，並合力完成這份田野報告。

## » **guesswork**
[ˋgɛsˏwɝk]

n. 猜測；猜測的結果

guess（猜測）＋ work（工作）

例 Package tours are convenient. They take the **guesswork** out of trip planning.
套裝旅行很方便。它們排除了所有旅行規劃的不確定因素。

## » **paperwork**
[ˋpepɚˏwɝk]

n. 書面作業

paper（紙張）＋ work（工作）

例 By using online management software we can effectively reduce the amount of **paperwork**.
藉由使用線上管理軟體，我們能有效地減少書面作業量。

## » **workplace**
[ˋwɝkˏples]

n. 工作場所

work（工作）＋ place（地方）

例 All employees should be educated on **workplace** safety.
所有的員工都應該接受工作場所的安全訓練。

## » **workspace**
[ˋwɝkˏspes]

n. 工作空間

work（工作）＋ space（空間）

例 We removed several desks to another room to allow more **workspace** in the office.
我們將幾張桌子搬到另一個房間，好在辦公室裡挪出更多工作空間。

## » **framework**
[ˋfremˏwɝk]

n. 組織、架構；骨架

frame（框）＋ work（產品）

例 The basic **framework** of the government will remain unchanged.
政府的基本組織結構將不會有所改變。

## » classwork
[`klæs,wɝk]

n. 課業；在教室做的功課

class（班級）+ work（工作）

例 The new student needs some time to catch up with his classmates on the **classwork**.
新學生需要一些時間在課業上趕上他的同班同學。

## » schoolwork
[`skul,wɝk]

n. 學業

school（學校）+ work（活動）

例 My son is very self-disciplined that I never have to worry about his **schoolwork**.
我兒子非常自律，以至於我從不需要擔心他的課業。

## » workaholic
[,wɝkə`hɔlɪk]

n. 工作狂

work（工作）+ aholic（沉緬於……的人）

例 Lucas is a sheer **workaholic** that he even works on weekends.
Lucas 是個十足的工作狂，他甚至連週末都在工作。

## » needlework
[`nidḷ,wɝk]

n. 縫紉；刺繡；針線活

needle（針）+ work（活動）

例 **Needlework** is simply not my thing. I can't even get the thread through the eye of the needle.
我不是做針線活的料。我甚至連穿針引線都不會。

## » groundwork
[`graʊnd,wɝk]

n. 根基，基礎、底子

ground（地面）+ work（工作）

例 Constant practice is the **groundwork** for mastering a foreign language.
持續練習是精通外國語言的基礎。

## » **wageworker**

[ˋwedʒˏwɝˑkɚ]

n. 靠薪水過日子的人

wage（薪資）＋ worker（工人）

例 I am a **wageworker** who lives paycheck to paycheck.
我是個靠薪水過日子的月光族。

## » **masterwork**

[ˋmæstɚˏwɝˑk]

n. 傑作

master（大師）＋ work（產品）

例 This sculpture is one of the greatest **masterworks** of Chu Ming.
這座雕刻是朱銘最偉大的傑作之一。

## » **workstation**

[ˋwɝˑkˏsteʃən]

n. 工作站

work（工作）＋ station（站）

例 We need to set up a computer **workstation** for our new engineer.
我們必須為新來的工程師設一個電腦工作站。

## » **journeywork**

[ˋdʒɝˑnɪˏwɝˑk]

n. 短期約聘工作

journey（旅行）＋ work（工作）

例 There are several **journeywork** openings in that restaurant.
那家餐廳有幾個短期約聘工作的職缺。

## » **hardworking**

[ˋhɑrdˏwɝˑkɪŋ]

adj. 苦幹的，努力的

hard（努力地）＋ work（工作）＋ ing（現在分詞字尾）

例 He succeeded not because he was smart, but because he was **hardworking**.
他之所以成功並不是因為聰明，而是因為努力不懈。

W

» **workman**

['wɝkmən]

n. 工匠；工人

work（工作）+ man（人）

例 Jason is a skilled **workman** who is specialized in woodwork.
Jason 是一個專門做木工技術的熟練工匠。

---

» **workmanship**

['wɝkmən,ʃɪp]

n. 手藝，工藝；工藝品

workman（工匠）+ ship（表示「技能」的名字字尾）

例 The **workmanship** of the woodwork was exceptional.
這木製品的手藝技術非常卓越。

TRACK 122

# ☞ **worm** 蟲

» **earthworm**

['ɝθ,wɝm]

n. 蚯蚓

earth（土、泥）+ worm（蟲）

例 The **earthworms** come out to the surface of the ground when it rains.
下雨時，蚯蚓會跑到地面上來。

✋ 同義字 **angleworm**

---

» **heartworm**

['hart,wɝm]

n.（寄生在狗心臟或血液裡的）心絲蟲

heart（心臟）+ worm（蟲）

例 Wendy's pet dog has recently been diagnosed with the **heartworm** disease.
Wendy 的寵物狗最近被診斷出罹患心絲蟲症。

» **bookworm**

[`bʊkˌwɝm]

n. 書蛀蟲；喜愛讀書的人、書呆子

book（書）+ worm（蟲）

例 My brother is a **bookworm** who reads all the time.
我弟弟是個愛讀書的人；無時無刻都在看書。

---

» **earworm**

[`ɪrˌwɝm]

n. 常在耳邊迴響的歌曲；洗腦歌

ear（耳朵）+ worm（蟲）

例 "Baby Shark" is totally an **earworm** that gets stuck in our heads.
Baby Shark 根本就是一首深植在我們腦袋裡的洗腦歌。

---

» **muckworm**

[`mʌkˌwɝm]

n. 蛆；吝嗇鬼；守財奴

muck（糞、污物）+ worm（蟲）

例 It's not possible for you to get any money from that **muckworm**.
你是不可能從那個吝嗇鬼身上拿到任何錢的。

---

» **hairworm**

[`hɛrˌwɝm]

n.（寄生在牛羊胃腸的）金線蟲

hair（毛、髮）+ worm（蟲）

例 **Hairworms** can be found in sheep's internal organs, especially their intestines.
羊的內臟裡，尤其是腸子，可能會有金線蟲。

---

» **glowworm**

[`gloˌwɝm]

n. 螢火蟲

glow（發光）+ worm（蟲）

例 Spring is the best time to see **glowworms**.
春天是賞螢火蟲的最佳時機。

👆 同義字 **fireworm**

W

## » silkworm

[`sɪlkˌwɝm]

n. 蠶

silk（絲）+ worm（蟲）

例 They feed the **silkworms** with the leaves of mulberry.
他們用桑葉餵蠶寶寶。

## » wormlike

[`wɝmˌlaɪk]

adj. 似蟲的

worm（蟲）+ like（像）

例 The students are observing a **wormlike** creature in the lab.
學生們在實驗室裡觀察一隻像蟲一樣的生物。

## » wormhole

[`wɝmˌhol]

n. 蟲孔；蛀洞

worm（蟲）+ hole（洞）

例 The cabbages with a lot of **wormholes** are sold at a very cheap price.
那些有很多蛀洞的萵苣以非常低廉的價格出售。

## » wormwood

[`wɝmˌwʊd]

n. 苦惱；悔恨

worm（蟲）+ wood（木頭）

例 Those harsh words must be gall and **wormwood** to him.
那些刺耳的話在他聽來肯定非常不舒服。

✏常用片語 **gall and wormwood** 令人不愉快的事

## » woodworm

[`wʊdˌwɝm]

n. 木蛀蟲

wood（木頭）+ worm（蟲）

例 What can we do to prevent **woodworms** from damaging our wooden furniture?
我們能做什麼來預防蛀蟲破壞我們的木製家具？

# ☞ word 字；言詞

» **byword**
[`baɪ,wɝd]

n. 別稱、代名詞；綽號

by（在旁邊）＋ word（字）

例 The Maldives has become a **byword** for paradise.
馬爾地夫群島已然成為天堂的代名詞。

---

» **reword**
[ri`wɝd]

v. 重述；改寫

re（重新）＋ word（言詞）

例 The teacher **reworded** the question so the students could understand it better.
老師換個說法發問，好讓學生們理解得更清楚。

---

» **wordy**
[`wɝdɪ]

adj. 嘮叨的；冗長的

word（言詞）＋ y（多……的形容詞字尾）

例 The message she left was too **wordy**. I didn't even finish reading it.
她的留言太冗長了。我甚至沒看完。

---

» **foreword**
[`for,wɝd]

n. 前言、序言

fore（前面的）＋ word（字）

例 I seldom read the **foreword** of a book.
我很少看一本書的前言。

W

## » **misword**

[mɪs`wɝd]

v. 說錯；用字不當

mis（錯）＋ word（字）

例 Sorry for **miswording**. Children are a sweet burden; they are definitely not burdensome.
我為用字錯誤道歉。孩子們是甜蜜的負擔，絕對不是累贅。

## » **keyword**

[ki`wɝd]

n. 關鍵字

key（關鍵）＋ word（字）

例 Let's search for more information about the news with the **keywords**.
我們用關鍵字搜尋更多有關這篇新聞的資料吧。

## » **wording**

[`wɝdɪŋ]

n. 措辭，用語

word（言詞）＋ ing（名詞字尾）

例 The **wording** in this letter is too offensive. I think you should reword it.
這封信的措詞太具攻擊性了。我覺得你應該要重寫。

## » **loanword**

[`lon͵wɝd]

n. 外來語；借用語

loan（借出）＋ word（字）

例 The English word "bazaar" is a **loanword** from Persian, which means "market."
Bazaar 這個英文字是個波斯外來語，意思是「市集」。

## » **password**

[`pæs͵wɝd]

n. 口令、暗語；（電腦）密碼

pass（通過）＋ word（字）

例 I can't remember my **password** for my email account, so I need to reset it.
我記不起我的電子郵件帳號密碼，所以我得重設它。

**» wordbook**

[`wɝd͵bʊk]

n. 字彙表；詞典

word（字）
+ book
（書）

例 A **wordbook** of the modern history of China can be found at the end of this book.
這本書最後有中國現代史的字彙表。

**» wordplay**

[`wɝd͵ple]

n. 文字遊戲；雙關語；機智的應對

word（字）
+ play（遊戲）

例 Many fun jokes are based on **wordplay**.
許多有趣的玩笑都是根據雙關語而來。

**» wordsmith**

[`wɝd͵smɪθ]

n. 作家；擅長文字、舞文弄墨的人

word（字）
+（工匠）

例 He is not a **wordsmith**, but his writings touch people's heart.
他雖然不是一個擅長舞文弄墨之人，他的文字卻能觸動人們的內心。

**» watchword**

[`watʃ͵wɝd]

n. 口令；暗號；口號；標語

watch（留意）+ word
（言詞）

例 You must say the **watchword** to prove your identity.
你一定要說出暗號以證明你的身份。

**» catchword**

[`kætʃ͵wɝd]

n. 流行語；口號、標語

catch（抓住）+ word
（言詞）

例 "Just do it" has become a very effective **catchword** that's frequently heard and used today.
「做就對了」已經是現在大家耳熟能詳的一句非常有力的流行語。

## » **swearword**

['swɛr,wɝd]

n. 詛咒；壞話

例 Watch your language. No **swearwords** are allowed in this house.
注意你的言詞。在這屋子裡不准有人説詛咒的話。

👋 **同義字** cussword

> swear（詛咒、咒罵）＋ word（言詞）

---

## » **crossword**

['krɔswɝd]

n. 縱橫填字謎

例 Doing **crossword** puzzles can help older adults improve their memory and visual recognition.
做填字謎遊戲可以幫助年長者提升記憶力及視覺辨識力。

> cross（十字）＋ word（字）

---

## » **wordmonger**

['wɝd,mʌŋgɚ]

n. 説空話的人；職業作家

例 Frank certainly uses words skillfully, but he is more like a **wordmonger** than a writer to me.
Frank 的確能夠有技巧的使用文字，但對我來説他比較像是個販賣文字的人，而非作家。

> word（字）＋ monger（商人）

---

## » **wordless**

['wɝdlɪs]

adj. 沉默的、無言的；無字的

例 My three-year-old sister is reading a **wordless** picture book by herself.
我三歲的妹妹正在自己閱讀一本無字的圖畫書。

> word（字）＋ less（無、沒有的）

# 👉 wind 風；呼吸

### 🌸 聯想助記

» **windy**
[ˋwɪndɪ]

adj. 多風的；刮風的

例 It is too **windy** today to play badminton outside.
今天風太大了，無法在外頭打羽毛球。

wind（風）
＋ y（表示
「多……的」
之形容詞字
尾）

---

» **windfall**
[ˋwɪndˌfɔl]

n. 橫財；意外的收穫

例 He won the lottery and received a **windfall** of two million dollars.
他中了樂透，得到了一筆兩百萬元的橫財。

wind（風）
＋ fall（掉
落）

---

» **windbag**
[ˋwɪndˌbæg]

n. 風袋；話匣子、滿口空話的人

例 He is just a **windbag** that never gives any constructive suggestions.
他是個滿口空話的人，給不出任何有建設性的建議。

wind（風）
＋ bag（袋）

---

» **windburn**
[ˋwɪndˌbɝn]

n. 風吹性皮膚炎；風傷

例 The man treated his **windburn** with the moisturizer that the doctor prescribed.
男子用醫生處方的潤膚膏治療風吹性皮膚炎。

wind（風）
＋ burn（燒
傷）

W

» **woodwind**

[ˋwʊdͺwɪnd]

n. 木管樂器

wood（木頭）＋ wind（風）

例 Flutes and oboes are **woodwind** instruments, while violins and guitars are string instruments.
長笛和黑管是木管樂器，而小提琴和吉他是弦樂器。

---

» **windsurf**

[ˋwɪndͺsɝf]

v. 風帆衝浪

wind（風）＋ surf（衝浪）

例 **Windsurfing** is the most exciting extreme water sports that I've tried.
風帆衝浪是我所嘗試過最刺激的極限水上運動。

---

» **downwind**

[ͺdaʊnˋwɪnd]

adj. 順風的
adv. 順風地

down（下）＋ wind（風）

例 The black smog quickly drifted **downwind**.
黑色的煙霧很快地順風消散了。

---

» **windpipe**

[ˋwɪndͺpaɪp]

n. 氣管

wind（呼吸）＋ pipe（管）

例 The man was choked with food lodged in his **windpipe**.
男子被卡在氣管的食物給噎住了。

---

» **windbreak**

[ˋwɪndͺbrek]

n. 防風林；防風物、風障

wind（風）＋ break（破壞）

例 The woods serve as a very good **windbreak**.
這片樹林是相當好的防風林。

» **windblown**

['wɪnd,blon]

adj. 被風吹的;剪劉海髮型的

wind(風)
+ blown(吹
成的)

例 The woman kept fiddling with her **windblown** hair with her fingers.
女了不斷用手指撥弄她被風吹的頭髮。

» **windproof**

['wɪnd,pruf]

adj. 防風的

wind(風)
+ proof(能
抵擋的)

例 This jacket is not only **windproof** but also rainproof.
這件夾克不但防風而且還防雨。

» **windswept**

['wɪnd,swɛpt]

adj. 被風掃過的;迎風的

wind(風)
+ swept(掃
過的)

例 They were sad to see the scene of devastation in their **windswept** hometown.
他們哀傷的目睹他們被風掃過的家鄉滿目瘡痍的景象。

» **windstorm**

['wɪnd,stɔrm]

n. 暴風

wind(風)
+ storm(風
暴)

例 Our flight was cancelled because of the **windstorm**.
我們的班機因為暴風而取消了。

» **whirlwind**

['hwɝl,wɪnd]

n. 旋風
adj. 旋風般的

whirl(旋
轉)+ wind
(風)

例 The superstar paid a 24-hour **whirlwind** visit to the city.
那個超級巨星明星在廿四小時內旋風般地造訪了這座城市。

» **windshield**

[`wɪndˌʃild]

n. 擋風玻璃

wind（風）
＋ shield（擋板）

例 The **windshield** of the car needs a thorough cleaning.
汽車的擋風玻璃得好好地清洗一番。

同義字 **windscreen**

TRACK 125

# week 星期；週

» **weekday**

[`wikˌde]

n. 平日

week（星期）
＋ day（日）

例 My father works from 9:00 to 5:00 on **weekdays**.
我爸爸平日從早上九點工作到下午五點。

» **weekend**

[`wik`ɛnd]

n. 週末

week（星期）
＋ end（最後部分）

例 We are planning a family trip for the long **weekend**.
我們正在計畫週休連假的家庭旅行。

» **weekender**

[`wik`ɛndɚ]

n. 週末遊客

weekend（週末）＋ er（表示「人」的名詞字尾）

例 **Weekenders** crowded all the famous tourist attractions.
週末遊客將所有知名旅遊景點塞爆了。

## » **weeklong**
[`wik`lɔŋ]

adj. 長達一週的

week（星期）
＋ long（長）

例 The couple has just returned from their **weeklong** honeymoon trip.
這對夫妻剛從他們長達一週的蜜月旅行回來。

## » **weeknight**
[`wiknaɪt]

n. 平日夜晚

week（星期）
＋ night（夜晚）

例 I am usually in bed by 11:00 pm on **weeknights**.
平日晚上我通常十一點前就會上床睡覺。

## » **workweek**
[`wɝk͵wik]

n. 一星期的工作時間

work（工作）
＋ week（星期）

例 The United Arab Emirates government is the first country to adopt a 4.5-day **workweek**.
阿拉伯聯合大公國政府是第一個採用一周工作四天半的國家。

## » **midweek**
[`mɪd`wik]

n. 一週的中間；星期三
adj. 一週之中間的；星期三的

mid（中間）
＋ week（星期）

例 The **midweek** meeting has been cancelled due to a scheduling conflict.
週間會議因為排程撞期而被取消了。

## » **weekly**
[`wiklɪ]

adj. 每週的，每週一次的
adv. 每週一次

week（星期）
＋ ly（形容詞、副詞字尾）

例 The class meeting is held **weekly**.
班會一星期開一次。

# ☞ **where** 地點；在哪裡；往哪裡

☀ 聯想助記

---

» **anywhere**
[ˋɛnɪˌhwɛr]

n. 任何地方
adv. 任何地方

any（任何）＋ where（地點）

例 I will not go **anywhere** before you come back.
在你回來之前我不會去任何地方。

---

» **elsewhere**
[ˋɛlsˌhwɛr]

adv. 在別處；往別處

else（其他）＋ where（地點）

例 Only 10 percent of villagers were born **elsewhere**.
只有百分之十的村民是在他處出生的。

---

» **everywhere**
[ˋɛvrɪˌhwɛr]

n. 每個地方
adv. 到處；完全、徹底地

every（每一）＋ where（地點）

例 I've looked **everywhere** for my watch, but I couldn't find it.
我到處找我的手錶，但怎麼都找不著。

---

» **nowhere**
[ˋnoˌhwɛr]

n. 不知名的地方
adj. 不知名的
adv. 任何地方都不

no（沒有）＋ where（地點）

例 We were lost in the middle of **nowhere**.
我們在一個偏僻的地方迷路了。

✏常用片語 **in the middle of nowhere** 在偏僻的地方

---

340

## » **somewhere**
[`sʌm,hwɛr]

n. 某地方，某方面
adv. 某處；大約

some（某）
+ where（地方）

例 Just keep looking. Your watch must be **somewhere** in this room.
繼續找。你的手錶一定是在這房間的某個地方。

## » **whereabouts**
[`hwɛrə`baʊts]

n. 行蹤、下落
adv. 在哪裡

where（地方）+ about（大約）

例 The man's **whereabouts** is still unknown.
男子至今下落不明。

## » **whereas**
[hwɛr`æz]

conj. 反之，而

where（地方）+ as（如）

例 Robert is outdoorsy, **whereas** his wife prefers to stay home.
Robert 很喜愛戶外活動，而他的太太卻比較喜歡待在家。

## » **wherever**
[hwɛr`ɛvɚ]

adv. 無論何處；究竟何處
conj. 無論在哪裡

where（哪裡）+ ever（究竟）

例 **Wherever** you go, I will follow you.
無論你去哪裡，我都會跟隨你。

W

# ☞ white 白、白色

» **whiteboard**

[ˋhwaɪtbord]

n. 白板

white（白）
＋ board（板子）

例 He started to introduce himself after writing down his name on the **whiteboard**.
他在白板寫下名字後，就開始自我介紹。

» **whitebait**

[ˋhwaɪt͵bet]

n. 小鯡魚、銀魚、吻仔魚

white（白）
＋ bait（誘餌）

例 Fried egg with **whitebaits** is a signature dish of this restaurant.
吻仔魚炒蛋是這家餐廳的招牌菜。

» **whitewash**

[ˋhwaɪt͵waʃ]

v. 粉飾；掩飾真相

white（白）
＋ wash（洗）

例 All that he said at the press conference was to **whitewash** what he had done.
他在記者會上所說的一切都是為了粉飾他的所作所為。

» **whitebeard**

[ˋhwaɪt͵bɪrd]

n. 白鬚老人

white（白）
＋ beard（鬍鬚）

例 The then daring and energetic young sapling has become a dispirited **whitebeard**.
那個當年意氣風發的年輕小夥已經成了一名頹喪的白鬚老人。

## » **whitetail**
['hwaɪtˌtel]

n. 白尾鹿

white（白）
＋ tail（尾）

例 **Whitetails** are rather widespread as they are highly adaptable species that can thrive in a variety of habitats.
白尾鹿是種適應能力極高的物種，能在各種不同的棲息地繁殖，因而相當普遍。

## » **whitewater**
[ˌhwaɪt'wɑtɚ]

n. 白色水域；急流

white（白）
＋ water
（水）

例 **Whitewater** rafting is an exciting yet dangerous water activity.
激流泛舟是一種刺激卻危險的水上活動。

## » **whitesmith**
['hwaɪtˌsmɪθ]

n. 錫匠；銀匠

white（白）
＋ smith（金屬工匠）

例 The **whitesmith** is renowned for his superb craftsmanship.
這位錫匠因其卓越的做工技藝而馳名。

## » **whiteout**
['hwaɪtˌaʊt]

n. 立可白（修正液、修正帶）

white（白）
＋ out（去掉）

例 Can I borrow your **whiteout** to correct a misspelt word in my report?
我可以借用你的立可帶修正報告中的一個錯字嗎？

## » **nonwhite**
['nɑn'hwaɪt]

adj. 非白種人的；非白色的
n. 非白人

non（非）＋
white（白）

例 Meghan Markle, who was married to Prince Harry in 2018, is the first **nonwhite** woman in the British royal family.
於 2018 年嫁給哈利王子的 Meghan Markle，是英國皇室成員中首位非白人女性。

W

» **whiten**

[`hwaɪtn]

**v.** 使變白、漂白

white（白）＋ en（動詞字尾）

例 They claimed that this face cream could **whiten** skin in a week.
他們聲稱這款面霜能在一週內使肌膚變白。

» **whitener**

[`hwaɪtnɚ]

**n.** 漂白劑；咖啡或茶的代脂粉

white（白）＋ en（動詞字尾）＋ er（表「施行動作者」字尾）

例 I wonder whether those teeth **whiteners** on the market will affect human health.
我懷疑市面上那些牙齒漂白劑是否會對人體健康有所影響。

TRACK 128

# 👉 world 世界

» **afterworld**

[`æftɚ,wɝld]

**n.** 死後世界；後世

after（在……之後）＋ world（世界）

例 He believes in neither the existence of a god nor the **afterworld**.
他既不相信神的存在，也不相信有死後世界。

» **worldly**

[`wɝldlɪ]

**adj.** 世間的、塵世的；老於世故的
**adv.** 世故地、世俗地

world（世界）＋ ly（形容詞字尾）

例 Sophia seems to be much more **worldly** and sophisticated than other children her age.
Sophia 似乎比其他同年紀的孩子要來得要世故多了。

» **unworldly**

[ʌnˋwɝldlɪ]

adj. 脫離世俗的、不諳世故的

un（不）＋ worldly（世故的）

例 The innocent **unworldly** girl didn't know that she was in danger.
那天真不諳世故的女孩不知道自己身處險境。

---

» **worldling**

[ˋwɝldlɪŋ]

n. 凡夫俗子

world（世界）＋ ling（表示幼小者、不重要者）

例 I am just a **worldling** that is absorbed by worldly pursuits and pleasure.
我只不過是個為世俗的追求及享樂所吸引的凡人罷了。

---

» **worldwide**

[ˋwɝldˏwaɪd]

adj. 遍及全球的
adv. 在世界各地

world（世界）＋ wide（寬廣的）

例 English is a global language that is spoken **worldwide**.
英語是一個世界各地都有人使用的全球性語言。

---

» **worldview**

[ˋwɝldˏvju]

n. 世界觀

world（世界）＋ view（觀點）

例 It is of high importance to help our children shape and develop their **worldview**.
幫助我們的孩子形塑並發展他們的世界觀，是非常重要的。

---

» **world-class**

[ˋwɝldˏklæs]

adj. 世界級的

world（世界）＋ class（等級）

例 All **world-class** players will go head to head in the annual sports competition.
所有世界級的選手將在這場年度運動賽事上正面交鋒。

W

## » **dreamworld**

['drim,wɝld]

n. 夢境

dream（夢）
＋ world（世
界）

例 If you think you can beat me, you're living in a **dreamworld**.
如果你認為你能打敗我，那你就是在做夢。

## » **otherworld**

[ʌðɚ,wɝld]

n. 異世界（如超自然界或死亡界）

other（其他
的）＋ world
（世界）

例 The odd-looking child was seen as a creature from the **otherworld** by the villagers.
這樣貌奇異的孩子被村民們視為來自異世界的生物。

## » **netherworld**

['nɛðɚwɚld]

n. 陰曹地府；悲慘世界、下層社會

nether（下面
的）＋ world
（世界）

例 The man claimed that he could go to the **netherworld** to visit his dead relatives and return.
男子聲稱他能到陰曹地府拜訪過世親人，然後再回來。

## » **underworld**

['ʌndɚ,wɝld]

n.（大寫）陰間；黑社會、下層社會

under
（在……之
下）＋ world
（世界）

例 Growing up in a criminal **underworld**, Jeff is fully aware of the dark side of humanity.
Jeff 成長於一個充滿犯罪的黑社會，深知人性的黑暗面。

## » **world-famous**

['wɝld`feməs]

adj. 舉世聞名的

world（世
界的）＋
famous（有
名的）

例 It never occurred to him that he would one day become a **world-famous** singer.
他從來沒想過自己有一天會成為舉世聞名的歌手。

# 👉 **wife** 妻子；夫人；已婚婦女

✿ **聯想助記**

» **housewife**

[ˋhaʊsˏwaɪf]

n. 家庭主婦

house（家庭）＋ wife（已婚婦女）

例 After getting married, Mia quit her job and became a fulltime **housewife**.
婚後 Mia 辭去工作，成了一個全職的家庭主婦。

---

» **midwife**

[ˋmɪdˏwaɪf]

n. 助產士

mid（中間的）＋ wife（已婚婦女）

例 Rita is an experienced **midwife** who has helped hundreds of women through labor and delivery.
Rita 是個已經幫助過數百位女子分娩的資深助產士。

---

» **wifeless**

[ˋwaɪflɪs]

adj. 無妻的

wife（妻子）＋ less（沒有）

例 It worries me that my 45-year-old son is still **wifeless**.
我那四十五歲的兒子到現在還沒娶老婆，真是讓我擔憂。

---

» **wifely**

[ˋwaɪflɪ]

adj. 妻子的；適合做妻子的；適合已婚婦女的

wife（妻子）＋ ly（形容詞字尾）

例 That women should prepare themselves for **wifely** duties sounds ridiculous to me.
女子應該準備好善盡妻子職責，這件事在我聽來很可笑。

👋 同義字 wifelike

## » wifehood
[ˋwaɪfhʊd]

n. 妻子的地位；妻子的身份

wife（妻子）＋ hood（時期；身份）

例 Not until she got married did she realize that **wifehood** was really not for her.
一直到她結婚了，她才明白她真的不適合當一個妻子。

## » fishwife
[ˋfɪʃˌwaɪf]

n. 賣魚婦；說話大聲且粗鄙的女人

fish（魚）＋ wife（已婚婦女）

例 My mother is a simpleminded **fishwife** who never received an education.
我母親是個從未受過教育、心思單純的賣魚婦。

## » goodwife
[ˋgʊdˌwaɪf]

n. 女主人；夫人；對女子的敬稱

good（好）＋ wife（夫人）

例 **Goodwife** Jones greeted us at the gate and welcomed us into the house.
Jones 夫人在大門口迎接我們，並歡迎我們進入屋內。

## » housewifery
[ˋhaʊsˌwaɪfərɪ]

n. 家政；家事

house（家庭）＋ wife（已婚婦女）＋ ry（表示「行業」之名詞字尾）

例 In the past, girls were taught **housewifery** skills before they got married.
過去，女孩們在婚前都會接受家事技巧的訓練。

# ☞ **wild** 野外的；野生的；荒野；任性的

**❈ 聯想助記**

» **wildcat**

[ˋwaɪldˌkæt]

n. 野貓；暴戾的人

adj. 不可靠的、不可信的

wild（野外的）＋ cat（貓）

例 Taming a **wildcat** is possible, but it cannot be an easy process.
馴服一隻野貓是有可能辦到的，但過程肯定不容易。

---

» **wildflower**

[ˋwaɪldˌflauɚ]

n. 野花

wild（野生的）＋ flower（花）

例 It is actually illegal to pick **wildflowers** in a local park.
在公園裡摘採野花其實是違法的行為。

---

» **wildish**

[ˋwaɪldɪʃ]

adj. 有點野蠻的；粗暴的

wild（野的）＋ ish（表示「有點……的」形容詞字尾）

例 Karen's **wildish** behavior is really giving her parents a headache.
Karen 粗野的行為讓她的爸媽深感頭痛。

---

» **wilderness**

[ˋwɪldɚnɪs]

n. 荒漠，無人煙處；雜亂，不受控制的狀態

wild（野的）＋ er（比較級字尾）＋ ness（名詞字尾）

例 The manor has become a **wildness** of weeds and bushes.
莊園已經成了雜草叢生的荒涼之地。

349

» **wildlife**

[`waɪldˌlaɪf]

n. 野生生物
adj. 野生生物的

wild（野生的）+ life（生命）

例 Tropical rainforests are home to 80 percent of the world's **wildlife**.
熱帶雨林是世界上百分之八十的野生生物的棲息地。

🖐同義字 **wilding, wildling**

---

» **wildfire**

[`waɪldˌfaɪr]

n. 野火

wild（野外的、控制不住的）+ fire（火）

例 The **wildfire** burning across the forest has killed thousands of animals.
燒遍整個森林的野火已經造成數以千計的動物死亡。

---

» **wildcard**

[`waɪldkɑrd]

n.（電腦）萬用字元、通配符

wild（任性的）+ card（卡）

例 You can simply replace any or more characters in the norms with a **wildcard** character.
你可以用萬用字元符號取代標準中的任何一個或多個字元。

---

» **wildfowl**

[`waɪldˌfaʊl]

n. 野禽

wild（野外的）+ fowl（禽）

例 Let's go hunting and roast some **wildfowls** for dinner.
咱們去打獵，晚餐烤野禽來吃。

# ☞ **woman** 女人

---

» **womanish**

[ˋwʊmənɪʃ]

adj. 女子氣的、像女人的；女性的

woman（女人）+ ish（有點……的）

例 Jessica is a tomboy. She doesn't have any **womanish** characteristics.
Jessica 是個男人婆。她沒有一丁點女性特質。

---

» **womanlike**

[ˋwʊmənˌlaɪk]

adj. 似女子的

woman（女人）+ like（像）

例 I hate it when he softened his voice and spoke in a **womanlike** tone.
每當那傢伙把聲音放軟，並用一種像女人似的語調說話時，就讓我感到厭惡。

---

» **madwoman**

[ˋmædˌwʊmən]

n. 瘋女人

mad（瘋狂的）+ woman（女人）

例 Don't mess up with the **madwoman** next door. She loses her mind easily.
別惹隔壁那個瘋女人。她很容易失去理智。

---

» **laywoman**

[ˋleˌwʊmən]

n. （非神職的）女信徒

lay（凡俗的）+ woman（女人）

例 The **laywoman** is very religious even though she never took a religious oath.
即使從未做過宗教宣誓，那名女信徒卻十分虔誠。

👆 同義字 **churchwoman**

**» countrywoman**

['kʌntrɪˌwʊmən]

n. 鄉下婦女

country（鄉下）+ woman（女人）

例 Most **countrywomen** I know are unsophisticated and simpleminded.
我所認識的鄉下婦人大部分都很純樸善良。

**» jurywoman**

['dʒʊrɪˌwʊmən]

n. 女陪審員

jury（陪審團）+ woman（女人）

例 I can't believe all **jurywomen** bought the defendant's fake story.
我真不敢相信所有的女陪審員都相信被告的滿口謊話。

**» forewoman**

['forˌwʊmən]

n. 女工頭、女領班

fore（前部）+ woman（女人）

例 The factory **forewoman** assigned the newcomer to the assembly line.
工廠的女工頭將新人派到裝配線工作。

**» charwoman**

['tʃɑrˌwʊmən]

n. 打雜女工

char（雜務）+ woman（女人）

例 The mistress had her **charwoman** do all the household chores.
女主人要打雜女傭做所有的家務活兒。

**» womankind**

['wʊmən`kaɪnd]

n. （總稱）女性；婦女們

woman（女人）+ kind（類）

例 The menopause is a subject that concerns all **womankind**.
更年期是一個跟所有婦女們有關的話題。

## » **womanhood**
['wʊmənhʊd]

n. 女子（成年期）、女性氣質

woman（女人）＋ hood（表「性質；時期」的名詞字尾）

例 That a girl gets her first period means that she has grown into **womanhood**.
女孩有月經初潮，意味著她已經成長來到了女子成人期。

## » **freedwoman**
['frid,wʊmən]

n. 自由婦女

freed（獲得自由的）＋ woman（女人）

例 After slavery was abolished, they finally became **freedwomen**.
在奴隸制度被廢止後，她們終於成了自由婦女。

## » **superwoman**
['supɚ,wʊmən]

n.（身兼數職的）女超人

super（超級）＋ woman（女人）

例 My mother is a **superwoman** who attends simultaneously to both her career and family.
我的媽媽是個兼顧事業與家庭的女超人。

## » **stuntwoman**
['stʌnt,wʊmən]

n. 女特技演員

stunt（特技）＋ woman（女人）

例 Louisa Adams, a great **stuntwoman**, performed stunts in many Superhero movies.
Louisa Adams 是一名曾在許多超級英雄電影中表演特技的優秀女特技演員。

## » **noblewoman**
['nobḷwʊmən]

n. 貴族婦女；貴婦

noble（高貴的）＋ woman（女人）

例 Mary deliberately acted like a **noblewoman** so that nobody would doubt her real identity.
Mary 刻意表現地像個貴婦，以免有人懷疑她的真實身份。

W

## » Everywoman

[ˋɛvrɪwʊmən]

n. 平凡女子、一般女人

every（每個）＋ woman（女人）

例 My wife is talented and sagacious, hardly **Everywoman**.
我的太太既有才華又睿智，並非一般女子。

## » townswoman

[ˋtaʊnzˌwʊmən]

n. 城鎮女居民

town（城鎮）＋ woman（女人）

例 Miranda is a **townswoman** who has never left the town since she was born.
Miranda 是個打從出生就沒離開過這個小鎮的女居民。

## » craftswoman

[ˋkræftsˌwʊmən]

n. 女工匠

crafts（工藝、手藝）＋ woman（女人）

例 The **craftswoman** displayed her artworks on the window sill.
女工藝師將她的藝術作品展示在窗台上。

## » needlewoman

[ˋnidḷˌwʊmən]

n. 縫紉女工

needle（針）＋ woman（女人）

例 The **needlewoman** carefully had my shirt mended.
縫紉女工仔細地幫我把襯衫給縫補好了。

## » gentlewoman

[ˋdʒɛntḷˌwʊmən]

n. 貴婦人；淑女、良家婦女

gentle（溫柔）＋ woman（女人）

例 A **gentlewoman** is not supposed to curse or burst out swearing.
一個淑女不應該咒罵或是爆粗口。

## » **sportswoman**

['spɔrts,wʊmən]

n. 女運動員

sports（運動）+ woman（女人）

例 Ashleigh Barty is a great **sportswoman**, who is currently ranked No. 1 female tennis player in the world in singles.
Ashleigh Barty 是一名偉大的女運動員，目前為世界排名第一的女子網球單打選手。

---

## » **washerwoman**

['wɑʃɚ,wʊmən]

n. 洗衣女工

washer（洗衣機）+ woman（女人）

例 The **washerwoman** managed to support her family with her slender wages.
那名洗衣女工設法用她微薄的薪資養活家人。

---

## » **policewoman**

[pə'lis,wʊmən]

n. 女警員

police（警察）+ woman（女人）

例 The **policewoman** frisked the young lady and found the stolen money.
女警搜年輕女子的身，並找到被偷走的錢。

---

## » **councilwoman**

['kaʊnsl̩,wʊmən]

n. 議會女議員

council（議會）+ woman（女人）

例 The **councilwoman** questioned the minister in the parliament in a forceful way.
該名女議員在國會中對部長進行強力的質詢。

---

## » **servicewoman**

['sɝvɪs,wʊmən]

n. 女軍人

service（服役）+ woman（女人）

例 My sister is a **servicewoman** who is proud to serve in the United States military.
我的姊姊是一名以在美國軍隊裡服役為榮的女軍人。

W

## » business-woman

[ˋbɪznɪsˏwʊmən]

n. 女企業家、女生意人

business（商業）+ woman（女人）

例 Julia has all traits of becoming a **businesswoman**. She is tough and determined.
Julia 具備成為女企業家的所有特質。她既強悍又堅定。

## » newspaper-woman

[ˋnjuzˏpepɚˏwʊmən]

n. 女記者；女報社工作者

newspaper（報紙）+ woman（女人）

例 Jenny is a very busy **newspaperwoman** who works as a reporter and an editor for the New York Times.
Jenny 是個非常忙碌的女報社工作者，在紐約時報同時擔任記者與編輯。

同義字 **newswoman**

## » working-woman

[ˋwɝkɪŋˏwʊmən]

n. 職業婦女；女性勞動者

working（工作的）+ woman（女人）

例 My wife is a **workingwoman** rather than a housewife.
我的妻子是個職業婦女，而非家庭主婦。

同義字 **workwoman**

## » congress-woman

[ˋkɑŋgrəsˏwʊmən]

n. 女國會議員

congress（國會）+ woman（女人）

例 Patsy Mink, the first Asian-American **congresswoman**, was a vigorous champion of women's rights.
身為第一位亞裔美籍女國會議員的 Patsy Mink 是一位女權的強力擁護者。

# ☞ **year** 年

**❀ 聯想助記**

## » **yearbook**
[ˋjɪrˏbʊk]

**n.** 年刊、年鑑；畢業紀念冊

year（年）
＋ book（書刊）

**例** I had all of my classmates sign and write something down for me on my school **yearbook**.
我要我班上所有同學在我的畢業紀念冊上簽名並寫下一些話給我。

## » **year-end**
[ˋjɪrˏɛnd]

**n.** 年終
**adj.** 年終的

year（年）
＋ end（結尾）

**例** All employees are looking forward to the **year-end** banquet.
所有員工都很期待年終晚宴。

## » **midyear**
[ˋmɪdˏjɪr]

**n.** 年中
**adj.** 學年中期的

mid（表示中間的）＋ year（年）

**例** Mr. Sebastian is asked to submit his **midyear** report by the end of July.
Sebastian 先生被要求在七月底之前提交年中報告。

» **yearlong**

[ˈjɪrˌlɔŋ]

| adj. | 整年的;經年的 |

year(年)
+ long（長
的）

例 We have just signed a **yearlong** lease on this apartment.
我們才剛簽下這間公寓一整年的租賃契約。

---

» **yearling**

[ˈjɪrlɪŋ]

| n. | 一歲;滿一歲的動物 |
| adj. | 一歲的 |

year（年）
+ ling（表
示幼小者）

例 According to studies, some of humans' adult
characteristics and behavior emerge during the **yearling**
stage.
根據研究,有些人類的成人特性和行為在一歲的階段就會浮
現。

TRACK 133

# 👉 **yester** 昨日的;過去的

» **yesterday**

[ˈjɛstɚˌde]

| n. | 昨天 |
| adv. | 在昨天 |

yester（昨日
的）+ day
（日）

例 Jerry took sick leave **yesterday** because he didn't feel
well.
Jerry 因為昨天不舒服,請了病假。

## » **yesteryear**

[ˈjɛstɚˈjɪr]

n. 去年;過去的時光
adv. 在去年;在過去的歲月

yester（昨日的、過去的）+ year（年）

例 The melodious melody brought us back to the good times of **yesteryear**.
悠揚的旋律帶我們回到過去那些美好的時光。

## » **yesterevening**

[ˈjɛstɚˈivnɪŋ]

n. 昨天傍晚
adv. 在昨天傍晚

yester（昨日的、過去的）+ evening（傍晚）

例 I came across an old friend whom I haven't seen for a long time **yesterevening**.
昨天傍晚我遇見了一位許久未見的老朋友。

## » **yestermorn**

[ˈjɛstɚˈmɔrn]

n. 昨天早晨
adv. 在昨天早上

yester（昨日的、過去的）+ morn（【文】早晨）

例 We started on our journey **yestermorn**.
我們昨天早晨展開了我們的旅程。

## » **yesternight**

[ˈjɛstɚˈnaɪt]

n. 昨天晚上
adv. 在昨天晚上

yester（昨日的、過去的）+ night（晚上）

例 We were supposed to meet up **yesternight**, but he didn't show up.
我們原本昨晚應該要碰面的,但他並未現身。

## » **yesterweek**

[ˈjɛstɚˈwik]

n. 上週
adv. 在上週

yester（昨日的、過去的）+ week（星期）

例 We had some quality time with our family by the lake **yesterweek**.
我們上星期在湖邊與家人度過了一段珍貴的時光。

Y

# 👆 young 年輕的

» **youngish**

[ˈjʌŋɪʃ]

**adj.** 頗年輕的

例 The calm performance of the **youngish** candidate eclipsed his rivals.
那位頗年輕的候選人的沉穩表現讓他的對手們相形失色。

young（年輕的）+ ish（有點……的）

---

» **youngster**

[ˈjʌŋstɚ]

**n.** 小孩；年輕人

例 The band is very popular among the **youngsters**.
這個樂團很受年輕人歡迎。

young（年輕的）+ ster（與……有關者）

---

» **youngling**

[ˈjʌŋlɪŋ]

**n.** 年輕人；新手

例 We didn't expect our new CEO would be such a **youngling**.
我們沒想到新的總裁會是如此年輕的一個小伙子。

young（年輕的）+ ling（表示幼小者）

---

» **youngblood**

[ˈjʌŋblʌd]

**n.** 青年；新血

例 It's time that we inject **youngblood** to our company so our marketing strategies can keep up with the times.
是時候該為公司注入新血，好讓我們的行銷策略跟上時代了。

young（年輕的）+ blood（血）

# Z

## ☞ **ZOO** 動物園;動物、動物界

☆ 聯想助記

» **zoology**

[zoˋɑlədʒɪ]

n. 動物學

例 Having a passion for animals, Jerry decided to major in **zoology** in college.
因為十分熱愛動物,Jerry 決定在大學主修動物學。

zoo(動物)
+ logy(表示學術)

---

» **zooplankton**

[ˌzoəˋplæŋktən]

n. 浮游動物

例 Tadpoles feed on **zooplankton** once they grow feet or after six weeks of development.
蝌蚪在長出腳或是生長六週後,就以浮游動物為食。

zoo(動物)
+ plankton
(浮游生物)

---

» **zoosperm**

[ˋzoəˌspɝm]

n.（動物）動物精子;（植物）游動孢子

例 All animals need both ova and **zoosperms** to reproduce their own kind.
所有動物都需要卵細胞和精子來繁殖其後代。

✋ 同義字 zoospore

zoo（動物）
+ sperm（精蟲）

---

» **zoolatry**

[zoˋɑlətrɪ]

n. 動物崇拜

zoo（動物）＋ latry（表示崇拜）

例 That cows are considered to be sacred in Hinduism is a form of **zoolatry**.
牛在印度教中被視為神聖的，即是一種動物崇拜。

---

» **zoogenic**

[ˌzoəˋdʒɛnɪk]

adj. 源於動物的；由動物傳染的

zoo（動物）＋ genic（形成的；由……產生的）

例 Covid-19 is currently defined as a **zoogenic** disease.
新冠肺炎目前被定義為一種人畜共同傳染病。

---

» **zoophysics**

[ˌzoəˋfɪzɪks]

n. 動物構造學

zoo（動物）＋ physics（物理學）

例 You can't perform a surgical operation on any animals without the basic knowledge of **zoophysics**.
你不能在沒有動物構造學的基本知識的情況下為任何動物施行手術。

---

» **zoophysiology**

[ˌzoəˌfɪzɪˋɑlədʒɪ]

n. 動物生理學

zoo（動物）＋ physiology（生理學）

例 **Zoophysiology** is a compulsory course for all the students in the Department of Zoology.
動物生理學是所有動物學系學生的必修科目。

---

» **zoophyte**

[ˋzoəˌfaɪt]

n. 植物形動物；植蟲類

zoo（動物）＋ phyte（植物）

例 Many people mistake corals and sponges as plants, but they're actually **zoophytes**.
許多人將珊瑚及海綿誤認為植物，但牠們其實是植蟲類的動物。

» **zootomy**

[zo`atəmɪ]

n. 動物解剖

> zoo（動物）＋ tomy（表示「解剖」的字尾詞綴）

例 **Zootomy**, as implied by the name, is about the dissection of animals.
動物解剖，顧名思義就是跟解剖動物有關。

» **zookeeper**

[`zu͵kipɚ]

n. 動物園管理員

> zoo（動物園）＋ keeper（管理者）

例 The role of a **zookeeper** is to maintain the health, safety and welfare of the animals in the zoo.
一名動物園管理員的角色就是維護動物園內動物的健康、安全與福祉。

Z

**語研力 E082**

# 快記大考英文單字（Ⅱ）：
## 必考詞素＋解構式助記，快速熟記10倍單字量！

| | |
|---|---|
| 作　　者 | 蔡文宜（Wenny Tasi） |
| 顧　　問 | 曾文旭 |
| 出版總監 | 陳逸祺、耿文國 |
| 主　　編 | 陳蕙芳 |
| 執行編輯 | 翁芯俐 |
| 美術編輯 | 李依靜 |
| 法律顧問 | 北辰著作權事務所 |

| | |
|---|---|
| 印　　製 | 世和印製企業有限公司 |
| 初　　版 | 2023 年 06 月 |
| 出　　版 | 凱信企業集團 - 凱信企業管理顧問有限公司 |
| 電　　話 | （02）2773-6566 |
| 傳　　真 | （02）2778-1033 |
| 地　　址 | 106 台北市大安區忠孝東路四段 218 之 4 號 12 樓 |
| 信　　箱 | kaihsinbooks@gmail.com |

| | |
|---|---|
| 定　　價 | 新台幣 399 元／港幣 133 元 |
| 產品內容 | 1 書 |

| | |
|---|---|
| 總 經 銷 | 采舍國際有限公司 |
| 地　　址 | 235 新北市中和區中山路二段 366 巷 10 號 3 樓 |
| 電　　話 | （02）8245-8786 |
| 傳　　真 | （02）8245-8718 |

**國家圖書館出版品預行編目資料**

快記大考英文單字（Ⅱ）：必考詞素＋解構式助
記，快速熟記10倍單字量！／蔡文宜著. – 初版. –
臺北市：凱信企業集團凱信企業管理顧問有限公司,
2023.06
　面；　公分
ISBN 978-626-7097-83-0(平裝)

1.CST: 英語 2.CST: 詞彙
805.12　　　　　　　　　　　　　112006561

凱信企管

用對的方法充實自己，
讓人生變得更美好！

凯信企管

用對的方法充實自己，
讓人生變得更美好！